|红色经典丛书|

小英雄雨来

管桦 著

江苏凤凰文艺出版社

图书在版编目（CIP）数据

小英雄雨来 / 管桦著. —南京：江苏凤凰文艺出版社，2020.6（2023.7重印）
（红色经典丛书）
ISBN 978-7-5594-1968-2

Ⅰ.①小… Ⅱ.①管… Ⅲ.①中篇小说-小说集-中国-当代②短篇小说-小说集-中国-当代 Ⅳ.①I247.7

中国版本图书馆CIP数据核字(2018)第088830号

小英雄雨来

管桦 著

出 版 人	张在健
总 策 划	汪修荣
责任编辑	傅一岑　姜业雨
封面设计	马海云
责任印制	刘 巍
出版发行	江苏凤凰文艺出版社
	南京市中央路165号，邮编：210009
网　　址	http://www.jswenyi.com
印　　刷	南京新洲印刷有限公司
开　　本	787毫米×1092毫米　1/32
印　　张	9
字　　数	215千字
版　　次	2020年6月第1版　2023年7月第5次印刷
书　　号	ISBN 978-7-5594-1968-2
定　　价	32.00元

江苏凤凰文艺版图书凡印刷、装订错误可随时向承印厂调换

目 录

小英雄雨来 001
妈妈同志 108
三支火把 115
幸福 120
暴风雨之夜 129
葛梅 136
上学 145
旷野上 166
记白乙化片断 184
三日拘留 194
鹰巢岭 210
老营长轶闻 232
讲一段列宁的故事 240

附录 歌词
听妈妈讲那过去的事情 272
夏天旅行之歌 273
快乐的童年 279

小英雄雨来

雨来这孩子

晋察冀边区的北部有一道还乡河,河里长着很多芦苇。河边有个小村庄。芦花开的时候,远远望去,碧绿的芦苇上像盖了一层厚厚的白雪。风一吹,鹅毛般的苇絮就飘飘悠悠地飞起来,把这几十家小房屋都罩在柔软的芦花里。因此,这村就叫芦花村。十二岁的儿童雨来就是这村里的。

雨来最喜欢这道紧靠着村边的还乡河。每到夏天,雨来和铁头、三钻儿,还有很多很多光屁股的小朋友,好像一群鱼,在河里钻上钻下、藏猫猫、狗刨、立浮、仰浮。雨来仰浮的本领最高,能够脸朝天在水里躺着,不但不沉底,还把小肚皮露在水面上。

妈妈不让雨来耍水。妈妈说河里有淹死的人,怕是把雨来拉去当替死鬼。

有一天,妈妈见雨来从外面进来,身上一丝不挂,浑身的水锈,被太阳晒得油黑发亮。妈妈知道他又去耍水,把脸一沉,叫他过来,扭身就到炕上抓笤帚。雨来一看要挨打啦,撒腿就往外跑。

妈妈紧跟着追出来。雨来一边跑着,一边回头。糟了!眼看要追上了。往哪儿跑呢？铁头正赶着牛从河沿回来，远远向雨来喊：

"往河沿跑！往河沿跑！"

雨来听出铁头话里面有道眼，就折转身，朝着河沿跑。妈妈还是死命追着不放，到底追上了。伸手一抓，可是雨来浑身光溜溜像个小泥鳅，一下没抓住，扑通，扎在河里不见了。河水卷起很多圆圈，渐渐扩大。妈妈立在河岸上，眼望着水圈发愣。

忽然，在老远地方，水面上露出个小脑袋来，像个小鸭子一样抖着头上的水，一边用手抹一下眼睛和鼻子，嘴里吹着气，望着妈妈笑。

夜　校

秋天。

爸爸从集上卖苇子席回来，同妈妈商量："看见区上工作同志，说是孩子们不上学念书不行，起码要上夜校。叫雨来上夜校吧。要不，将来闹个睁眼瞎。"

夜校就在三钻儿家的豆腐房里。房子很破。教夜校的是东庄学堂里的女老师，穿着青布裤褂，胖胖的，剪着短发。女老师走到黑板前面，嗡嗡嗡嗡说话的声音就立刻停止了，只听见哗啦哗啦翻课本的声音。雨来从口袋里掏出课本来。这是用加板纸油印的，软鼓囊囊，雨来怕揉搓坏了，向妈妈要了一块红布，包了书皮。上面用铅笔歪歪斜斜写着"雨来"两个字。雨来把书放在腿上，伸出舌头舔舔指头，掀开书。见女老师闪在一边，斜着身子，用手指点着黑板上的白字，念着：

"我们是中国人，

我们爱自己的祖国。"

大家就随着女老师的手指，齐声轻轻地念起来：

"我们——是——中国——人,

我们——爱——自己的——祖国。"

有一天,雨来从夜校回到家,躺在炕上,背诵当天晚上学会的书。可是,背不到一半就睡着了。

不知什么时候,门吱扭响了一声。雨来睁开眼,看见闪进一个黑影。妈妈划了根火柴,点着灯。一看,原来是爸爸出外卖席回来了,可是,怎么忽然这样打扮起来了呢?肩上披着子弹袋,腰里插着手榴弹,背着一根长长的步枪。

爸爸向妈妈说:"鬼子又'扫荡'了,民兵都到区上集合。一两个月才能回来。"

雨来问爸爸说:"爸爸,远不远?"

爸爸把手伸进被里,摸着雨来光滑滑的脊背,说:"这哪里有准儿呢?说远就远,说近就近。"

爸爸又转过脸对妈妈说:"明天你到东庄他姥姥家去一趟。告诉他舅舅,就说区上说的,叫他把村里民兵快带到区上去集合。"

妈妈问:"区上在哪儿?"

爸爸装了一袋烟,吧嗒吧嗒抽着,说:"三天里头,叫他们在河北一带村里打听。"

雨来被抓住了

第二天,吃过早饭,妈妈就到东庄去,临走说,晚上才能回来。响午到了,雨来吃了点剩饭,因为看家,不能到外面去,就趴在炕上念他那红布皮包着的识字课本。

忽然,听街上咕咚咕咚有人跑,把房子震得好像要摇晃起来。窗户纸哗啦哗啦响。

雨来一骨碌下了炕,把书藏在怀里就往外跑,刚一迈门槛,进来一个人。雨来正撞在这个人的怀里。抬头一看,是李大叔。李大叔是区上的交通员,常在雨来家落脚。

随后,听见日本鬼子呜里哇啦地叫。交通员李大叔忙把墙角那盛着一半糠皮子的缸搬开。雨来两眼愣住了:"唉!这是什么时候挖的洞呢?"交通员跳进洞里,说:"把缸搬回原来地方,你就快到别的院里去,对谁也不许说。"

十二岁的雨来拿出吃奶的力气,才把缸搬回原来的地方。

雨来刚到堂屋,见十几把雪亮的刺刀从前门进来。他撒腿就往后跑。背后咔啦一声枪栓响,大声叫着:

"站住!"

可是雨来没理他。脚下像踩着风,一直往后院跑。随着,子弹向他头顶上嗖嗖地飞来。可是后院没有门。雨来急出一身冷汗。

靠墙有一棵桃树,雨来抱着树就往上爬。鬼子已经追到树底下,伸手抓住雨来的脚,往下一拉,雨来就掉在地上。鬼子把他两只胳臂向背后一拧,捆绑起来,推推搡搡回到屋里。

扁鼻子军官

前后院鬼子都翻遍了。

屋子里也遭了劫难:连枕头都用刺刀挑破了。

炕沿上坐着的那个鬼子军官,两眼红红的,像刚吃过死人的野狗,用中国话问雨来说:

"小孩,问你话,撒谎的不许!"

突然,他望着雨来的胸脯,张着嘴,眼睛睁得圆圆的。雨来低头一看,原来刚才一阵子挣扎,识字课本从怀里露出来。鬼子一把抓在手里,翻着看了看,问他:"谁给你的?"

雨来说:"捡来的!"

鬼子把脸上的横肉丝堆起来,露出满口金牙,做个鬼脸,温和地向雨来说:"害怕的不要!小孩皇军大大的爱护!"说着就用鬼子话叫人给他松绑。

雨来把手放下来,觉着胳臂更加发麻发痛。扁鼻子军官用手摸着雨来的脑袋,说:

"这书谁给你的,关系的没有,我的不问了。别的话要通通告诉我!刚才有个人跑进来,看见没有?"

雨来用手背抹了一下鼻子,嘟嘟囔囔地说:

"我在屋子里,什么也没看见!"

扁鼻子军官伸手在皮包里掏。

雨来心里想:"掏什么呢?找刀子?鬼子生了气要挖小孩眼睛的!"

可是掏出来的却是一把雪白的日本糖块。往雨来手里一塞,说:"这个大大的好!你的吃吃,你的告诉:他的什么地方?金票大大的有。"

他又伸出那个戴金戒指的手指,说:"这个,金的,统统的给你!"

雨来没有接他的糖,也没有回答他。

旁边一个鬼子嗖地抽出刀来,瞪着眼睛,要向雨来头上劈。扁鼻子军官摇摇他的圆脑袋。两个人唧唧咕咕说了一阵日本话。那鬼子向雨来横着脖子翻白眼,使劲把刀放回鞘里。

扁鼻子军官压着肚子里的火气,用手轻轻拍着雨来的肩膀,说:"死了死了的没有,我的不叫,我大大的喜欢小孩。你看见的没有?说呀!"

雨来摇摇头,说:"我在屋里,什么也没看见!"

扁鼻子军官的眼光立刻变得凶恶可怕,向前弯着身子,突然伸出两手。啊!这手就像鹰的爪子!扭着雨来的两个耳朵,向两边拉,雨来疼得咧着嘴叫。随后,鬼子又抽出一只手来,在雨来脸上左右开弓,啪!啪!打了两巴掌,又用手把他脸上的肉揪起一块,咬着牙拧。雨来的脸立时变成白一块,青一块,紫一块。鬼子又向他胸脯上打了一拳。雨来脚立不稳,打个趔趄,后退几步,后脑勺正撞在柜板上,身子一歪要倒下去,但立刻又被抓过来,肚子撞在

炕沿上。雨来半天才喘过这口气。脑袋里像有一窝蜂,嗡嗡地叫,两眼直冒金花,鼻子里流着血,血珠掉下来,溅在课本那几行字上:

"我们是中国人,

我们爱自己的祖国。"

鬼子打得累了,雨来还是咬着牙说:"没看见!"

扁鼻子军官气得暴跳起来,嗷嗷吼叫:"枪毙的有!枪毙的有!拉出去!死了死了的!"

河沿上响了几枪

太阳已经落下去。蓝色的天上飘着一块一块的浮云像红绸子,照在还乡河上,河水里像开了一大朵一大朵的鸡冠花。苇塘的芦花被风吹起来,在上面飘飘悠悠地飞着。

芦花村里的人听见河沿上响了几枪。老人们都含着泪说:"雨来是个好孩子,死得可惜!""有志不在年高。"

芦花村的孩子们,雨来的小朋友铁头和小黑几个人,听到枪声,都呜呜地哭了。

交通员李大叔在地洞里不见雨来搬缸。幸好院里还有一个出口,李大叔试探着推开洞口上的石板,扒开苇叶,院子里空空的,一个人影也没有,四外也不见动静。忽然听见街上有人吆唤着:"豆腐啦!"这是芦花村的暗号,李大叔知道敌人已经走远了。

可是雨来怎么还不见呢?屋里屋外都找遍,也没有雨来的踪影。他跑到街上一问,才知道雨来被日本鬼子打死在河沿上啦!

李大叔听说,脑袋轰的一声,耳朵叫起来,眼泪流下来,就一股劲地跟着人们向河岸跑。

到了河岸,别说尸首,连一滴血也没看见。

大家呆呆地在河岸上立着。河边静静的,河水打着漩涡哗哗地向下流。虫子在草窝里叫着。不知谁说:

"也许雨来被鬼子扔在河里冲走了!"

大家就顺着河岸向下找。突然铁头叫起来:

"啊!雨来!雨来!"

在芦苇里,水面上露出个小脑袋来。还是像个小鸭子那样抖着头上的水,一边用手抹了一下眼睛和鼻子,嘴里吹着气,一手扒着芦苇,向岸上人问道:

"鬼子走了?"

"啊!"大家都欢喜地叫起来,"雨来没有死!雨来没有死!"

原来枪没响以前,雨来就趁鬼子不防备,冷不防扎到河里去。鬼子慌忙向水里打枪,我们的小英雄雨来已经从水底游到远处去了。

军事演习

虽然是秋天,午后的太阳还是火烧火燎地烫人。蓝空中的云,像海边被风吹皱的沙滩,静静地浮在那里,白得耀眼。田野里,大部分庄稼都已经割完了,变得广阔起来。只剩下一两片晚熟的庄稼没有割。

芦花村西的几亩高粱,长长的高粱秆儿,像一支支红缨枪,把深红色的大穗儿,举向蓝空,在风中抖动。

高粱地旁边有一座树林。树林里满地是深绿色的牛蒡草、金黄的野菊花、紫红的牵牛花。雨来、铁头、二黑、三钻儿、六套儿、小胖、杨二娃,还有几个小朋友,正在这林中玩耍。

这几天,敌人没向这边出发,芦花村变得安静了。只有河北很远的地方,大炮像闷雷,轰轰地响。

雨来和小朋友们,用木棍和秫秸秆儿当步枪,学军队练操。每个人,把自己所保存的八路军衣物,都穿挂在身上了。铁头戴一顶八路军伤员送给他的破军帽。洗过以后,变得皱巴巴的。不住地转动着脑袋,从帽遮沿底下射出两道又庄重又严肃的目光。鼓着嘴巴,瞧他那股神气劲儿,就好像这一顶帽子把他全身都武装起来了。

二黑的腿上缠了绑腿。把系裤子的那条又窄又旧的皮带,扎在外面腰间。用一根细麻绳系裤腰。不住地往上提一提滑溜下去的裤子。油黑发亮的小脸儿,直冒汗。喜气洋洋,咧着嘴巴,龇着满口白牙笑。

三钻儿腰间挂着个长形的破皮套子。里面插着一把铁片儿剪成的短剑。他一会挂在左边,一会挂在右边,大惊小怪地警告别人:"别碰到我的剑上!扎了你!"

雨来头上戴一顶褪了色的绿军帽。帽舌软塌塌地耷拉着,快遮到眼睛上了。因此,他看人得仰起脖子来,差不多脸朝天。他用牵牛花的藤蔓当作皮带扎在腰间。花朵颤巍巍的,这不像皮带,倒是真正的花环。

他们"一二,一二"地喊着口令,挺胸瘪肚,直着小脖儿,迈着正步,在树林里转圈儿。跪下一只腿,朝一个目标瞄准。后来就演习"冲锋"。他们呼哈喊叫地奔跑着,用当作步枪和刺刀的木棍扎草垛。在他们的想象里,这草垛就是守在阵地上的鬼子兵,连扎带挑,草叶乱飞。草垛的主人,二黑的爷爷,远远地跺着脚喊叫:

"小兔崽子们,把我的草垛都扎乱啦!"

他们转身向墙根的小树棵子冲过去,把树棵子砍打得乱摇乱晃,树叶子纷纷扬扬。三钻儿用剑一指旁边爬满豆角蔓叶的寨子,说:

"去消灭最后一股敌人!"

他们又转身呐喊着向寨子冲过去,连扎带砍。不提防一个老奶奶正在寨子里摘豆角,从寨子梢上的密叶中间探出头发花白的头,睁大眼睛,惊叫道:

"我的老天爷,把我的豆角都糟蹋啦!"

他们转身向路边的马兰草冲去……

铁头的小妹妹二妞做护士，把高粱叶子当作纱布，连呼哧带喘地往杨二娃的胳膊上缠裹。杨二娃装伤员，可是一点不像，雄赳赳地站在那里，嘴里不住声地叫着：

"这不算啥，轻伤不下火线，快点扎上，再去消灭鬼子！"

他们押着想象里的一队俘虏——鬼子兵，走进街里。听有人喊：

"来跑反的啦！"

只见村西大路上和庄稼地里，黑压压的人群，忽啦忽啦往这边跑。

我们就是到这儿埋地雷的

芦花村的街上，立时变得喧腾起来。飞扬的灰尘里，人呀，车呀，牛呀，毛驴呀，……就像河水般往东流。小猪崽子尖声尖气地叫着。鸭子从背筐里伸出长脖子，张着扁嘴，嘎嘎嘎嘎。一只老母猪，带着个沉甸甸的大肚子，摇摆着耳朵，扭达扭达地哼哧着。赶猪的老头儿，留着一把灰白色的大胡子，面流汗水，就像回答谁的问话似的，一边走一边喊叫着：

"我不能把它留给敌人，眼看就是一窝小猪啦！"

扬起的尘土，在大路、在田野、在村里的街道上浮动。在这猪、牛、人、马、车辆汇成的河流里，长着连鬓胡子的武装班长申俊福过来了。他敞着怀，高卷着裤腿，光着两只大脚，肩上扛着个大地雷。汗珠顺着他胡子拉碴的脸往下滚，顺着他袒露的胸膛往下流。一路上喊着：

"闪开！闪开！别挡道，嘿！"

后面跟着十五六个大汉，有扛着地雷的，有用柳条筐背着地雷的，有用篮子挎着地雷的。四五把铁锹，七八支步枪。有村里的民兵，也有区里的爆炸小组。

雨来、铁头、三钻儿他们，跟在民兵爆炸组的屁股后头，连颠带跑着喊叫说：

"我们也去埋地雷！"

民兵和爆炸组员，连看也不看他们一眼，嘴里喊着：

"别捣乱！一边去！"

雨来脸上带着兴奋的神色，颠跑着，拉扯申俊福的褂子后襟，说：

"大叔大叔，我们会挖坑儿！"

申俊福连呼哧带喘地叫道：

"嘿，嘿，别拉我呀！还给我添分量吗？"

到了村东大路上，开始挖坑埋地雷的时候，一个民兵发现雨来他们还是跟来了，吃惊地叫道：

"我的小爷爷们哪，你们来凑这热闹干什么？"

申俊福跺着脚说：

"快给我走！"

雨来他们互相望了望，凑一块儿，悄声商量了几句话。然后，雨来摸了摸头上的军帽，低头瞧一眼腰间牵牛花的藤蔓，理直气壮地走到申俊福跟前，说：

"我们就是到这儿埋地雷的！"

铁头他们帮腔说：

"对啦，我们就是到这儿埋地雷的！"

申俊福正忙着分派民兵爆炸组埋地雷，没时间理他们，只是烦气地用手拨拉雨来一下：

"去！去！别捣乱！"

雨来受了推搡，并不灰心，大声喊叫：

"要么我们来帮忙也不好啦？"

申俊福见雨来他们死乞白赖不走，就向一个高个子民兵挥手说：

"把纸条和粉笔给他们一部分,叫他们画伪装地雷去吧!"

雨来他们拿着纸条和粉笔,一个个脸上带着庄重、严肃、紧张、兴奋的神情,往回跑了一段路。从村东头路口开始,在大路上,满地里,用土块压下红绿纸条。用粉笔在每一个纸条周围画个圆圈。

纸条上有的写着:"喂!小心地雷!"

有的写着:"请日本皇军吃点心!"

有的写着:"请皇军坐飞机!"

二黑用手提了提滑下去的裤子,两眼瞧着大路一处坚硬平坦的土地,皱着眉头,嘴里吸溜着气,说:

"应该在这儿写几个大字!写什么呢?"

大伙儿都翻动着眼皮想词句。雨来把军帽往后脑勺推了推。双手叉腰,岔开两腿,寻思了一会儿,说:

"把课本上的一句话写在这里吧!"

他摆出架势,两腿劈成八字,弯腰拿粉笔在那块坚硬的地上,歪歪斜斜写了几个大字:

"这儿是中国的土地!"

这时候,申俊福向这边跑来,手一挥一扬地说:

"快走,快走,向东南跑!敌人到啦!"

不由分说,连推带搡,把他们推进一个土沟。叫道:

"顺着沟跑!"

孩子们顺沟跑了一段路,爬上沟坡,又跑过一块地,在一个圆形的大土坑里蹲下来。都睁大眼睛,互相对视着,仄起耳朵听四外的响动。每个人脸上紧张的神情,都明显地表现出他们等待的这件事,又高兴,又有点害怕。

危险的侦察

不大一会儿,听芦花村里砰砰响了几枪。接着就听猪嗷嗷地叫起来。孩子们都张着嘴巴,眨着眼,你瞧瞧我,我瞧瞧你。都知道,敌人已经进村了。

二黑和雨来爬到坑边,伸小脖儿探出头,目光掠过野菊花和草梢上面,向村边瞭望。杨二娃在底下用手拍打着腿,叫道:

"别露头儿。鬼子有隔山镜,有隔山镜啊!"

过了一会儿,见村东头路口那几棵柳树中间,出现了一面膏药旗,还有穿黄军服戴钢盔的鬼子。雨来和二黑,一翻身滚到坑底,不敢露头了。

他们眨着眼,心里计算着鬼子该走到哪里了。他们仄着耳朵,等着村东大路上的地雷声和民兵的枪声,等了半天,却是静悄悄的,连村里也没有声音了。只有微风吹着坑边上的野花青草,发出轻微的沙沙声。蓝空中的白云,一动不动静静地浮在那里。

他们爬到坑边,探出小脑袋,望望北面的大道和漫地,空空荡荡,一个人影也没有。再瞧瞧村头上,那些敌人也不见了。铁头把那顶皱巴巴的破军帽摘下来,又使劲戴在头上。叹口气说:

"这么多地雷算是白埋啦!白埋啦!"

大伙都唉声叹气。就像挖下陷阱捕捉野兽的猎人,眼看走到阱边的野兽,又扭头回去了,急得他们拿拳头直打自己的腿。

他们看见村头上出现了一个光着膀子戴草帽的人,手里拿着镰刀。又一个戴草帽穿白汗衫的人,扛着锄头,从村北顺墙根走到村街口上,站住脚,向四外望了望,进街里去了。那光着膀子的,站在土堆上,向村东这边招招手,也朝街里走去了。

雨来他们看这情形,敌人确是离开了芦花村。他们要最后侦察一下,再把消息报告民兵爆炸组。他们装着在地里找雀窝,打蚂蚱,往村头上靠近。一只蚂蚱鼓动着翅膀沙沙地往北飞了,二黑却扬着手往西追去。雨来一会儿蹲下身子拿手挖一下土,一会儿用脚踢一下草棵子。铁头时而追到这里,时而追到那里,就好像他面前真有一只蚂蚱,叫他追得这儿那儿乱飞。可是他们的眼睛却一直地瞄着村头,瞧那里是不是隐藏着敌人。

他们不知道,鬼子并没有走,正在村西北的河堤旁边隐蔽着呢。鬼子让特务装老百姓,到村东头勾引跑走的人们回来,给他们带路。鬼子瞧见那密密的地雷阵,一步也不敢走了。

现在,一个特务隐藏在路北的墙里头,一个特务隐藏在路南的墙里头。狐狸一般狡猾的眼睛,偷偷地从墙头闪露出来,瞧着七八个孩子,一边玩耍着一边往这边走,隐没在一块高粱地里了。从那摇动的高粱秆儿看得出,正朝村头上走来。

特　务

雨来他们出了高粱地,借前面一座苇塘的遮掩,往前蹽。

雨来在前面,把一只手伸到背后,往下一按,后面的人都张着嘴巴,眨着眼睛蹲下来,仄起耳朵听了听。然后都站起来弯着腰,眼睛滴溜溜地乱转,扫视着四周。他们悄悄地迈着脚步,不让脚底下发出一点声音,沿着苇塘长满薄荷草的斜坡,往墙根下绕去。

靠墙根,有一棵笔直的白杨树。因为雨来爬树爬得快,决定他先上去瞧一瞧。

雨来爬到树半腰,迈到墙头上,向院里张望。其实,那特务就隐藏在院里他脚下墙根的草垛里呢。雨来哪里知道。只见院里和大街上空空荡荡,一个人也没有。院里粪堆旁边的猪圈门敞着,门口有一摊血,圈里的猪已经没有了。大车旁边,有一件粉红色的花裖子,一卷白线,大概是敌人抢走的包袱里掉出来的。街上一团一堆带血的鸡毛,空纸烟盒子,摔碎的瓷瓶。雨来向站在墙外树底下的小朋友们大声说:

"鬼子走啦!你们等着,我把旁边那个角门开开!"

雨来用胳臂抱住墙头,先把两腿悬空地伸下去。下面正好有一个不大的草垛。他想踩着草垛跳到院子里。突然,他"啊呀"惊叫一声。他感到脚下踩的不是草,低头一看,正踩在一个人的脑袋上。雨来想要把脚收回,那人伸手一拉,扑通一声跌倒地上。雨来急忙向墙外喊:

"快跑,快跑!里头有敌人!"

铁头、三钻儿他们反身跳进苇塘里。路北墙里的特务朝苇塘砰砰打了几枪。因为有芦苇和高粱遮掩,他们都安全地逃了出来。只有雨来落在敌人手里了。

这个特务,身穿白布小褂。瘦长的脸上,满是小红疙瘩,分发式像女人一般油光光的,满口金牙。两眼上下打量着雨来,他那份儿高兴的样子,就像得到了一件宝贝。一边拍打着身上的干草,得意地说:

"逮住一个也就够啦。要不是你这小兔崽子踩着我的脑袋,你们一个也跑不了!"

雨来坐在地上,四下里瞧瞧,再没有别的特务了。心里说,我得跑,不能叫他这么把我逮了去。雨来见这特务只顾拍打身上的干草,他一翻身起来就跑。特务一伸腿,绊住雨来的脚腕子,扑通一声,雨来又趴倒地上了。

特务抓住雨来的后脖领儿,往上一提,叫声:

"给我老实地走!"

雨来在前面走,心里想:这可怎么办呢?叫他带到据点去,非没了命不可。还是得跑。雨来走着走着,突然一伸腿,特务没提防这一手,四爪着地趴倒地上,雨来上去就夺枪,可是那特务已经翻过身来,把枪对着雨来的胸口,叫道:

"动!开枪啦!"

特务把枪口直对着雨来,站起身,吐出嘴里的沙土,翻动着眼珠,恶狠狠地拉长声调,说:

"喝!——小兔崽子,你也会这一手!"

上去就是两个嘴巴子,打得雨来直趔趄。然后把枪口在雨来鼻梁的地方指点着：

"老实地给我走！再这么着我可就不客气啦！"

特务把雨来带到村西北河边上。二百多敌人在堤岸旁边坐着。一个特务说：

"去了半天，逮这么个小崽子来啦！"

逮雨来的特务回答说：

"别看他人小，胆子可不小呢。敢夺我的枪！"

鬼子和特务吃惊地瞧着雨来头上的八路军帽，和腰间扎着的牵牛花藤蔓。一个紫黑脸膛宽鼻子的特务，在雨来的胸脯上打了一拳，瞪着眼珠子，咬着牙，说：

"就欠拿刀子把你肚子里的八路气儿放出来！"

这个特务又把雨来的军帽使劲往下一拉，遮住两眼。那些鬼子兵，露出大黄板牙，哈哈大笑。

雨来用手猛力地把帽子往上一推，戴得端端正正，一声不响地挺直着身子。他缠在腰间的花朵和绿叶，也一动不动地撅翘着。

"这儿是中国的土地！"

满脸大胡子的鬼子指挥官，从那又长又密的眉毛底下闪动着一对凶恶的圆眼睛，嗖的一声抽出指挥刀，放在雨来的脖子上，用中国话说：

"小害（孩）带路！死拉（了）的没有！"

雨来没有回答，心里暗暗打主意，怎么办呢？把敌人带到哪里去呢？

鬼子指挥官见雨来直瞪着眼睛，不说话，以为这小孩吓昏了。把刀从他脖子上拿开，口气变得温和，好像是安慰雨来，说：

"害怕的不要，给皇军带路，死拉（了）的没有！"

雨来心里想：把他们带进地雷阵，这倒是个好机会。

见雨来还是直瞪着眼睛不说话,那个瘦脸上长满小红疙瘩的特务,弯下腰,直望着雨来的眼睛,大声叫道:

"听见没有?给皇军带路就把你放了,要是不带路就割掉你的脑袋!"

雨来心里说,要是顺顺当当答应给他们带路,他们也许还要疑心呢,不能叫敌人看出破绽来。

鬼子指挥官见雨来只是直瞪着眼睛不说话,就把刀在他头上挥动着,吼叫:

"带路!带路!"

那个紫黑脸膛宽鼻子的特务,在雨来的背上打了一拳,又顺手往前一推,叫声:

"走!"

雨来这么被推搡着在前面走,二百多鬼子和特务在后面跟着。雨来站住脚,脸上装出恼怒的神情,说:

"这么推搡,还不把我推到地雷上?"

鬼子指挥官向那特务挥了一下手。特务向雨来说:

"好,好,不推搡啦。就这么乖乖地给皇军带路!"

到了村东的大路上。连鬓胡子指挥官,耗子一样的小圆眼睛,滴溜溜转动着,瞧瞧那些土块下面的红绿纸条,又瞧瞧雨来。紫黑脸宽鼻子的特务,急忙上前问雨来:

"这些都是地雷吗?我就不信!"

雨来回答说:

"不信?对啦,没有地雷。你去踩一踩吧!"

紫黑脸宽鼻子特务,伸出大巴掌,给了雨来一个脖儿拐。咒骂着:

"小兔崽子,我知道你没安好心眼儿!"

雨来一会儿把敌人领到漫地里,一会儿又领到大路上,弯弯转转,在这片假地雷阵里走。雨来故意扯开嗓子喊叫一声:

"小心地雷呀!"

一个鬼子兵,正好踩到松软的地上,以为踏着地雷了,惊叫一声,趴倒地上。这一叫,整个鬼子大队都忽啦忽啦闪到一边,叽里咕噜趴下来,吱哇乱叫。

趴了一会儿,不见雷响,才松口气站起来。很多鬼子,因为刚才把脸埋在土里,弄得满脸沙土,只露着滚动的小眼睛。一个个缩头缩脑惊慌的样子,仿佛都吓掉了魂。

雨来带着敌人继续往前走。广阔的田野上,一块两块没有收割的豆子地,火焰也似的高粱穗儿,雪白的棉花球,耸入云天的白杨树,这一切都仿佛瞪着眼睛,等着看看鬼子怎样踏到地雷上。

一块没有刨掉的玉秫秸,哗啦哗啦抖动着干叶子。还乡河水打着漩涡,阳光下闪耀着发白的浪花,以及水鸟的叫声,都使鬼子心惊肉跳。

雨来故意领着敌人从那写着几个大字的路边经过。一个个鬼子兵走过时,都战战兢兢地瞧一眼地上那行特别显眼的白粉笔字:

"这儿是中国的土地!"

雨来见很多鬼子兵的腿都打着哆嗦,腮帮子嘴唇乱动。雨来心里说,他们在嘟哝些什么呢? 诅咒天皇不该把他们送上中国这块可怕的土地吗? 还是祈祷天皇保佑他们走出这天罗地网呢?

如果他们是咒骂天皇,就狠狠地咒骂吧! 如果是祈祷,就最后祈祷吧! 他们所抢夺的土地,马上就要变成他们冰冷的坟墓了。因为雨来已经把他们带到了真正的地雷阵。

愤怒的土地!

现在,雨来正领着鬼子大队在河岸上走。雨来一边走着,心里说,已经把鬼子领到地雷阵的当中来啦,我得想个办法脱身啦。怎么脱身呢? 雨来一边走着,心里打主意。

鬼子队伍的背后河堤上,大路上,漫地里是地雷。前面的河堤上,大路上,漫地里也是地雷。

离头前的第一个地雷只有两丈远了……一丈远了……还有几尺远了。

雨来回头向鬼子指挥官说:

"前面,地雷的没有啦!"

雨来故意一边走,一边回头说话,故意迈空了脚步,身子一歪,"唉呀"叫了一声,像一团小旋风似的滚进河里去了。

雨来在水里游着。他故意从水里冒出头来,扬手喊了声:

"救——命——啊——!"

就假装被波浪打进水里。接着,仿佛被涌起的波浪推上水面似的,又闪露了一下小脑袋,就沉进河底去了。

大连鬓胡了鬼子指挥官,瞪着小眼睛,见带路的小孩被河水冲走,心里说:

"天皇保佑,幸亏出了地雷阵!"

可是,一个地雷山崩地裂似的爆炸了。河堤上升腾起来的浓烟,卷着沙土和炸碎的鬼子衣片,直冲上天空。民兵的枪也响了起来,子弹带着日——日——的啸声,飞进鬼子混乱的队伍里。

鬼子兵这个的枪,碰了那个的脑袋。胳臂肘肩膀碰了别人的鼻子,别人又碰了自己的眼睛、鼻子……跌倒地上的,后面的就踩着他的脖子或是脊背跑了过去。

轰!轰!轰!……一个个地雷,像连珠炮似的响起来。啊!愤怒的土地,把撕碎的敌人抛上天空,扔进滚滚的烟尘中。军帽和带着血块的军装破片飞舞着,挂在庄稼秆上,挂在树枝上。皮鞋、炸断的步枪,在半天空里打着斤斗……

雨来从老远地方爬上河岸,战斗已经结束。他拧着湿淋淋的衣裳,只见落日把旷野上浮动的烟雾,映得红红的。民兵爆炸组正在打扫战场。

鬼子和特务，除了炸死的和乱枪打死的，只逃走了三十多人。

雨来精光着身子，抱着湿衣裳，向战场跑去。见铁头、三钻儿他们，也在人群里搜罗鬼子的枪支和子弹。二黑戴着个鬼子钢盔，穿着快没到大腿根儿的皮靴，手里拿着一把真正的鬼子军刀，远远地向雨来喊：

"嘿！胜利品！"

他们这是到哪儿去呢？

一天，又大又圆车轮似的红日，已经沉进芦花村西的树林背后去了。西边天空，仿佛烧起了大火，红通通地耀眼。渐渐地变得暗淡，只留下一片两片暗紫色的云，浮在树林的上空。树林也变成了黑的影子，飘浮在旷野和水面上的雾气，渐渐地浓了。这时候，如果有人留神向芦花村头上仔细看，就会看见从一家后门口闪出一个黑影，就像一只鸟儿似的扎进附近的棉花地里。又一个黑影，从一家墙外的树上下来，弯着腰，朝野地里跑。接着，从路边上的秫秸垛里，闪出三个黑影，跟着前面那黑影跑。不大一会儿，又有两个黑影，让河堤隐着身，顺河坡子朝东跑。眨巴眼的工夫，又从村头闪出一个……

没用了两袋烟的时间，都在村东头的一块高粱地里集合了。

铁头脸上带着紧张严肃的神情，蹲着身子，睁大眼睛，透过夜雾，查看了一下每个人的脸。一面拿手指头点着，不多不少十四名，都到齐了。连八九岁的六套儿、小胖儿都来了，铁头的小妹妹二妞，也死乞白赖非跟着不可。每个人除了把自己所保存的八路军的衣物，都穿挂在身上，有的挎着鼓儿似的挎包，有的腰带上挂着个小瓷碗，有的腰带上系着一条羊肚子手巾……一看他们就是准备长途行军的打扮。

他们的队长就是铁头，他们的司务长是二黑，雨来担任侦察。

铁头说，临时需要增添的侦察员都归雨来领导。因此由队长委任雨来做了侦察排长，不过现在连兵带官就他一个人。

铁头带着他的队伍钻出高粱地，出发了。在旷野的雾气中，排成一行，悄悄地往前走。铁头用一只手捂着屁股上的挎兜子，一会儿跑到队伍前面，一会儿又到后面。时而低声命令着："跟上，跟上！"时而低声警告说："别咳嗽！"不是从表情而是从他说话的语调和声音里听出他的责任是多么重要！

他们不走芦花村的石桥，也不走东庄的木板桥，却朝这两个村庄中间河湾的苇塘走去。那里有一只小船，是雨来的外祖父的渔船。雨来常常跟外祖父划着小船，荡进还乡河去打鱼。因此，他知道小船藏在什么地方。

他们为了抄近路，在一块玉米地里走。这里是一块晚庄稼，玉米棒子已经收走。玉米秸还没有刨。带着露水的叶子，好像很多冰凉的手掌，一会儿摸一下孩子们的脸，一会儿摸一下孩子们的胸脯，有时从头上滑过去，露水珠就像雨点般洒在头上、肩上。

他们出了玉米地，在旷野的小路上走。

雨来不住地跑到前面老远的地方，蹲下身，睁大两眼，瞧瞧四外有没有可疑的黑影。仄起耳朵，听听附近有没有什么响动。然后跑回来，低声报告大伙儿：

"前头没事儿！"

他学着真正八路军的侦察员那样，敞着怀。但是他里面没有穿衬衣，在星光下闪露着油黑发亮的小肚皮。由于他雄赳赳气昂昂地往来奔忙，因而兴奋地喘息着。在黑暗里，他的目光显得又严肃又得意。

他手里攥着一个意大利式的长木柄手榴弹。这是铁头保存了差不多两年的一个手榴弹，也是他们这支队伍里惟一的武器。雨来在队伍里走的时候，就物归原主，由铁头提着。离开队伍到前面去侦察的时候，就从铁头手里拿走。

紧跟在铁头后面的二黑,低声请求说:
"让我也拿一会儿。"
于是孩子们每个人都拿了一会儿手榴弹。
铁头一只手捂着屁股上的挎兜,不住地在队伍旁边前后奔跑着,低声叫道:
"手榴弹在谁手里哪?别把里头的线儿拉出来,一拉就响啊!"
远远的地方,有机关枪的叫声,像刮风一样呜呜地响。
他们上了河堤,眼前闪出一片朦胧的白光,河水在雾气里哗哗地流。再走不远就是他们过河的地方了。
他们这是到哪儿去呢?干什么去呢?要知道这里头的内情,非得叙述一下当天下午发生的事情不可。

杨大娃

这天下午,小朋友们正在街里玩耍,忽然看见杨二娃的哥哥杨大娃从院里走出来,戴一顶八路军褪了色的绿军帽,腿上缠着绑腿,腰间扎一条皮带,皮带上还挂着一个长形的旧皮套子,里面插着一把刺刀。神气活现地站在门口。一张大嘴,满脸雀斑,连那有点大的鼻子都透露着说不出的喜气和得意。
小朋友们都惊奇地围上去,问他:
"什么时候参加的?"
"参加的哪一部分?"
"是大部队吗?"
杨大娃用手捂着带套的刺刀,十分庄重地说:
"今天参加的。区长说叫我先跟着他。别摸,这刀可快啦!"
小朋友们都要往院里跑,嘴里喊着:
"我也去呀!我也去呀!"
杨大娃把胳臂张开,挡住大伙儿。把每一个人都上下打量了

一遍,皱起眉头,说:

"不行啊,都是些小孩子,人家不要啊!"

铁头说:

"为啥偏要你?"

杨大娃把腰板儿挺得直直的,说:

"我是属龙的,我已经十六岁啦。可你们哪?有够十四岁的吗?得啦,得啦,别去找钉子碰吧!"

小朋友们互相交换了一下目光。雨来说:

"你瞎白。谁说的八路军非够十六岁的不要?"

杨大娃睁大两眼,脸上现出吃惊的神情,点着头拉长声调说:

"够十六岁的还不要哪!你们不知道,我是费了多大的劲儿,人家才收下啦!再说,我的个头儿也高啊,你们瞧瞧!"

他不但挺直腰板儿,伸长了脖子,连脚跟都提起来了。嘴里说:

"你们看,我的个头儿有多高!"

但,大伙儿还是非进去找区长参加八路军不可。杨大娃沉着脸说:

"你们去吧!区长正开会,你们就扰乱会场去吧!"

这么一说,大伙儿你瞧瞧我,我瞧瞧你,谁也不敢进去了。三钻儿说:

"等区长开完会,咱们再去找他!"

雨来羡慕地望着杨大娃头上的军帽,用请求的口气说:

"我戴一戴行不行?"

杨大娃迟疑了一下,勉强地把军帽从头上摘下来。递给雨来的时候,嘱咐说:

"小心,别弄脏了!"

雨来咧开嘴巴,笑嘻嘻地接在手里。翻过来掉过去看了一遍,觉着比自己的那顶新多了。尤其是,他认为这是区长发给杨大娃的。就是说,戴上这顶军帽就算真正的八路军了。雨来小心地扣在头上。

三钻儿、二黑他们也都眼热地瞧着这顶军帽,争抢着说:

"我也戴一戴!"

杨大娃说:

"快拿来吧!你们离戴军帽的岁数还得几年呢!"

杨大娃把帽子拿过去,拍了又拍,吹了又吹,才神气地扣在头上。

二黑上下打量着杨大娃,说:

"哟!连支枪也没有啊?"

杨大娃愣了一下,觉得自己这份荣耀和尊严受到轻视。可是他立刻把刺刀从皮套里抽出来,在大伙面前晃着,说:

"瞧,磨一磨快极啦。区长说,等缴获了敌人的枪就发给我一支。急什么?"

铁头接过去,小心恭敬地抚摩了一下长满锈的刀刃,又递给雨来。每个人都这么瞧了一遍。杨大娃不住地提醒大伙儿,说:

"嘿,小心,割破了手指头!"

小朋友们都觉着杨大娃一切都变得这么不平凡。因此,参加八路军的心越来越坚定了。

这时候,区长和四五个工作人员,从杨大娃的院里走出来。区长向杨大娃说:

"小杨同志,咱们出发啦!"

小朋友们忽啦忽啦围住区长。不管怎么说,死乞白赖,非参加八路军不可。闹得区长没有办法,最后只好说:

"你们快回家带两件衣裳,有手巾挎包什么的也带上,快去快来。"

可是等大伙儿偷着从家里带出应用的东西,到大街上一看,区长他们早无影无踪了。只有杨大娃的老爷爷站在门口,向孩子们挤了挤眼,动着胡子,嘿嘿地笑。

孩子们呆呆地站着,带着受了委屈的神情,向没有人迹的大路上望着。委屈再加上失望,心里头真有一种说不出的难过。

忽然,铁头向大伙使了个眼色,大伙儿跟着他到了村头菜园子里密密的向日葵底下。铁头说:

"咱们去参加主力部队!"

这样,他们仔细商量过以后,吃过晚饭,就神不知鬼不觉地偷偷溜出自己的家门。

像八路军那样爱自己的同志

他们顺着河岸向东走。每个人都觉着自己似乎已经是八路军战士了。一个个挺着胸脯,只听脚底下嚓嚓地响。还像八路军行军那样,不住地低声传达口令。

一会儿传:"脚步轻点!"

一会儿传:"别掉队!"

一会儿传:"别咳嗽!"

甚至铁头的小妹妹咳嗽的时候,二黑还不知不觉地学着老八路的南方口音,侉里侉气地说:

"怎么搞的!"

这一下,逗得整个队伍都嗤嗤地笑起来。有的用巴掌捂着嘴,笑出那种扑扑的声音。急得铁头跺着脚,低声喊叫说:

"就这样,人家八路军要吗?"

一只水鸟,突噜一声从水草里飞起。孩子们受了惊吓,才算止住笑声。

四处静静的。只是偶然间从很远很远的地方传来刮风一般呜呜的机关枪声。银河斜着向天边伸展过去。投下的光辉,透过夜雾,洒在还乡河上,朦朦胧胧闪动着波纹。在那水面平静的河湾,可以看见群星的倒影。河里有大鱼跳跃时的泼溅声,和野鸭的叫声。

铁头轻轻地嘘了一声。大伙儿都一个跟着一个蹲下身。雨来照例从铁头手里接过那个手榴弹,猫下腰,瞪大眼睛,一步一步,鸟悄鸟悄地到前头过河的地方去侦察。

孩子们一个个伸着小脖儿,睁大眼睛,转动着脑袋,向四下里探望。

还乡河水哗哗地流过来,星光在水波中间闪动。一阵风吹过来,近处芦苇密密的叶子,互相撞击着,发出沙沙的响声。再望望黑暗的旷野上,浮现着树林、土丘、村庄的黑影。纺织娘在落满露水的草丛里,低声叫着。一个流星,拖着长长的蓝尾巴,掠过夜空,在远方消失了。

可是雨来呢?去的时间不短了,还没有回来。这可使大伙儿有点为他担心了。这一带河边水草密,要是一不留神掉下去,叫水草缠住,会游水的也得淹死。要么就是碰到了隐藏的敌人?有时候,少数敌人夜晚出来,隐藏在什么地方,等着捉人。

大伙儿越想越不放心了。于是围拢在一起,悄声低语地商量,再派出两个人去。都说,八路军最讲同志友爱。我们要像八路军那样爱自己的同志,搭救自己的同志。

仿佛雨来已经掉在河里了,仿佛雨来已经被敌人捉住了。每个人都争抢着要到最前面去侦察。

最后决定铁头和二黑到前面去。其他的人,都在后面十几步远,慢慢跟着。

铁头和二黑走几步,朝前抛出一两块土疙瘩。蹲下来听一听,再往前走。

三钻儿猫腰从后面跑过来,低声叫道:

"别往前走啦。雨来说的那船就在这一带,我到这儿放羊的时候,瞧见过。瞧这黑影不是河边那两棵柳树吗!就是这儿。"

他们在这里悄悄地寻找,把土块向四下里抛。这儿没有敌人。那么,很明显,雨来是掉进河里去了。

大伙儿忽啦忽啦朝河坡子底下跑。一边低声呼唤着:

"雨来!雨来!"

有几个会游水的,已经准备舍命跳进满是水草的河里寻找雨来了。

这时候,雨来从芦苇里钻出来,跺着脚说:

"你们这是干什么呀!"

原来,雨来在这河边芦苇里来回找了多少遍,怎么也没找见那只渔船。他正急得浑身冒汗,忽听哗啦一声,什么东西打在身边的芦苇里了。心想,糟糕!也许来了敌人。他急忙蹲在河坡的一丛芦苇里。正要从水里游到铁头他们等他的地方去,大伙儿就急急地跑下河坡来了。

大伙儿见雨来平安无事,虽然还没找到渡船,也都兴奋地议论他们刚才的心情,就好像真正地冲过了一次危险。于是全体行动起来,沿着河边寻找那只渔船。

渡 河

有的小朋友埋怨雨来,说雨来也不知道这儿是不是真有渔船,就把大伙儿领来了。

但是大伙儿都不同意这个小朋友的意见。都说人家八路军是越在困难的时候,越团结友爱。都批评他,刚遇到这么一点小小的困难,就埋怨起别人来。这个小朋友才不嘟哝了。

这么一来,大伙儿都怕雨来着急难过。都不住地走过去,低声安慰雨来。铁头向雨来说:

"别着急!慢慢找。实在找不到,咱们就多走五里地,从东庄西北那座桥上走!"

二黑到雨来跟前,低声问:

"着急了没有?我们都不着急,你放心吧。"

三钻儿说:

"谁没有记错了的时候呢?你好好想想。"

雨来猫着腰,眼睛睁得大大的,圆圆的。用手拨拉着芦草,寻找渔船,汗珠顺着脸滴落在草叶上。铁头的小妹妹悄悄扯了一下雨来的袖子,得意地说:

"越是在困难的时候,我们越不埋怨,越团结,对不对?"

这时候,杨二娃呼哧呼哧跑来,低声叫道:

"找到啦,找到啦!在下边那一小片苇子里藏着呢。"

雨来先爬到船上,把一个小木板搭在船舷和岸边。雨来在上面撑着篙,铁头两手拉紧船绳,二黑照顾着大伙儿,一个一个上船。二黑脱了鞋,光脚卷着裤腿。软泥和水草在脚下滋滋地响着。他一面用手搀扶着上船的小朋友,一面低声说:

"别慌!小心脚底下!"

雨来在船上,用那种压低的嗓音,连声叫着:

"坐稳!坐稳!别动啦!别站着啦!"

全都上了船以后,为了怕有人不小心掉进水里,铁头郑重其事地下了命令:

"谁也不许在船上乱晃!"

铁头和二黑摇橹。雨来撑篙。小船缓缓地移动了,向芦苇的深处荡去。船帮擦着水草,发出轻微的声音。孩子们坐在船里,每个人都觉得今天晚上的一切,都是这么不平常;吱吱呀呀的摇橹声,河水轻微的泼溅声,铁头、二黑、雨来的身影,头上无边无际深蓝色的星空,又神秘、又伟大。

他们呼吸着芦苇、蒲草和水的气味,觉着这么新鲜。坐在船上,感觉着就像坐在一只飞得平稳的鸟背上。船在两边墙也似高高的芦苇中间行进,就像在一个长形的峡谷里穿飞。一个个缩着小脖儿,静静地听着芦苇擦着船身,沙沙地响。折断的芦苇打在他们脸上,也不去拨开,都觉得这样更有味儿。因为每个人都想到自己这是去参加八路军,马上就是保卫祖国的真正战士了。他们在水光和星光中,不住地互相交换一下目光,微笑着。

船,很快钻出苇丛。渐渐地,荡到河中心了。还乡河好像从来没有这样的宽广过,两岸的芦苇,在夜雾里,变得像大海中的岛屿一般。船,驶过河中心,向对岸摇去。凸起来的黑油也似的水面,被小船轻轻地分成两半,又翻卷回来,泼溅着船身。有的小朋友,忍不住把一只手伸进凉凉的河水里。立刻听到低声喝道:

"嘿!那是谁呀?"

于是,那只小手就急忙缩回去了。

船,离对岸不远了。望得见水面上柳条的黑影和那追赶着白泡沫的漩涡了。

船靠到对岸的时候,忽然扑啦一声,大伙心里猛一跳,原来是一只水鸟,从蒲草棵子里钻出来,扑棱着翅膀飞走了。

船,撑进苇丛里,靠了岸。雨来把绳索拴在一棵小树上,一个个跳下船。

我不累呢,我是撒尿来着

他们排成队伍,顺着大路,一直往北走。其实,这不是走,这简直是跑。只听他们脚底下嚓嚓嚓嚓地响。他们像一阵风似的在这夜晚的旷野上飞奔。

渐渐地,队伍拉长了。而且,有那年纪最小的,已经走不动了。从后面,急急地低声传过话来,说:

"往前传站住!二妞、六套儿、小胖儿都走不动啦!"

话传到前面就变成了这样:

"站住!前传,二妞、六套儿、小胖儿不走啦!"

孩子们站住了。带队的铁头,手提着手榴弹,走到队伍后面,黑暗里朝前探着身子,睁大眼睛,见小胖儿正坐在大路旁边喘息。二妞干脆躺在地上了。六套儿站在那里,拿袖子抹着脸上的汗,说:

"谁说我走不动啦?我一点儿也不累嘛!"

铁头本想埋怨他们几句。尤其是他的妹妹二妞,既然走不动,就别来。到现在成了累赘了。怎么办?他想到应该学八路军那样,越是遇到困难,越团结、互助、友爱,越是半句埋怨别人的话也不说。他向二妞、六套儿和小胖儿说:

"把你们身上的东西拿下来,我给你们背着!"

这时候,三钻儿走过来,伸手摘六套儿的挎包。六套儿推开他的手,说:

"谁说我不能走啦?我一点儿不累。"

二黑用那种雄壮的声音,向二妞说:

"把你的东西都给我!"

雨来把脊背对着小胖儿,蹲下身,说:

"我背着你!"

小胖儿说:

"不用,我能走!"

其他的小朋友也都围上来了。连抢带夺地争着帮他们拿东西。一只挎包就有好几只手去抢。六套儿两手紧紧地攥住他的挎包,着急白脸地说:

"我背得动,背得动!"

小胖儿急得跺着脚,低声喊叫:

"我走得动呢!哪有叫人家背着参加八路军的?"

结果,小胖儿只把他装着课本、手巾和瓷碗的挎包给了雨来。二妞的东西给了她哥哥铁头。六套儿的挎包叫三钻儿硬抢去了。

雨来用一只手搀扶着小胖儿的胳臂走。还不住地低声安

慰他:

"这是头一天,以后就锻炼出来啦!"

走了一段路,就由二黑来帮助小胖儿。雨来到前面侦察去了。

队伍里,不住地有人争抢着帮助年岁小的伙伴,或是争着去搀扶那走得慢下来的伙伴。

杨二娃因为撒尿拉后了几步。立刻就有三四个小伙伴跑过去。不由分说,有的摘他身上的挎包,有的搀扶起他的胳臂。急得杨二娃跺脚说:

"我不累呢,我是撒尿来着!"

他们已经绕过三个村庄。眼前平地上,又朦朦胧胧浮现出一片黑影。孩子们心里想:应该开始侦察一下,村里是否住着八路军大队?

他们漫踏着地,走了约莫半里路,在村外的一个干土沟里蹲下来。派出三钻儿和雨来进村去侦察。

雨来和三钻儿弯着腰,一步一步朝村里摸。好像这么弯着腰别人就不会看见自己了,就不会有什么危险了。雨来被土块绊了一跤,扑通一声趴倒地上。三钻儿以为雨来看见了什么,也跟着趴下来,低声问他:

"看见什么啦!"

雨来站起来,拍打着衣襟上的土,说:

"跌了个斤斗。没啥!"

他们擦着一个菜园的篱笆悄悄往前摸。突然,哗啦一声响,从豆角的密叶里蹿出一个黑糊糊的东西,把雨来和三钻儿吓了一跳。那黑团在离他们四五步远的地方站住,黑夜里只见一对眼睛放着绿光。拖长声音叫了一声,原来是一只大狸猫。三钻儿跺一下脚,嘴里"嗤——"地叫了一声,那狸猫便跑走了。

他们继续往前摸。在一家院墙的外面,仄着耳朵听了听,院子里静静的。听听村里也是静静的。不知谁家槽上的毛驴,用那种又粗又宽的嗓门儿吼叫。

雨来和三钻儿,顺着一棵枣树爬到墙头上。瞧瞧房屋的窗子没有灯光。二人顺着墙头寻找底下有没有能够帮助他们下去的土堆木垛什么的。

他们把脚伸到靠墙的鸡窝顶上。墙头上的碎土刷啦刷啦往下直掉。他们静下来,听听屋里没有声音,只是窝里的鸡鸭,因为听到它们头顶上的响动,有点儿惊慌地低声叫着。雨来和三钻儿从鸡窝轻轻地跳到地上。雨来不小心,挎包上的瓷碗,当啷一声,碰到墙边的一个大缸上了。他急忙用手捂住那瓷碗。同时缩起小脖儿,睁大两眼,直盯着漆黑的窗口。听屋里一个老头的声音,问道:

"谁呀?"

雨来和三钻儿走到窗前。三钻儿学着八路军的称呼,还有点侉里侉气地说:

"老乡!这村有八路军没有?"

雨来觉着三钻儿没介绍自己的身份来历,容易引起人家的疑心。忙接着三钻儿的话茬儿,急急地说:

"是这么回事儿,我们是八路军找八路军的,想打听一下这村里有八路军主力部队没有?"

屋里没有回答。可是窗纸一亮,点着灯了。听着下炕走动的脚步声。接着,一声门响,一个老头,探出半个身子,黑暗里辨认出是两个小孩,嘴里嘟哝说:

"什么八路军找八路军?说的不明不白。"

"是这么回事,老爷爷。"雨来用和气尊敬的语气回答。他本想称呼"老乡",话到嘴皮上,觉着不合适,还是按着岁数来称呼了,"我们是找八路军参加八路军的。"他和气地微笑着说。

老爷爷先是吃惊地扫了他们两个一眼,然后说:

"到屋里再说吧!"

老爷爷把雨来和三钻儿让进屋里。等老爷爷听完两个孩子的

详细叙说,明白了怎么回事以后,用手摸擦着灰白色的大胡子,仰脸朝房顶翻了翻眼珠。仿佛猛然想起了什么,向雨来和三钻儿说:

"先把你们那十几个伙伴儿都叫来,喝点水,喘喘气儿,我给你们想想办法找到八路军!"

雨来、三钻儿把伙伴们领进这屋里的时候,一个圆脸庞大眼睛,脑后梳着个圆髻的婶子,正在当屋蹲着,给这群小客人们烧水呢。

这个婶子脸上带着那样的笑容向屋里大声说:

"妈妈,八路军到啦!"

一个老奶奶把他们迎进屋里,一边拿笤帚扫着炕,说:

"快上炕歇歇腿儿。真难为了你们!"

小朋友们都忽啦忽啦上了炕。端端正正地盘腿坐下来。互相望着,咧着嘴巴笑。

老奶奶站在地上,两手撑在炕沿上,朝孩子们探过身去,眼睛在大伙儿的脸上扫来扫去。用那种责备中夹带着爱护的口气,说:

"这么跑出来,你们的妈妈爸爸该急成什么样子啦!再说,一个个都这么大点儿,是叫人家八路军背着你们?还是抱着你们?"

小胖儿摆出雄赳赳的姿势,点动着脑袋,直着嗓子说:

"我们又不叫他抱,又不叫他背!"

于是孩子们七嘴八舌,乱哄哄,吹嘘自己的能耐。他们的话,互相打断,而且声音越来越高。老奶奶也不知道应该回答谁的话了,只是吃惊地睁大眼睛,赞叹说:

"嗬!嗬!嗬!"

铁头、雨来和三钻儿,交换了一下疑问的眼色。三钻儿问老奶奶说:

"真的,我说老爷爷到哪儿去啦?"

老奶奶仍旧那么两手撑在炕沿上,往前探着身子,神秘地眨着眼。放低声音说:

"给你们找八路军去啦!"

这时候,在堂屋烧水的婶子端来了茶水。孩子们往后挪动着身子,当中空出一块摆茶壶茶碗的地方。铁头还学着大人的口气,很有礼貌地微笑着说:

"婶子,您受累啦,我们自己倒吧!"

不知为什么,大伙儿觉着铁头这种说话的语气和神态挺好笑,可是都知道不应该笑。但,越是想忍住笑,越是忍不住了。有几个小朋友由于强忍着笑声,浑身直颤动。铁头的小妹妹二妞,两个手掌捂住嘴,又发出那种扑扑的声音。要不是老奶奶给他们拿来了吃的,他们非哈哈大笑一阵不可。

在婶子给他们倒水的时候,老奶奶从厢屋里用衣襟兜来了落花生和大枣儿,抖在炕上,笑着说:

"慰劳慰劳八路军同志们!"

孩子们听老奶奶叫他们"八路军同志",都欢喜得你看看我,我看看你,咧着嘴嘻嘻地笑。

大伙儿连吃带喝,十分高兴。想不到这么顺利,遇见这么一个热心肠的老爷爷,亲自给他们去找八路军。看样子,八路军大队离这儿不会太远。

孩子们喝着,吃着。渐渐地,都横躺竖卧睡着了。

老爷爷回来,招呼他们:

"起来,起来,嘿!出发啦!"

孩子们都坐起来,争抢着问老爷爷:

"找到八路军啦?"

"这就走吗?"

"八路军大队有多远?"

老爷爷告诉他们说,不远。

大伙儿扑通扑通跳下炕,跟着老爷爷到了门口。啊啥!还有两辆大胶皮车等着他们呢。由铁头指挥着,一个个按次序上了车。

老爷爷赶第一辆,一个叔叔赶第二辆。

赶车的轻声地吆喝着牲口。马儿拉着他们飞奔起来。

孩子们坐在车厢里,悄声低语谈论着见到八路军大队该怎么说。也有的默默地望着夜雾里变得神秘的旷野,脑子里想象着穿上军服,背上步枪的神情气派。想象着到战场上冲锋陷阵,又紧张又快活的情形……

马儿拉着孩子们在大路上飞奔。

可是,这是到了哪儿啦?这发亮的不是还乡河吗?那高高的黑影,不是芦花村北的那两棵响杨树吗?啊呀!这是芦花村哪!老爷爷把我们送回来啦!

跳进人来啦

近来,日本鬼子很少有大队下乡围庄了。只是特务队常常夜里偷偷从据点出来,神不知鬼不觉地窝藏在村里。免不了就有那少数的工作同志,或送信的人,不小心,被敌人捉住,捆绑起来。

一天晚上,雨来从夜校回来,趴在油灯底下,给妈妈念新学的课文。妈妈坐在灯边,一边听着,一边穿针引线地纳鞋底子。

雨来念着念着,眼皮子发沉,打起盹儿来。妈妈说:

"快去撒泡尿,回来睡觉吧!"

雨来迷迷糊糊,光着脚跑到堂屋地。蹬在后门坎子上,向院里撒尿。一阵夜风吹来,雨来打了个冷颤。撒完尿,正要转身回屋里去的时候,听墙外有轻微的脚步声和嗡嗡哝哝的说话声。雨来的心跳起来。两眼注视着墙头,仄着耳朵,想听他们说的什么?可是听不清。忽然,他看见墙头上探出一个黑糊糊的东西。雨来睁大眼睛,仔细看,分明是一个人脑袋。雨来忙躲进门里,只听扑通一声,那人跳进院里来了。雨来扭头往屋里跑,低声叫着:

"妈妈!妈妈!"

妈妈从雨来的声音和惊慌的神情,知道有了事。忙问:

"什么事?"

"跳进人来啦!"

妈妈的脸色刷地变得苍白了,她知道跳进来的是什么人。妈妈伸手就从炕上把雨来的书抓过来,塞到炕席底下。叫雨来:

"快上炕,装睡觉!"

这时候,又听前院有人绊在水桶上。哐啷哐啷,连人带桶倒在地上的声音,夹杂着咒骂的声音。一个粗哑的嗓子骂道:

"狗操的,还下上障碍物啦!真他妈丧气!"

雨来已经爬上炕,躺在炕头,拉过被,蒙头盖上。妈妈仍旧坐在灯下纳鞋底子。

前后院已经有了很多杂乱的脚步声和唧唧喳喳的说话声。又听有人踢得那水桶乱滚,骂骂咧咧地到了堂屋。门帘子忽地一下掀开了,跟着,伸进一支手枪,后面探进一个脑袋。凸起的脑门儿和鼻梁相接的地方,滴溜溜闪动着耗子一样的小眼睛。缩着脖子,把整个的屋里瞧了一遍。目光停留在雨来的身上,问雨来妈妈:

"被底下是什么?"

雨来蒙在被里不出声,妈妈回答说:

"我的孩子,刚躺下睡啦!"

特务用门框隐住身子,把手枪对着雨来,大着胆子叫道:

"把被给我揭掉!"

雨来妈妈没有动,反问那个特务:

"孩子睡觉,揭他的被干什么?"

特务瞪着眼睛,威吓雨来妈妈:

"揭不揭?不揭我开枪啦!"

雨来妈妈探过身子去,伸手把雨来身上的被掀到一边。雨来装着被惊醒的样子,用手揉着眼睛,说:

"怎么把我的被给揭掉啦?"

035

他假装刚看见那个特务,坐起来,问他:

"干什么的?你找谁?"

这个特务没有答理雨来。只瞥了雨来一眼,就把手枪对着雨来妈妈,低声问:

"有八路军没有?"

妈妈摇摇头,回答说:"没有!"

这个特务,把门后、柜底下、缸里,搜寻了一遍。歪脖子横着耗子眼睛,叫道:

"给我老老实实在炕上呆着!别动!"

他见雨来坐在那里,两眼直望着他。就把枪口对着雨来的脑门儿,威吓说:

"你朝我眨巴眼睛干什么?心眼儿里打主意哪是不是?就给我老实地躺着!"

等雨来拉着被子躺下去,他又把枪口对着妈妈:

"敢动一动,敢叫一声,就给你们两颗'定心丸'尝尝!"

这个特务横着脖子,翻翻眼珠出去了。

听堂屋有人压低着嗓音,喊叫说:

"太君问你们,都准备好了没有?"

前后院都有人,用同样压低的嗓音回答:

"都准备好啦!"

问:"车子都推进来了?"

回答:"推进来了!"

随着急速的脚步声,问话的掀帘子来到屋里。瞧他那副神气,就像来到他自己家里似的,只四下扫了一眼,就盘腿坐在炕上。把头上的黑呢子礼帽摘下来,放在身边。从口袋里掏出个纸包,打开,放在自己面前。把夹在右耳朵上的半截烟卷拿下来,倒掉烟头上的一点烟末,用长长的指甲,把纸包里的白面,挑到烟卷头里。然后,划着火柴,仰脖子,吸溜吸溜地抽起来。从他两个鼻孔里喷出的烟,散发出一种使人恶心的腥臭味儿。

妈妈坐在雨来身边。偷偷地打量这个特务,穿一身黑礼服呢制服,胸脯的口袋外边,吊着的一条表链儿,活像条蛇。分发抹着浓浓的油,狗舐似的一般光滑。黄白的面皮,满是酒刺。鼻孔里伸出两撮黑毛,左眼眉底下,一个核桃大的肉瘤。妈妈心里暗暗叫道:

"这不是佐佐木特务队的大队副孙大瘤子吗?"

最近从天津调来的日本特务队长佐佐木,手下二十多个最凶恶的特务,都是佐佐木从天津亲自挑选来的。只有这个大队副是本地人。因为他眼眉底下有个肉瘤,人们都叫他"孙大瘤子"。他一边吸着白面,问雨来的妈妈:

"你们这村子里,常来八路军工作人员吗?"

雨来的妈妈摇摇头,回答说:

"不知道!"

孙大瘤子脸上带着严厉气恼的神情,翻了雨来的妈妈一眼。吸了两口白面,大概是享受着白面的醉意,闭着眼睛,拖长着声调,问:

"常来八路军游击队吗?"

雨来的妈妈仍旧摇摇头,回答说:

"不知道!"

孙大瘤子没有睁开眼睛,又问:

"大部队来过吗?"

虽然他的声调还是拖得长长的,声音也不高。可是已经明显地带出了不满意和威胁的意味。

雨来妈妈还是摇摇头,回答说:

"不知道。"

孙大瘤子又吸了两口白面。把刚刚吐出嘴的臭烟,又顺鼻子眼吸进去。一伸脖子,咽进肚子里。恶狠狠地斜了雨来妈妈一眼。

然后低头,重新拿指甲往烟卷头里挑白面。用伤了风似的鼻音,拉长了声调,说:

"我说,你怎么老是摇头啊?我看,你的脑袋在肩膀头子上,长得有点不牢靠了吧?"

妈妈不慌不忙地回答说:

"轻易不出门,就是来了八路军也不知道。"

孙大瘤子吸完一口白面。突然,把烟卷头往炕上一摔,横眉立眼地叫道:

"不知道,不知道。八路军一来你什么都知道啦!"

这时候,进来一个特务,向孙大瘤子打个敬礼,说:

"太君请孙队长!"

孙大瘤子下炕,收起白面,戴上礼帽,用那种凶恶的目光盯着雨来妈妈,咬着牙说:

"早晚宰了你!"

然后,跟那特务一同出去了。

雨来从被头露出一对小眼睛,望着妈妈,悄声问:

"都走啦!"

妈妈向雨来使眼色,做手势,叫雨来不要说话。前后院和堂屋,不断地有人走动。

一个特务掀帘子进来,向雨来妈妈叫道:

"下炕,烧壶水喝!"

雨来妈妈下炕,到堂屋给特务们烧水。孙大瘤子跑到堂屋,吩咐一个正坐在锅台上抽白面的特务,说:

"你盯着这老娘儿们,一不留神,就可能在水里给咱们下点毒药。"

于是,这个特务寸步不离地两个眼睛跟着雨来妈妈转动。

这一宿,敌人并没有捉到八路军工作人员。

来了个骑自行车的人

  公鸡用它们尖声的、粗声的、低声的、响亮的,各种各样的嗓门儿,咯儿咯儿地叫起来了。天,渐渐地亮了。井沿上有水桶的叮当声。有人拉着牲口,向还乡河边走去饮水。早晨见了面,照例大声地互相打招呼。谁也没想到靠西街把梢雨来家的院子里,藏着一群特务。
  太阳虽然还没有出来,但是已经透过东边的浮云,看出了它的光辉。一颗星星也不见了。雨来家后门外的旷野,原先藏在黑暗的夜雾里,现在一目了然了,黑色的土地,散布在田里的一捆捆的秫秸,琥珀一样的水塘,闪着露水的草地,都显现出来了。
  大路像一条浅黄色的宽带子,横过雨来家的后门口,弯弯转转地向旷野伸展出去。一只鹰,醒了,停在一棵高大白杨树的顶端,仰着头,黑亮的眼睛,注视着旷野。似乎听到了什么响动,或是看到了什么。张开它巨大的翅膀,跳离枝头,悬在空中,慢慢地扇动着翅膀,飞向旷野。在早晨的霞光中盘旋起来。
  这时候,从远远的大路上,来了一个骑自行车的人。
  这人的脸,被太阳晒成酱红色。眉棱、颧骨、下巴,整个脸的轮廓分明,而且显得坚毅。他的两眼黑得发亮,锋利的目光,仿佛要把什么刺穿似的,眺望着旷野和面前的芦花村。半旧的蘑菇式圆顶草帽,压着他粗硬的头发。免得风把帽子吹掉,帽带系在他长了黑胡子楂儿的下巴上。他的青布夹袄大敞着怀,露出腰间鲜红的牛皮子弹袋。右边插着一把长苗三眼金鸡盒子枪。左边挎着一个枪牌橹子,两个甜瓜形手榴弹。迎面的晨风,把他两边的衣襟吹到后面,像鸟儿张起的翅膀。这正是游击队长杜绍英。他同政委李民达到军区武装部开会。政委在刘家桥等他。队伍已经由副队长带走了。

杜绍英

杜绍英在大路上紧蹬着车子。见芦花村头上,有挑水的,有牵着牲口往河边走的,有下地干活的。他向下地的人打听,说村里没事儿,就放心地过了还乡河上的桥。穿过一片矮树棵子,绕过池塘,眼前就是打谷场了。

看见从雨来家的后门口,走出一个拿木杈的男子。杜绍英一边蹬着车子,一边眯缝起眼睛,仔细地辨认这个人。心里说:

"这是谁呢?怎么不认识?"

等他看出这不是个庄稼人的时候,已经晚了,来不及了。特务丢下木杈,掏出手枪,向前迈了一步,挡住车子,叫声:

"别动!"

杜绍英两手扶着车把手,眼看手枪在腰里不能拿,干着急。

这时候,从院里跑出四五个特务,搜查杜绍英的全身,幸亏所有的文件都在政委手里。杜绍英眼看着满蓝的三眼金鸡,满蓝的枪牌橹子,装得满满的牛皮子弹袋,都被特务拿去了。他从牙缝里说:

"没容我还手,真便宜了你们!"

一个特务,抖开绳子。扭动着脸上的横肉,挤着一只眼睛,嘻嘻地笑着说:

"来吧,不管骡子马的拴上点吧!"

杜绍英由于一时大意而对自己的恼恨,由于受了侮辱而感到的愤怒,以及对这群汉奸走狗的仇恨,混合成一股怒火,直从心窝里升腾起来。他的脸,登时变得通红。双眉倒竖,圆睁两眼,叫道:

"呸!放干净点儿,别满嘴喷粪!"

这个特务一怔,眼睛直望着杜绍英,拖长声音叫道:

"嘿——"

扬起大巴掌就向杜绍英的脸上打下去。杜绍英趁势给了他一脚。正踢在他的小肚子上。特务倒憋了一口气,止不住后退几步,打个趔趄。扔掉绳子,两手捧着肚子,蹲在地上,龇牙咧嘴地乱叫:

"唉哟!唉哟!唉哟!"

立时上去两个特务,把杜绍英的两臂拧到背后,捆绑起来。

那个被踢的特务,仍旧蹲在一边,捂着肚子,不住声地叫:

"唉哟!毙了他!毙了他!活活打死!唉哟,我的妈呀!打,打。唉哟,拿棍子来,活活打死!唉哟,踢死我啦。小心哪,他身上可能有点功夫。唉哟,踢死我喽……"

特务们七嘴八舌地喊叫:

"绑在树上!"

"把他按倒!"

"还是绑在树上打老实点!"

杜绍英被特务绑在稻场边一棵大树上。那个挨了窝心脚的特务,已经缓过气来。从地上抄起木杈,咔巴一声踩成两截。他手提着半截杈子柄,横脖子瞪眼,一步一步走过来。咬牙切齿地说:

"我非活活地打死你不可!"

杜绍英骄傲地仰着脸。蔑视的目光,直盯着向他身边走过来的特务,冷笑说:

"落在你们这群狗东西手里,就没打算活着。摸摸你的狗头吧!看它还能在你的肩膀头子上长几天?出卖祖国出卖人民的败类!"

这个特务一怔,不由得用手摸了一下自己的后脖梗儿。但他立刻抡起了木杈子柄,对准杜绍英的脑袋,正要搂头盖顶地打下去。忽然,背后一个声音,叫道:

"慢着!"

这个特务举着木棒,扭头一看,是佐佐木和孙大瘤子出来了。

孙大瘤子嘴里叼着烟卷,手提着盒子枪。稍微仰着点脸,皱起

眉头,用不满意的口气问:

"你们问过他没有?"

特务们你瞅瞅我,我瞅瞅你,没有人回答。孙大瘤子拖长声调说:

"急什么?还跑得了他?"

佐佐木杀气腾腾地站在杜绍英面前。这个刽子手,穿一身蓝布裤褂。滚圆的肚子,把衣服撑得紧绷绷的。灰黑色的脸,翻扯着的上嘴唇,有一撮小黑胡子。嘴里露出两颗大黄板牙。他两手抱在胸前,两腿八字形站在地上。扫帚眉底下的一对小眼睛,骨碌骨碌地转。他上下打量着杜绍英,猜测着这个落在他们手里的是个什么人物?他用中国话问:

"八路军?"

杜绍英仰着头,脸上现出把这一切都不放在眼里的神情。用那种挑战的口气回答:

"不错,是八路军!"

佐佐木的脸上不动声色。显然,这个不问他也知道的。他继续问:

"你的工作人员?还是大部队的干活?"

杜绍英没有回答。佐佐木提高声音,又追问了一句:

"你的工作人员?还是大部队的干活?"

杜绍英没有立刻回答,因为他心里想:要说是地方上的工作人员,这群东西就会问个没完没了,让我吓唬吓唬他们。

杜绍英仍然骄傲地仰着头,半闭着眼睛,回答说:

"大部队的侦察员!"

杜绍英说这话的时候,两眼注意到佐佐木和特务们的脸色,见他们都怔了一下,互相交换着惊慌的目光。佐佐木压住心里的惊慌,急急地追问:

"大部队哪里的住?"

杜绍英向他来的方向瞥了一眼,回答说:
"二里地,说话就到!"
哈哈,佐佐木的丑脸,立时由灰黑变成灰白。他向孙大瘤子说了两句日本话。孙大瘤子现出六神无主的样子,向特务们叫着:
"快,快,快,搬车子,走走!"
特务们忽拉忽拉跑进院里,推出自行车。

妈妈决心拖住特务

在后门口外的特务们捆绑杜绍英,以及佐佐木、孙大瘤子走出门口的那个时候,有一个特务正在屋里翻箱倒柜。其实,雨来妈妈早把衣裳物件藏起来了。日本鬼子和汉奸队三天两头围庄,谁把衣物在箱柜里装着?有多少也不够他们抢啊。这个特务打开箱子,把破棉花乱布条子扔了一炕,嘴里咒骂着:
"真他妈丧气!想捡点'洋落儿'都没有!"
从破棉絮堆里翻出一件雨来妈妈穿旧的偏襟花洋布褂子。特务自言自语地说:
"嘿,不错,真翻着一件!"
他把花洋布褂子叠起来,掖在腰里。又跳到地上,打开柜。一手托着柜盖,一手在柜里翻腾。只有一团纳鞋底子的线绳,算是件可拿的物件儿。他装在衣裳口袋里了。特务见翻不出什么来,就一手托着柜盖,扭过脸去,两眼直望着雨来妈妈的衣襟,问:
"钱哪? 放在哪儿啦?"
坐在炕上的雨来妈妈回答说:
"我们穷门小户,哪儿来的钱?"
特务叭一声盖上柜。到炕上,伸手就到雨来妈妈的口袋里掏摸。掏出了两张钞票。一边往自己的口袋里装,一边问:
"还有没有?"

雨来妈妈直望着特务的眼睛,回答说:
"我们就这么一点钱,都叫你拿走啦!"
这个特务,两眼环顾着屋子,觉得哪里都翻到了。只有炕席底下还没有翻。他探过身去,伸手要掀炕席。这可不得了,雨来的课本就在炕席底下。妈妈见事不好,一把拉住特务的胳臂,说:
"我们穷门小户的过日子,就这么一点钱。队长别都拿走吧!"
特务趁势用胳臂一搡,把雨来妈妈搡到炕上,瞪着眼说:
"踢死你!"
雨来妈妈见特务又去掀炕席,忙起身去拉他的胳臂,假装用哀求的口气说:
"队长修修好吧!队长……"
特务又把雨来妈妈搡到炕上。这回抬腿就要踢。雨来见妈妈要挨踢了,一下子扑过去,抱住特务的腿,说:
"你把钱拿走,还打人!"
特务一巴掌打在雨来的脸上,骂道:
"毙了你!小兔崽子!"
特务扬手还要打,就听院里腾腾腾腾杂乱的脚步响。有人大声问:
"屋里还有人吗?"
这个特务回答说:
"有人!"
"还不快走!八路军大队来啦!"
特务跳下炕就往外跑。一脚绊在门坎上,栽了个"狗吃屎",一边爬起来奔墙边推他的自行车,一边问:
"到哪儿啦?到哪儿啦?"
没有人回答他,他推起自行车,跟着大伙儿往门外跑。
雨来妈妈听说来了八路军大队,想要拖住这群特务,不让他们逃掉。就喊叫着追出来:

"队长,队长,就那两个钱,别都拿走啊!"

雨来也跟着妈妈跑出来。妈妈追到门外,拉住那个特务的胳臂,大声央告:

"队长,队长,就那两个钱哪……"

那特务使劲挣脱着,叫道:

"躲开! 躲开! 我枪毙了你!"

雨来在妈妈身边装哭。急得特务们直跺脚:"你们又哭又喊,想叫八路军听见是不是?"

雨来妈妈还是死命拉住那个特务,而且越发大声喊叫起来:

"队长,把钱给我留下吧!"

这个特务可真急了,狠命地把妈妈推了个大趔趄。妈妈向后退了几步。忽然,脑袋轰的一下,差点叫出声来。她看见杜绍英了。雨来跟着妈妈的目光,也发现杜绍英被特务绑在树上。

雨来正心里没有主意,妈妈又重新扑过去;这一回,她拉住了孙大瘤子的胳臂。死命不放地央求着说:

"孙队长,别把那点钱给我拿走啊! 我们穷门小户,买柴米油盐就指望着这几个钱哪!"

孙大瘤子瞪眼威吓说:

"放手!"

雨来妈妈决心拖住特务们不放了。她想,等八路军大队一到,杜绍英就有救了。孙大瘤子见她不撒手。脸上显出一副凶相,叫道:

"你舍命不舍财,要找死是不是?"

特务们见队长被拉住,都围上去,有几个上去撕掳雨来妈。趁这时候,雨来凑到杜绍英跟前。杜绍英低声说了一句:

"刘家桥刘金亭家找李政委!"

跟着上来一个特务,在雨来的屁股上踢了一脚,骂了声:

"小兔崽子,滚!"

这时候,那边的特务,见雨来妈妈死命拉着孙大瘤子的胳臂不放,就用枪把子在她头上打了一下。雨来妈妈便撒开手,摇晃着身子,倒在地上了。雨来扑过去,抱住妈妈,哭叫着:

"妈妈!妈妈!"

特务们把杜绍英从树上解下来,绑他的双手。孙大瘤子跺着脚骂特务:

"混蛋!饭桶!你怎么带他?从背后绑他的胳膊。叫他也骑自行车呀!"

特务这才绑杜绍英的胳膊,一个个像热锅上的蚂蚁,坐立不安。都不住地仰脸向北望。七嘴八舌地喊叫着:

"快着点啦,绑个人也费这么多时间!"

"八路军大队一到就有好瞧的啦!"

"要我说毙了他算啦!"

佐佐木早已经跨上车子,隐藏不住他心里的惊慌。连声地叫着:

"快快的!快快的!"

孙大瘤子嘴里说:"别慌,别慌!"可是连声音都哆嗦起来了。

特务们骑上自行车,把杜绍英夹在当中。绳子头由后面的一个特务攥着,直奔据点去了。

"一定救回自己的同志!"

雨来妈妈已经缓醒过来。村里的人们都围上来,看她叫敌人打坏了没有。雨来抓着妈妈的胳臂,眼望着敌人的背影,说:

"杜绍英叫我到刘家桥刘金亭家去报告李政委!"

雨来妈妈强挣扎着坐起来,叫雨来:

"快跑!从苇塘那边,隐着身子,别叫特务看见!"

雨来撒腿就向刘家桥跑。一边跑,一边转过脸去,瞧那大道上

的特务队。心里说:

"糟啦,这算救不回来啦!"

雨来飞跑着,简直像一匹脱了缰的小马驹儿。树林从他身边闪过去,田野上的秫秸堆,从他身边闪过去。眼前的小桥,眨巴眼的工夫,已经丢在背后……

路边的野菊花,颤动着金黄的头,仿佛吃了一惊似的,望着这个跑过去的孩子。草丛里一只寻食的小鸟,飞起来,惊慌地叫着。田野里干活的人,直起腰,把手掌搭在额头上,遮着太阳,远远地望着这个飞跑的小孩子,心里说:

"这是谁家的孩子?出了什么事了?"

汗水,像瓢泼似的,顺着雨来的脸往下流,顺着脊背往下流,顺着肚皮往下流。他闭紧了小嘴儿,从鼻子里发出短促的喘息声。

雨来进了刘家桥。一个在街上蹲着玩沙土的小姑娘,没来得及抬头看一看,雨来就从她的头上跳过去了。街上的人们,都吃惊地张大嘴巴,望着这个孩子。

刘金亭的院子里,卧在墙根下的花狗,没来得及叫两声,雨来已经跑进屋里。

身体高大,脸色紫黑的李民达,正坐在炕上吃早饭。见雨来跑进来,忙问:

"什么事?什么事?"

雨来由于气喘,说不出话。李民达猜想着出了大事。他脸色苍白地问雨来:

"出什么事啦?快说呀!"

说着递过手巾去,叫雨来擦汗。

雨来顾不得擦汗,上气不接下气地喘着,说:

"快快,杜、杜绍英叔、叔,叫鬼子,特务,活逮,去啦!"

李民达哗啦一声,把筷子扔在桌子上。睁大两只惊呆的眼睛,急急地问:

"到哪儿啦?"

"半,半路上,还到,到不了据点!"

李民达听说他的战友被捕,他只愣怔了一下,就决定了自己的行动。因为内心的激动,脸上的肌肉和嘴唇直颤。他跳下炕,一面穿鞋,一面喊叫他的通讯员:

"魏屯星!搬车子!搬车子!"

转身从炕上抄起手枪。然后,两眼直望着雨来,问:

"他们走的哪条道?"

雨来已经喘息过来了,回答说:

"奔鸭洪屯据点的大道。二十多人,都是车子队!"

李民达手提二号盒子枪,一低头,冲出屋门。在院子里喊叫着:

"一定把杜绍英救回来!一定把杜绍英救回来!"

通讯员魏屯星,已经把两辆自行车搬到院子里。刘家桥的村办事员刘金亭追出来,一把攥住李民达的胳臂,说:

"我的活爹,他们二十多人,你们才两棵枪,不行啊!"

李民达抖开他的手,就像宣布他的誓言似的,高声喊叫说:

"一定救回自己的同志!"

骑上自行车,狠命一蹬,出了大门,箭一般地追上去了。通讯员魏屯星,也骑上自行车,紧紧地跟在他后面。两辆自行车,仿佛神话中哪吒脚底下踩着的风火轮,在直奔鸭洪屯据点的大道上飞转。他们向前探下身子,胸脯几乎贴到车子的大梁上。伸直了脖子,眼睛直盯着前面。风,在他们耳边呼呼地响。

两个人,不住地使劲眨动眼皮子,让汗珠自己滴落下去。被汗水湿透的褂子,贴在背上。

可是,鬼子呢?特务呢?杜绍英呢?他们已经到了哪里呀?却不见踪影。

打呀！开枪！

且说杜绍英夹在特务中间，一边蹬着车子，心里说：

"杜绍英啊，杜绍英啊，你这算糟透啦！你的车子是向鬼门关骑哪！"

他身后的特务，呵斥说：

"快点骑！"

前面的特务，回头一看，见杜绍英拉后有两丈远，就大声地喊吓：

"快点！紧跟上！你要是懒得走，就在这儿给你颗定心丸！"

杜绍英听了这话，突然把车子停下来。后面的特务没留心这一手，车子撞在杜绍英那辆自行车的后轮上，哗啦一声跌倒了。

那个特务爬起来，到杜绍英跟前。两手叉腰，由于恼怒，从鼻子里喘着气，大叫：

"你这是要干什么？"

前头的特务们也都停下来，回头问：

"怎么啦？"

"什么事儿？"

"为什么不走啦？"

杜绍英叉开两腿，站在大路上。挺着胸脯，气昂昂地说：

"不是说在这里给我颗定心丸吗？来吧！皱一皱眉头，不算真正的八路军。你们以为八路军会像你们这些汉奸特务一样贪生怕死！"

孙大瘤子推着自行车走过来。他怕在这里停的时间长了，叫八路军大队追上。他假意堆着笑脸，说：

"老弟，弟兄说句心急的话，何必当真。跟着我们到队部过过堂，就会把你放走。都是中国人嘛！"

杜绍英对着孙大瘤子的丑脸：

"呸！你们也是中国人！"

出乎意料，孙大瘤子没有动火。他反而转脸呵斥起那些特务来："混蛋！向这位先生胡说些什么？也不睁眼看看，这是朋友。要客气点，不准无礼！"

杜绍英又对着孙大瘤子的丑脸：

"呸！谁同你们是朋友？汉奸！"

孙大瘤子还是忍住了心里的怒气，挥一挥手说：

"走走走，上车，上车！"

孙大瘤子瞥了杜绍英一眼，心里说，不用你同我耍钢硬，等到了据点，就有你好受的啦。

特务们好说歹说，让杜绍英骑上车子。这才继续向据点走下去。

李民达和魏屯星，紧蹬着自行车，在大路上飞一般地追赶。浑身的汗水，像瓢泼的一般。

魏屯星在后面，连呼哧带喘地说：

"要我说，追不上啦！"

李民达一面狠命地蹬着自行车，两眼紧盯着前面，喊叫说：

"一定救回来！"

汗水顺李民达紫黑的脸往下淌。两个人穿过一个小村落，爬过一个土坡，穿过一座小树林，李民达高兴地叫起来：

"瞧！前面，快骑呀！"

眼前，一里路远的大道上，特务们正骑着自行车飞跑。李民达说：

"打呀！开枪！"

后面的魏屯星连忙喊叫说：

"打不得呀，杜队长在里头呢。"

说话间，他们离敌人又近了些。李民达两眼直望着眼前的特

务队,向魏屯星说:

"朝他们头上天空里打!"

两把盒子枪,机关枪似的,在敌人背后,哒哒哒哒响起来。

杜绍英从枪的声音听出,这是李民达和魏屯星的长苗盒子枪。他见眼前大路旁边,有一股岔道。便咬紧牙,扭过自行车的前轮,用尽浑身力气,向那股岔道上蹬去。背后牵着他的特务,连车带人被他拉倒地上,不由得松了手里的绳子。后面的几辆自行车,都劈里啪啦倒在一起。

杜绍英回头向特务们点点头,说声"再见!"就箭一般地顺小路下去了。

特务们咒骂着,朝杜绍英打了几枪,听背后枪响得紧,以为是八路军大队追来了。他们顾不得追赶杜绍英,就向据点逃去。

一个钟头以后,杜绍英和李民达在刘家桥的刘金亭家里见了面。吃过饭,就上路,到军区武装部开会去了。

芦花村好不热闹

冬天了。从北山上刮下来的风,像夹着千万把尖刀,在还乡河两岸,呜呜地扫。两岸,本来有很多很多红的、绿的、白的、黄的、各色各样的花草,各种各样会叫的虫子:花翅膀的大蝴蝶,绿脑袋圆眼睛的蜻蜓……一下子都完了。落净了叶子的树枝,在冷风中抖动着。太阳失去了温暖。寒冷的空气,冻着鼻子和耳朵,像猫爪子抓的一般发麻发疼。

这天傍黑前,雨来站在一棵大树底下,抡起木棍,一撒手,嗖——飞上去。撞掉的干棒树枝,哗啦哗啦落下来。

忽然,"叭!"一声鞭子响,三钻儿赶着雨来家东隔壁于大肚子家的羊群,顺河岸过来。

一团团雪白的羊,挤着、撞着、仰着脖子叫着:

"咩——咩——咩!"

三钻儿抽着鞭子,在羊群中间,向雨来喊:

"干什么哪?"

雨来一手拿着刚捡起来的木棍,一面仰脸睁大眼睛寻找树上的干树枝,回答说:

"撞干棒啊!妈妈没柴火做饭啦!"

三钻儿说:

"等我把羊赶过去你再撞吧!"

可是雨来已经把木棍甩了上去。几只跑得快的羊,已经到了树底下。木棍从半空中掉下来,不偏不歪,正打在一只长着两个弯犄角的羊背上。咚的一声,那羊还以为有人拿棍子打它呢,撒腿就跑。

眼前有一个菜园子。那只羊受了惊吓,只顾往菜园子里撞,脑袋夹在寨子缝里了。身子在外面,四条腿蹬踩着地,摇摆着白棉花团一样的大尾巴,在那里着急。

雨来追过去,帮着它把脑袋从寨子里退出来,趁势骑在它的背上。羊鼓足了力气,在地里奔跑起来。

雨来紧紧攥住它头上的犄角,两腿夹着羊肚子,脚搭拉到地上。羊,瞪着眼睛,没有目的地乱跑。跑过一块刨了很多小坑的白薯地,尘土呼呼地飞起来。

三钻儿一边弯着腰,哈哈哈哈地笑,一边喊叫着:

"别摔下来!别摔下来!"

这时候,于大肚子的小儿子狗不理,正站在后门口吃炒花生仁儿。见雨来骑他家的羊,就一手捂着装满花生仁儿的口袋,横脖子立眼地跑过去。对着雨来的脊梁骨用力一推,雨来便栽到地上了。鼻子脸沾满了沙土。

雨来站起来,拾起跌到一边去的三块瓦破毡帽盔,戴在头上。拍拍露出一块块棉絮的衣裳,睁大眼睛,直盯着狗不理,胸脯子一起一伏地呼哧呼哧喘气。他脑子里在寻思着,该怎么报复。

狗不理两手叉腰,歪脖子瞪着烂糊眼,咬牙说:

"你要怎么样?"

三钻儿在狗不理背后,向雨来挤眼睛。雨来把溜下去的裤子往上提了提,一伸腿,狗不理就扑通一声,仰面朝天倒在地上。口袋里的炒花生仁儿撒了一地。

狗不理爬起来,眨巴着烂糊眼,龇着豁牙子,伸着脖子,对雨来点点头,哼着鼻子,说:

"好小子!使老绊儿!"

雨来拉开架势,攥着两个拳头,挑战地叫着:

"你欺侮人!来!来!来!再给你个教训!"

狗不理一下子扑了上去,两手抓住雨来的肩膀。雨来也趁势抓住了狗不理的肩膀。两个人好像牛顶架,眼睛盯着眼睛,脚底下互相使老绊儿。可是谁也不能把谁绊倒。前进,后退,又前进,互相地抓着肩膀转磨。

就在这样难解难分,不分胜败的时候,听街上有人喊:

"八路军大队要到啦!快去欢迎啊!"

两个人这才撒了手。雨来招呼三钻儿说:

"快走!欢迎八路军去!"

三钻儿抽响着鞭子,赶着羊群,回答说:

"等我把羊赶进圈里,随后就到!"

雨来跑到街上。喔喝!街头上已经挤满了人,铁头、二黑、六套儿、小胖儿他们也都来了。都眼巴眼望地等着欢迎八路军大队呢。

芦花村的武装班长申俊福,戴一顶破狗皮帽子,一个帽子耳朵颤巍巍地翘棱着。肚子上拽着一支撸子枪。腿上缠着裹腿,脸上带着兴奋的神情,迈着大步,挨门挨户地喊:

"快把屋子收拾干净,准备做饭哪!咱们的大部队来啦!"

一个老奶奶,从嘴里拿开烟袋,瞪着眼睛,含着笑容说:

"这事还用得着你操心?早把屋子收拾出来啦!"

有人向申俊福跺着脚,喊叫说:

"快把岗哨放出去呀!听说同志们打了两个月的仗,叫他们好好歇一歇呀!"

这时候,太阳已经沉没了。西边的树林背后,还留着一片红红的晚霞。从还乡河裂开的冰缝里,冒出一团团的雾气,飘散开,把旷野笼罩得雾气绰绰。

村头上聚集的人越来越多了。孩子们像小泥鳅,在人群里乱钻。不住地眨巴着眼,问:

"来了吗?来了吗?"

雨来拿胳臂肘推撞着人群,往里挤着,问一个老爷爷:

"是大部队吗?"

这个老爷爷正仰脸往远处大路上望,觉着有人拿胳臂肘子推撞他的腰,低头一看,叫道:

"我说,你怎么往我的腰眼上撞啊?"

这时候,有人高兴地叫着:

"来啦!来啦!"

雨来也顾不得向老爷爷说句道歉的话,一伸脖子,用脑袋开辟着道路,挤到人群前面去了。不知道是谁,用那种快活的声调,嘲讽地喊叫说:

"好家伙啦!比炮弹还厉害,一溜烟儿地穿过去啦!"

第一个战士,从树林的小道上走出来的时候,眼尖的就看见了。可是也有眼拙的人,尽管睁大眼睛,东张西望,却没有看见。不住地问身边左右的人:

"哪儿呢?哪儿呢?"

雨来用那种差不多就要哭出来的声音,急急地跺着脚说:

"我怎么看不见哪!"

二黑过去指给雨来。他顺着二黑手指的方向,瞪大眼睛望去,这才看见一个穿灰军装,扛着枪的人,走出了树林。接着,两个,三个,……长长的队伍,像一条龙,身子还在树林那边,头已经顺着大路,伸进那片笼罩着薄雾的洼地里了。丛林背后的一片晚霞,恰似半空中飘扬的一面红色的旗帜。

等人们再看见那排头的战士,已经快到村头上了。芦花村的人们,都拥上去,同八路军同志亲热地打招呼。雨来的爸爸也在队伍里。他是区上游击队派来,专给这八路军大队带路的。

雨来跑过去,抱住爸爸的胳膊,仰脸,瞧着爸爸直笑。然后,撒开爸爸,过去抓住一个战士的背包,说:

"来,我给你背!"

那战士没让他背,却一手把他拉到队伍中间,笑着在他的后脑勺上,亲热地拍了一下。

铁头、三钻儿、二黑、小胖儿他们,见雨来在队伍里,也都一个一个跑过去,夹在队伍中间。起初,他们还有些害臊,但他们看见战士们亲热的样子,都一个个拉着战士的手,望着战士咧着嘴笑。在人们热闹的说笑声中,小胖儿拉着一个战士的手,说:

"到我家里去住吧!我家里有大枣儿,还有白面,给你们烙饼吃!"

雨来羡慕地瞧着一个八路军扛着的机关枪,不好意思地微笑着,说:

"叫我给你扛一会儿不中?"

腮帮上有"酒窝"的战士

芦花村住满了八路军。

家家户户的烟筒都冒起烟。呱哒呱哒的风箱声,菜刀在菜板上切菜的叮当声,战士们要自己烧火,主人们把战士推进屋里,互相争执的说话声和笑声,同那些问长问短、问冷问暖、嗡嗡哝哝的声音混在一起,芦花村好不热闹。

雨来家里,东屋的炕上地下也挤满了战士。雨来想和叔叔们在一起呆一会儿。可是,妈妈好像故意捣乱,叫雨来:

"雨来,你捡的干棒树枝呢?抱来!"

雨来把树枝抱来,劈里啪啦扔在堂屋地上,就提着要滑下去的裤子,往东屋跑。爸爸正担着一担水走到前院。叫雨来:

"雨来,帮着妈妈烧火做饭哪!"

直到战士们洗过脚,吃过饭,雨来才称了心愿,钻进东屋。

屋子里,炕上挤满了人。铺了稻草的地上也挤满了人。散发着抽烟的烟气、汗气和稻草的气味。

豆油灯发红的灯光下,战士们有的缠裹腿,有的写日记,有的擦枪。有的已经呼呼大睡,鼻子像吹笛儿一样,吱吱地响。

一个眼角上有皱纹的战士,肩膀头子不知被什么划破,露出了棉絮。棉袄松开几个纽扣。盘腿坐在稻草上,卷着烟。雨来蹲在他面前,伸着小脖儿,两眼直望着他黑红粗糙的腮帮子上的伤疤,伸手摸了摸,说:

"叔叔,这是怎么打的?"

这个战士,一手拿着卷烟纸,一手往上撒着烟末,回答说:

"那天打仗,从这边飞来一颗子弹。"

战士说着,眼睛向左边斜了一下,仿佛那子弹正从左边飞来。说:

"我就这样——"

他张开嘴,突然身子往前探了一下,说:

"一口没咬住,从这儿穿过去啦!给我留了两个酒窝儿。"

他说完,把嘴抿起来,把脑袋向左边扭一下,又往右边扭一下。雨来蹲在他面前,注意地听着。眨动着眼睛,咧着嘴巴,嘻嘻地笑。

这个战士,伸出舌头,把纸边舐湿,然后,那么在手指肚上一转,一头粗一头尖,锥子式的烟卷,就卷成了。

雨来为了表示他对这个战士的尊敬和亲热,伸手从他手里抢过火柴盒去,说:

"来,我给你点着!"

雨来划着火柴,恭恭敬敬地给战士点着烟。然后,两眼注视着这战士抽烟的样子。在他看来,似乎八路军抽烟也是与众不同的。

雨来用手摸摸靠在柜边的步枪,望着那战士的眼睛,不好意思地微笑着,用一种央求的口气说:

"我跟你们打鬼子去吧!"

旁边一个刚刚躺下去的胖子战士,抬起头,上下地打量着雨来。故意装出吃惊的神情说:

"哟! 你的鼻涕还没有擦干净呢!"

周围的战士都哈哈大笑起来。雨来抬起一只胳臂,用袄袖擦了一下鼻子。眨巴眨巴眼,很认真很严肃地说:

"我已经打过仗了。"

战士们都装出惊讶的神情,互相望着,惊叹地说:

"嚄! 不简单哪!"

妈妈掀开门帘,伸进脑袋,叫雨来:

"别缠磨你叔叔们啦!"

妈妈走了以后,雨来两眼望着战士们的脸,神色紧张地低声说:

"可别告诉我妈呀!"

腮上有"酒窝"的战士,从鼻孔里喷出两股烟,眯缝着眼睛,问:

"你说的什么?"

"就是,"雨来被那又辣又苦的浓烟,呛得咳嗽起来,咳嗽一阵过后,说,"就是和你们一同去打鬼子的事啊!"

接着,雨来没头没脑地问道:

"你们的马呢?"

腮上有"酒窝"的战士,扬起眉毛,撇了一下嘴,说:

"嘿,还要跟我们去打鬼子呢,平地骑马目标大,连这个都不懂!"

哎,糟糕啊,连这个都没想到。雨来有点不好意思,又有点生自己的气。像大人那样长叹一声,说:

"讲讲你们打鬼子的故事吧。反正我是下决心啦,跟你们走!"

再有二百个柜还不够呢

夜晚,芦花村就像没有来军队一样,静悄悄的。只有冷风扫过寨子梢,呜呜地响,卷着沙土吹在窗纸上,沙——沙!

雨来的爸爸悄悄来到东屋,灯影儿里,见战士们都睡了。有些人,打着震动耳朵的呼噜。一连气打了两个月的仗,都累得浑身疲乏。炕上地下,横躺竖卧。有的躺得笔管条直,有的像虾一样佝偻着身子。

腮上带着"酒窝"的战士,背靠在背包上,打着呼噜。脑袋垂到肩膀上,一只手抱着枪,一只手疲乏地放在膝盖上。他旁边的一个伙伴,像弓弦一般,挺得直直的,脸朝上仰着,手放在后脑勺底下。雨来在这两个战士的中间,仰着脸,脑袋枕在腮上有"酒窝"那个战士的怀里。一只手大张着,压在另一个战士的肚子上。

爸爸轻轻抱起雨来,回到西屋。

雨来做着梦。梦见自己挎着枪,骑一匹枣红色的高头大马,在街上走着。马蹄得得地响。忽然,来到一座树林边上。面前站着两个小日本鬼子,把枪筒伸过来,对着雨来的胸口,叫道:

"下来!"

雨来再一看,小鬼子儿挤着烂糊眼,这不是于大肚子的小儿子狗不理吗?原来他是个小日本鬼子啊!雨来掏出手枪就打。可是,怎么不响呢?唉!怎么都是臭子弹呢?雨来正在着急,又见从树林里忽啦忽啦出来一群鬼子兵,叭叭地向雨来打枪。

雨来用两只脚敲着马肚子。马,驮着他飞跑起来。他猛然低头一看,我的妈呀!骑的不是枣红马,是那只长着两只大犄角的山羊。他着急地两眼四处寻找他的枣红马。一颗炮弹咝咝地叫着飞过来,掉在他身边,轰!雨来哎呀一声醒了。心还在扑通扑通跳。

可是,这是怎么回事?枪炮真的在响啊!机关枪哒哒哒哒,像爆豆似的。窗户纸忽啦一亮,霹雷般的在附近炸了一颗炮弹。震得窗纸哗啦哗啦响。整个屋子都忽悠忽悠地摇晃起来。

屋里漆黑。雨来伸手摸,八路军叔叔呢?爸爸呢?妈妈呢?都没有啦。这可使雨来恐慌了。直着嗓子叫起来:

"妈妈!妈妈!"

妈妈着急的声音:

"还叫!还叫!"

可是妈妈这是在哪儿呢?好像没有在这屋子里。雨来又直着嗓子叫起来:

"妈妈!你在哪儿哪?"

妈妈不知道从什么地方跑过来。把嘴附在雨来的耳朵上,低声叫道:

"都打起来啦,你还叫。快趴炕沿底下,好好呆着!"

妈妈说着,摸黑从炕上拉过一条被,铺在炕沿底下。把雨来拉下来,往下一按,悄声地说:

"地上趴着,别动!我把东屋打扫了!"

黑暗里,雨来坐在炕沿底下,只听那机关枪哒哒哒哒地吼叫。步枪巴勾儿巴勾儿响。子弹日儿日儿地在屋顶上飞。一阵风吹过来,也不知道是些什么人的呼叫声:

"冲啊!杀呀!……啊!……"

忽然,在很近的地方,仿佛就在院子里,响了两个大炮弹。火光照得窗纸耀眼地亮。屋门哐啷一声,猛力地敞开了。

炮弹不断地在芦花村里爆炸。红光忽然照亮前窗。忽然又照亮后窗。

妈妈已经把东屋地上的稻草打扫干净。正拿笤帚扫炕,听地下有响动。妈妈望着进来的黑影,问:

"谁呀?"

雨来的声音说:

"妈妈,我帮你收拾屋子!"

妈妈跳下炕,慌急地叫道:

"我的小爷爷,你怎么还到处乱跑!"

妈妈说着,连推带搡地把雨来送回西屋。按在炕沿底下,严厉地命令雨来说:

"再乱跑,我揭了你的皮!"

可是,妈妈自己却坐不住。她又嘱咐了雨来几句话,叫雨来老实地呆着,别动。她跑到前院,立在鸡窝上听了一会四周围的枪炮声和呐喊声。又跑到后院,登在土堆上去听。

妈妈的心,在枪声里跳动。她想辨别出哪些响声是自己人打的机关枪和手榴弹。当妈妈认为是自己人的机关枪响,心就撒欢地跳起来。当敌人的炮弹出了口,听着那日日的啸声和爆炸声,心就缩成一团。

渐渐地,枪声越来越稀少。直到四处的枪炮都不响了,街上开始有劈里啪啦的脚步声。

雨来扑棱坐起来,摸着黑,掀帘子往外跑。正巧妈妈从院子里回来,喊住他:

"到哪儿去?回来!"

雨来兴奋地回答说:

"看我爸爸他们去。"

听他的口气,好像准定是爸爸和八路军同志们打退敌人以后又回来了。

妈妈着急地叫他：

"你给我回来！你知道街上是什么人？"

雨来还是往外走。可是，他的脚还没有迈出堂屋的前门坎子，就见前院大门口闪进一个人影。雨来大声问那黑影，是谁？那人没有回答，却射过一道手电筒的亮光，照得雨来睁不开眼睛。亮光又移过去，照着背后的妈妈。这人一边亮着手电筒往里走，一边粗声粗气地叫道：

"快给皇军收拾出一间屋子来！"

说着到了堂屋。一只手拿枪，把枪口对着他前面的方向，做出向随时发现的敌人射击的姿势。一手晃着电筒，在东屋查看了一遍，又到西屋查看了一遍。然后跳到堂屋，身子依着后门框，伸出脖子去，把后院照了又照。问雨来妈妈：

"还有八路军没有？"

雨来抢着回答说：

"要是有八路军，枪早打过来啦！"

这个敌人呵斥雨来说：

"一边呆着去！"

然后又腾腾腾腾跑到西屋，用脚当当地踢着柜，叫道：

"把这柜给腾出来！"

雨来妈妈一手攥着雨来的手，跟进屋来，在这个敌人的背后说：

"这是我们的柜呀！"

妈妈的语气，把这个"柜"字说得特别重，她以为敌人把柜看成别的什么东西了。

"要的就是柜！"

敌人的语气也把这个"柜"字说得特别重。而且，不容雨来妈妈再说，就到堂屋，伸着脖子向街上喊：

"队长！这家还能腾一个柜！"

061

他又转过身来,用手枪点着雨来妈妈的脸,说:

"快点上灯!要你一个柜便宜了你!你知道皇军和警备队死了多少?再有二百个柜还不够哪!"

雨来妈妈刚点上油灯,就听腾腾腾腾杂乱的脚步声。跑进几个警备队,进屋,把柜里的破棉花烂套子扔了一地,嗨哟嗨哟地把柜抬走了。那个最初进来的敌人,又到别的人家找柜去了。

东屋住满了鬼子兵

东屋住满了鬼子兵。雨来和妈妈在西屋的炕上躺着,睡不着。雨来在黑暗里,瞪着两眼想心事:

"连柜都抢去装了死尸,这回鬼子、警备队可死了不少!"

雨来翻一个身,叹着气,真后悔。他想:

"我要是跟着去,这一仗准得一把王八盒子枪。有棵枪,我就可以摸到东屋,一个个都打死他们!"

雨来又翻过身来,悄悄向妈妈说:

"妈妈,八路军准得了不少的枪!"

妈妈没有搭理雨来,妈妈也在黑暗里瞪着眼睛想心事:

"这仗打得怎么样?八路军到哪儿去啦?有受伤的没有?雨来的爸爸怎么样了呢?"

雨来妈妈听着对屋鬼子睡觉的呼噜声,望着窗户纸。月亮在一小块结了霜花的玻璃上,鬼火似的闪着光。窗台、炕上,映出了奇奇怪怪可怕的影子。

忽然,对屋的门哗啦一声开了。妈妈抬起头,在黑暗里,两眼紧盯着虚掩的两扇门。一颗心扑通扑通乱跳。鬼子兵不准插门,是不是要到西屋来串?

妈妈悄悄地伸手,在炕上摸到了一把剪子。这时候,听对屋步枪碰在门上劈里啪啦地响。接着,大皮鞋呱哒呱哒地响着,出门去了。

雨来低声向妈妈说：

"换岗的！"

冷风吹着窗纸，沙——沙！

雨来困了，眼皮变得沉重。脑袋好像埋在一团软绵绵的棉花堆里，慢慢往下沉。但是他还没有完全睡着，似乎还知道自己是躺在炕上。就在这样迷迷糊糊似睡非睡的时候，忽然，他觉着有一只手摸他的脑袋。我的妈呀！是一只冰冷的手。雨来打了个冷颤，完全清醒过来了。

雨来暗暗地用胳臂肘推了妈妈一下，把嘴附在妈妈的耳朵上，悄悄说：

"有人！"

妈妈吃了一惊，慌忙低声问他：

"在哪儿？"

雨来仍旧把嘴附在妈妈的耳朵上，也有点害怕地说：

"刚才有一只手摸我的脑袋！"

妈妈听了，脑袋轰的一声，心里直忽悠。她忙把剪刀摸在手里。抬起头，睁大眼睛，往黑暗里仔细看，却看不见地上有人影。妈妈划着一根火柴，举在头上，瞧瞧，还是什么也没有。向雨来说：

"是你做梦哪，睡吧！"

可是，没过三分钟，摸到妈妈头上来了。一点不错，这是一只冰冷的大手。妈妈倒吸了一口气，急忙攥着剪刀坐起来。但，还是看不见什么。忽然，听到了一种声音，是一种非常微弱的声音，好像是从很深很深的地里传出来的声音。

妈妈急忙又划着一根火柴，探出身子，往地下一看，老天爷！只见一个八路军战士，脑袋歪斜着，枕在抱着的枪筒子上。

妈妈忙把油灯点着。跳下炕，先把枪从那战士怀里抽出来，塞进被子里。然后叫雨来帮着她，把战士抬上炕。

战士的脸,像白土子一样白。浑身都是冰水、血和泥土。雨来看着他脸上的"酒窝",吓了一跳,睁大惊呆的眼睛,低声叫道:

"妈妈,我认得他,晚上就住在东屋的!"

妈妈向雨来使了个眼色,叫他不要说话。妈妈坐在战士身边,把灯移到跟前,只见这战士闭着眼睛,动了动焦干的嘴唇,好像是在梦里跟谁说话似的,没有声音。因此,不知道他说的什么。妈妈给他盖上被子,跳下炕,轻轻地插上屋门。然后又爬上炕,仍旧坐在战士身边,俯下身去,把嘴附在战士的耳朵上,低声呼唤说:

"同志!同志!"

这个战士才慢慢睁开眼睛,稍微抬起点脑袋,非常困难地动着舌头,哑着嗓子,说:

"水,水呀!"

妈妈向雨来低声说:

"把后窗台上罐子里那两个鸡蛋拿来!"

雨来光脚轻轻跳到地上。蹬着椅子爬上柜,伸手到后窗台的罐子里掏摸鸡蛋,因为心慌,在他伸胳臂的时候,不小心,把妈妈梳头匣子上的一个木梳子当啷一声掉在柜子上。雨来忙缩回手,缩脖子瞪着眼睛,张大嘴巴,脸上现出大祸就要临头的恐怖神色。妈妈也脸色惊慌地呆愣着,眼睛瞪着雨来。

雨来和妈妈仄着耳朵,听对屋没有响动,只听鬼子打呼噜的声音。雨来这才小心地重新伸手从罐子里摸出两个鸡蛋,小心地下了柜,把鸡蛋递给妈妈。

妈妈拿鸡蛋在炕沿上碰个小口,放在战士的嘴上,一面把嘴附在他耳边,说:

"同志,先喝两个鸡蛋再烧水!"

喝了两个鸡蛋。妈妈解开战士的衣襟,叫雨来举着灯,她见战士的伤口是在左肋下边。

妈妈教了雨来几句话,就叫雨来到堂屋去烧水。

雨来往锅里舀了两瓢水,就添柴点起火来。通红的火苗,把堂屋照得很亮。

锅里的水刚烧得嗞嗞响的时候,就听院子里呱哒呱哒皮鞋响。两个站岗的鬼子兵回来了。雨来装着没看见,撅着屁股烧火。但他的眼睛却一直地盯着鬼子兵,头前的是一个鼻子底下有撮小黑胡子、戴眼镜的墩粗胖子。后面的比他略高些,是个瘦子。皮帽子底下,脑门儿地方,露出缠着的绷带。两个鬼子把一阵冷风带进堂屋。

他们没有问雨来什么,照直地往里走。可是雨来的心腾地一下子,跳了起来。天哪,糟啦!鬼子兵瞎马虎眼地要进西屋,就是炕上躺着八路军伤员的西屋!前面那个戴眼镜的墩粗胖子,已经伸出手,要掀西屋的门帘子了。

雨来一着急,叫声:

"太君!"

鬼子转过脸,借着灶膛的火光,望着雨来,不高兴地问:

"什么的干活?"

雨来把一只手放在耳朵上,歪一歪头,做了个睡觉的姿势。用手指着东屋,说:

"太君统统那边的睡!"

"唔,那边的睡!"

鬼子说着点点头,发现自己认错了方向。那个头上缠着绷带的鬼子,疑问的目光在雨来的脸上和冒着热气的锅盖上扫来扫去。那个戴眼镜的墩粗胖子进东屋去了。

雨来装作不理会的样子,仍旧蹲下身去,往灶膛里填柴。这个鬼子突然迈着大步,跨到雨来跟前,问道:

"小害,西么的干活?"

这个鬼子把"孩"叫成了"害",把"什么"叫成了"西么"。雨来按着妈妈教给的话,用手指指东屋,又做了个端碗喝水的姿势,回

065

答说:

"那边太君的喝水!"

雨来望着鬼子脑袋上的绷带,又随机应变地指着鬼子的脑袋,说:

"太君受伤的有,开水的喝了大大的好!"

鬼子兵见这小孩没有敌对的意思,就用刺刀掀开锅盖,拿电筒往锅里照了照,看看冒着热气的水,点点头,说:

"很好,很好!"

进东屋去了。

水开了,雨来先给鬼子兵提去一壶开水。那个脑袋上缠着绷带的鬼子还没有躺下去睡,正脸朝外坐在炕沿上抽烟。见雨来送水来,龇着牙笑,同时拿手指自己的嘴。雨来明白他的意思,就给他倒了一碗,用双手端着递给他。可是这个鬼子兵不接,用手指指水碗,又指指雨来的嘴。

雨来心里说,他是怕我下了毒药啊! 就吹着热气,吸溜吸溜地喝了两三口。同时,两眼直望着鬼子兵,雨来的目光说:

"看,有毒药没有?"

鬼子兵龇牙笑着,接过碗去,向雨来点着头说:"小孩良心大大的好! 良心大大的好!"

雨来这才出来,端了一盆水到西屋,给八路军战士舀了一碗,小声说:

"快喝吧!"

妈妈下地,轻轻地插上门。然后从地上的破衣烂棉花堆里,找出一团纺线用的新棉花。她上炕,叫雨来端着油灯,给她照着。撕下一块棉花,蘸着水,给战士轻轻地洗伤口。战士为了忍住疼痛,不哼出声来,紧紧地闭着眼睛和嘴。雨来妈妈小声问:

"疼不疼?"

战士摇摇头,回答说:

"还好!"

把伤口洗干净,用一块新布缠好。又给他换了衣裳。雨来妈妈把枪和脱下的军装塞进炕洞里。

妈妈吹灭了油灯。房屋里的一切——窗子、家具、箱子柜,都变成朦胧的灰色了。

快走吧

受伤的八路军战士能够说话了。原来敌人太多,八路军打了一阵,就冲出去转移了。突围时,这个战士在后面掩护。受了伤,藏在柴堆里。因为在雨来家里住过,就摸着黑爬了来。怕炕上躺着鬼子兵,才试探着伸手去摸。

战士的精神,渐渐地好些了。可是,天亮了怎么办?鬼子准要挨门挨户地搜啊!藏地洞里吧?自从秋天交通员老李藏过以后,听说隔壁于大肚子家里已经有耳闻了。于大肚子在城里给敌人当团总,万一他家真的知道了,可是不保险。躺在炕上装雨来家里的人?瞒得了日本鬼子,怎么瞒得了特务汉奸?

雨来妈妈悄悄来到后院,三星已经偏西,月亮早没有了。只有星光照着树木、篱笆、有积雪的草垛,照着冬夜的冷雾。寒气冷得人浑身打颤。四外静静的,只是偶然听到一声两声敌人岗哨问口令的喝喊。

妈妈登着石头,把脑袋探出墙头向外望。只见围着芦花村,烧着一堆一堆的野火。每堆火的旁边,都有几个人影在那里晃动。这是敌人怕从村子里跑出人去,这么围了个风雨不透。不远的一堆火,把它附近的树木都映照得发白。妈妈走下石头堆的时候,不小心,脚底下发出哗啦的响声,睡在树上的鸟儿被惊醒,飞起来。树枝上的霜,纷纷地落在妈妈的头上、脸上和脖子里,冰凉。

妈妈回到屋子里,说了外面的情况。战士在炕上躺着,黑暗

里,小声地用那种坚决的口气说:

"怎么也得想法趁夜里钻出去!"

可是怎么出得去呢?想不出一个主意来。

窗户纸有点发白了。不知道谁家的公鸡咯儿咯儿地啼叫起来,叫得人心里着急。

妈妈说:

"实在想不出办法就到地洞里躲藏吧!"

可是,这战士不愿意入地洞。

雨来在炕上躺着,闻到一股羊身上的膻气味儿。他用手一摸,软鼓囊囊的羊毛,这不是爸爸丢下的老羊皮袍子吗?不错,就是那件羊皮袍子。

雨来两眼直瞪着,想到三钻儿赶着的那挤着撞着,奔跑着的羊群,他忽然有了主意。在黑暗里睁大发亮的眼睛,用那种很兴奋很快的语调,小声地向妈妈和受伤的战士说:

"我有办法了,叫叔叔翻穿着爸爸这件羊皮袍子,装羊。我当放羊的,岗哨准不注意,一下子就混出去了!"

战士连理都没有理他。妈妈生气地斥责雨来说:

"一边呆着你的!别胡说八道啦!"

雨来着急地争辩说:

"真的呢!隔壁于大肚子家不是有一大群羊吗,我把它赶出来,叔叔翻穿着羊皮袍子夹在当中。快到岗哨的时候,蹲着身子走几步,准能瞒过敌人!"

妈妈不言语了,她没有想到还有"夹"在羊群当中这一招儿。她在思摸这到底是不是个办法?身边的战士却用肯定的语气说:

"这是个办法!快去赶羊吧!"

妈妈担心地问:

"人家叫你把羊赶出来吗?"

雨来把嘴凑近妈妈的耳朵,很有把握地说:

"不是三钻儿给狗不理家放羊的吗!"

妈妈推了雨来一把,急急地说:

"快把羊赶到后门口,我们随后就到!"

雨来急忙下炕,悄悄来到堂屋,伸着耳朵,听东屋的鬼子都睡得像死猪一样,打着很响的呼噜。雨来小心地抬动脚步,不让脚底下发出一点声音,悄悄地出了堂屋。放快脚步,穿过后院。从排子缝儿探出小脑袋,瞧瞧近处没有敌人哨兵,就一闪身钻出去。贴着墙根,来到隔壁狗不理家的后门。狗不理的爸爸于大肚子,在县城里给日本人当团总。但是他的家眷却住在乡下。

狗不理家的后排子门也是虚掩着的。雨来把一只耳朵贴在排子上,听听院里没有响动。轻轻地推一推排子,从排子缝儿探进脑袋去,两眼迅速地扫视了一下后院。然后,一闪身,溜了进去。

这后院,是在一道砖墙和包着铁皮的大木板门后面,靠西是羊圈,靠东是两间小屋。一间是堆放着锹镐筐篮之类的储藏室,一间住着于家雇的放羊娃三钻儿。

雨来到窗前,用手指轻轻地敲着窗棂,低声叫道:

"三钻儿!三钻儿!"

不见回答。把耳朵贴在窗纸的小洞,听屋里有翻身和吧唧嘴的声音。雨来又敲着窗棂,低声唤他:

"三钻儿!三钻儿!"

这才听屋里三钻儿的声音,问:

"谁呀!"

"我呀!"

"你是谁?"

雨来可真急了,把嘴对着窗纸的小洞,提高了一点声音,说:

"我是雨来!快开开门!"

"等着!就来!"

听见三钻儿穿衣裳和跳下炕的声音。接着,门吱扭一声开了。

雨来跟三钻儿进了屋,三钻儿揉着眼,上炕,蹲在炕头上,两手抱着胸脯唏哈着,悄声问:

"什么事儿啦?"

雨来爬上炕,嘴对着三钻儿的耳朵,咕哝了一阵,三钻儿迟迟疑疑地说:

"要是东家管我要羊呢?"

雨来着急地说:

"你真是,等鬼子走了,你就到东庄我舅舅家里去赶哪!"

三钻儿沉吟了一下,用那种果断的口气说:

"好吧!先救了八路军同志再说!"

三钻儿说着把炕席底下的鞭子抽出来,给了雨来。又把挂在墙上装着两块玉黍饼子的干粮袋给了雨来。然后,掏着衣袋里的钥匙,说:

"来!"

三钻儿和雨来,贴着门,探出头去,扫视一下院里,透过黎明前朦胧的雾气,见通向内宅的铁皮包着的大木板门紧闭着。两人跑到羊圈跟前,三钻儿开了圈门。

不知道是因为天没亮,还不到出圈的时候呢,还是这群羊成心和雨来捣乱呢,尽管三钻儿扬着两手使劲往外赶,羊却往回里缩,不愿出来。急得雨来进到圈里,像打鼓一样,用两只小拳头捶打羊屁股,再加上用膝盖推,用脚踢、踹,羊群才懒洋洋地跳出羊圈。

雨来把羊赶出后门外的时候,妈妈正贴墙根站着。那个受伤的八路军战士,翻穿着羊皮袍子,拄着一根木棍,咬牙挣扎着从柴堆里出来,走进羊群里,猫一猫腰。妈妈低声说:

"看不出来,快走吧!"

放羊的

　　雨来赶着一大群羊,挤着,撞着,波浪似的,忽啦忽啦往村外涌去。
　　这时候,地皮已经发白,天空也现出黎明时的蓝色。树林、草垛、墙院,也浮现出了它们模糊的轮廓。芦花村笼罩在冬天的浓雾里。
　　雨来走进羊群里,悄悄问那八路军战士:
　　"叔叔,你走得了吗?"
　　他没有看见,那战士早已经痛得额头上冒出豆粒大的汗珠。雨来听他咬着牙说:
　　"别说话!"
　　雨来一面赶着羊群,一面两眼透过雾气,察看村头上一堆一堆的火。心里盘算着,应该从哪里出去?
　　雨来望着羊群里的战士,担心他走不动,又忍不住走过去,小声说:
　　"叔叔,那个长犄角的大羊劲儿大。你趴下来的时候,可以扶着它走!"
　　八路军战士急了,把嘴对着雨来的耳朵,因为伤口疼痛,声音颤抖地说:
　　"别——吭——声——啦!"
　　村头上一堆堆的火,已经快要熄灭了。一阵风卷过,火星四处乱飞。雨来眼前一堆火的旁边,背靠背地坐着两个鬼子。都抱着枪,耷拉着脑袋,大概是睡啦。稍远一点火堆旁边的鬼子,也在那里抱着枪,一点头一点头地打盹儿。
　　天空已经完全变成灰蓝色,东边天上出现了隐约可见的一抹早霞,雾气似乎也变得淡了。然而天还没有大亮。

雨来望着坐在火堆旁边打盹儿的鬼子兵,心里说,这可是该着,也许就这么鸦雀无声,悄悄地过去呢。让他们在那儿挺尸去吧!

雨来用鞭子杆打着羊,用脚踢羊屁股,叫它们快走。可是,这些该死的羊,你越是着急,它们越是摆着肥肥的尾巴,扭达扭达的,一步挪不了半尺。

我的妈妈呀!羊群看见鬼子和火堆,害怕了,猛然间忽啦忽啦往一边躲闪起来。尽管那个八路军战士弯下腰,用身子阻挡,尽管雨来气得拳打脚踢,羊群还是往一边卷。天哪!一只羊被雨来打疼了,竟仰着脖子咩地叫了一声。这可不得了,很多的羊都咩咩咩咩地叫唤起来了。

这一下,把打盹儿的鬼子惊醒了。睁眼一看,这是怎么回事儿?只见从村子里滚出一团灰白色的东西。鬼子兵跳起来,把枪口顺过去,大声地喝喊着:

"站住!什么的干活?"

雨来一面看着趴下去隐没在羊群里的八路军战士,一面回答说:

"放羊的!"

雨来仍旧赶着羊群往前走,只见一个鬼子兵在冰冻的土地上,咔咔地响着钉子皮鞋,端着枪,满脸凶气地来到雨来跟前。瞪着眼问:

"你的,哪边的去?"

雨来神情自然地把鞭子向河沿一指,回答:

"那边,放羊的干活!"

这个鬼子兵上下打量一下雨来,又打量着羊群,疑问地自言自语说:

"放羊的干活?"

雨来点点头:

"对了,放羊的!"

这时候,又走来一个鬼子兵,伸手就从雨来的肩上抓过干粮袋去,解开口,往下一抖,巴哒!掉出两块玉米饼子。鬼子兵急忙弯腰捡起来,鼓着嘴巴,吹吹沾在上面的沙土,咬了一口,向火堆走去。

挡住雨来的这个鬼子兵,眨巴眨巴眼,见吃的东西被别人拿走,没好气地用大皮鞋踢着羊脑袋,说:

"回去,回去,我的不准!"

雨来心里说,这可是糟糕,他不叫往外走怎么办?雨来用鞭子指着狗不理的家门,理直气壮地说:

"这是他们的羊,于团总,城里大大的太君!"

鬼子兵没有听明白,觉得自己受了欺骗,凶狠地叫道:

"什么的太君!"

那边火堆旁边有一个满脸酒刺,一口金牙的翻译官。一听说于团总,就一面上下打量着雨来,一面走过来,在雨来的胸脯上打了一拳,说:

"就给我滚回去!"

雨来咧起嘴巴,假装哭起来。一边拿手背子抹眼泪,一边嘟哝着:

"我说不来,于大奶奶偏打着叫我出来放羊。她硬说见了皇军翻译官,一提于团总就可以!"

翻译官翻了翻眼珠,扭动着脖子,看看羊群,问雨来:

"你说是于团总的羊,哪儿写着哪?"

雨来仍旧那么拿手背子遮盖着眼睛,在呜呜的哭声里说:

"你打听打听,芦花村除了于团总家,谁有这么多羊?"

翻译官同鬼子兵呜里哇啦说了几句日本话,鬼子兵把手一挥,翻译官说:

"滚蛋吧!小兔崽子!"

雨来扬起鞭子,抽了一下,雪白的羊,挤着、撞着、咩咩地叫着,奔向还乡河岸去了。

越胆小越害怕,越胆大越不怕

一天夜里,雨来和铁头拿着红缨枪,在村西头上站岗。村头上,有用谷草和秋秸搭起来的窝棚,雨来和铁头就站在这窝棚里。

一阵阵的冷风,从还乡河的冰上刮过来,把头上谷草的干叶子使劲扫一下,就呜呜地叫着远去了。

星星在黑暗的天空里忽闪忽闪地眨着眼。雨来和铁头的小眼睛,也在黑暗里忽闪忽闪的。黑夜里站岗,可一点也不能大意,谁知道坏人从哪里摸上来?有一天,二黑他爷爷黑夜在这窝棚里站岗,睡着了。赶上一队警备队和特务来围庄,到村头上听有人打呼噜。俩特务寻着呼噜声,找到窝棚里,用电筒一照,见一个老头子正躺着睡大觉呢。特务说,这是给八路军站岗的。手拉住老头的耳朵往上提。老头睡得迷迷糊糊,夜里也看不清是谁,嘴里叫着:

"同志,同志,别开玩笑!"

这一喊"同志",老头子差点要了命,叫汉奸队打得有半个月没起炕,直到现在腰还疼。从那以后,夜里站岗,谁也不敢打盹儿睡觉了。

雨来和铁头,每人怀里抱着一杆红缨枪,双手插在袖筒子里,不住地歪着脑袋听动静。睁大眼睛,透过夜雾,注视着通向这边的大路。风,就像是开玩笑,故意用冰凉的手,摸他两人的脖子,用牙咬他两人的脚指头。他俩就不住地缩着小脖儿跺脚。

渐渐地,两个人都有点困了。铁头见雨来站在那里,下巴颏抵在胸前,身子东摇西晃的。他拿胳臂肘推雨来一下说:

"别睡觉啊!"

雨来醒了,抖擞起精神,瞪大眼睛,监视着大路。可是铁头又

打起盹儿来了,把头靠在抱着的红缨枪上,也是那么身子东摇西晃的。雨来拿胳臂肘推了铁头一下,说:

"嘿,别睡觉啊!"

铁头睁开眼睛,在黑暗里不好意思地微笑着。于是两人又缩起小脖儿跺脚。

忽然,有嚓啦嚓啦的脚步声。两人探出脑袋,向外看,见一个黑影从街里出来,走得挺快。雨来把红缨枪伸过去,低声喝道:

"谁?站住!"

"我!"

听声音是武装班长申俊福。他来到窝棚跟前,弯下腰,睁大两眼,辨认着雨来和铁头,说:

"是你们二位呀!这封鸡毛信谁送去?沿村往西,快传!"

雨来急忙抢先说:

"铁头刚才往南村走了一趟。这回该我啦!"

那时候,游击队或区上的工作同志,都没有固定的通信地址。有时,一天转移三四个地方,信怎么投寄呢?走个大概的方向罢了。比如,打听某某同志在南一带活动,信封上就写沿村南转交某某同志。打听某某同志在北一带活动,信封上就写沿村北转交某某同志。只要方向对,信就能转到。方向不对,信还能转回来。半路上,无论哪个村,有人知道这个同志活动的方向,就在信封上改几个字,奔这新的方向转去。

这信,也有不同。有平信、快信、急信。还有十万火急的信。信封上插根火柴,就是快信。插上鸡毛,就是急信。插火柴又插鸡毛,就是十万火急的了。

只要有鸡毛,或是鸡毛带火柴的信,都是紧急情报,多半是关于敌人"扫荡"的消息。

雨来接过信,一摸,信封上插着根鸡毛还有几根火柴。他把红缨枪交给铁头,二句话没说,拔腿就向村西走。

旷野被寒冷的夜雾笼罩,四外一片漆黑。群星在深远的高空里,一明一灭地闪动着它们宝石一般的亮光。雨来在两棵大树旁边停下来,辨别了一下方向,就离开大路,跳过一条不宽的水沟,绕过一丛矮树棵子,沿着小路走下去。

旷野很静。只有偶然间,风吹着地里的干柴叶子,刷啦刷啦响。可以听得见自己鞋底擦着地,唰唰的响声。

不知为什么,过去小朋友们谈的话,偏这时候在雨来的耳朵里响起来。铁头说,狼啊,狐狸呀,都是黑夜里爬出窝,到野地里寻找可以捕捉的食物。铁头说,狼这种野兽专找单行人,你在路上走,它在背后跟着,突然地把两只前爪搭在你的肩膀头上。你一回头,它就趁势咬住你的脖子,咬断气管,把你咬死。

雨来想起这些关于狼的故事,就一边走着,不住地瞪大眼睛向四下里看望。他心里反驳着铁头的话,哪儿有什么狼?山地有狼,平原地根本就没有狼。雨来还给自己壮胆子,心里说,爸爸不是说过,狼也怕人吗?爸爸说狼还怕火呢。它敢来,我就划火。鸡毛信上插着火柴,在鞋底子上一划——擦!

雨来挺着腰板往前走,两条小腿儿像长了翅膀一般飞快。因为,不管是狼还是狐狸,他似乎都有办法对付了。

雨来决心不再想狼和狐狸的事。真是怪,他越是决心不想,狼和狐狸的模样,越是清清楚楚地在他脑子里显现出来。而且,不知什么缘故,总觉着有一只狼,在屁股后跟着他。拖着长长的大扫帚尾巴,瞪着两只红红的小眼睛,伸着鼻子,闻他的屁股。雨来不住地转动着脑袋,左右回头往后看,可是什么也没有。真是俗语说的,越胆小就越害怕。

雨来走着走着,脑子里又出现了狐狸的身影。他忽然觉得在屁股后跟着他的不是狼,而是一只狐狸了。他似乎感觉到,狐狸毛茸茸的嘴巴已经触到他的脸了。雨来一边快步走着,一边不由得用手摸摸脸。他生自己的气,抖一抖精神,心里叫着:

"越胆小越害怕,越胆大越不怕!"

谁?站住!

雨来连颠带跑的,渐渐地,浑身热乎起来,鼻子尖上都冒出汗。冷风吹在脸上也不觉冷了。

雨来送信的村庄叫白风寺,离芦花村不到四里地。雨来走得快,不一会儿,就隐隐约约看见白风寺东头的白粉墙和墙外那棵杨树的黑影了。

雨来心急,加快了脚步,差不多奔跑起来。跑着跑着,听墙里咔啦一声,枪栓响。有人喝道:

"站住!干什么的?"

这一下,雨来好像抽冷子撞在一堵墙上,猛地站住。心里说:"这可是糟糕!临来忙忙跌跌,连这边的情况也没顾得问一声!"

雨来神魂不定地瞪大两眼,望着墙头。除了那墙和树的黑影子,什么也看不见。心里说:

"要不,我跑回去?"

雨来正在拿不定主意的时候,又听那人在墙里喝道:

"干什么的?敢跑我就开枪!"

倒好像他猜到了雨来的心事似的,这一下子就等于把雨来的退路给截断了。雨来心里暗暗想道:

"这可叫我怎么回答呢?黑更半夜到白风寺干什么来了?"

雨来还没有想出回答的话,又听那人在墙里喝道:

"拍着手过来!"

雨来的一身热汗早变做了冷汗。信还在手里,一封插鸡毛带火柴的信还在手里呀!这可怎么办?说什么也不能落在敌人手里呀!

雨来这么迟疑的时候,又听那人喝了一声:

"再不来就开枪啦!"

雨来往前走。走着走着,突然蹲下身子,用非常迅速的动作把信埋在地里。墙里那人喊叫说:

"猫腰干什么?啊?"

雨来不慌不忙地回答说:

"鞋掉啦!提上鞋!"

"快,拍着手走过来!"

雨来一面很响地拍着巴掌,一面用脚踢了点土,把信埋起来。然后,这么拍着巴掌走过去。到墙根底下的时候,那人把枪筒子和脑袋一齐从墙头上探出来,问雨来:

"干什么的?"

这声音好熟啊!雨来仰着脸,在星光下辨认这个人,反问了一句:

"你是谁呀?"

这人不耐烦地说:

"管我呢,我问你是干什么的?"

雨来肚子里一块石头落了地。竟欢喜地跳了起来:

"啊啥!你不是咱村的王二哥吗?"

王二哥先是一怔,立刻认出了雨来:

"啊?是你呀?雨来呀?"

雨来因为情况出他意料地突然一变,高兴得什么都忘了。竟用那种白天说话的嗓门儿,大声地讲说起来:

"起初我就没听出是你来,我心里想,这是谁在里头站岗呢?刚才你又问话,这回我可听出来了,一听就是你的声音。"

王二哥却没有作声。他还以为谁走露了消息呢,有点不放心了。问雨来:

"谁告诉你的?我们在这里?"

雨来愣了一下,眨巴着眼睛,回答说:

"谁也不知道哇!"

"那你深更半夜干什么来呢?"

"送封信。"

"给谁?"

"我哪儿知道?反正是沿村西转的鸡毛信。"

"给我们的吧?拿来我看看。"

可是,怎么拿来呢?信在路上土里埋着,黑灯瞎火哪里去找?雨来的一股子高兴劲儿立刻变成了一团怨气。他觉得刚才的一场虚惊和把信丢掉,都是因为这个王二哥。雨来怒气冲冲地埋怨王二哥说:

"都是你嘛!刚才你那么一喊叫,吓得我把信扔地上了!你看怎么办?叫我到哪儿去找?"

王二哥把枪背在背上,站在墙头上,双手抱着那棵响杨树,出溜到墙外来。问雨来:

"扔哪儿啦?"

雨来用手指着前面笼罩在夜雾里的道路,没好气地告诉王二哥说:

"就在这一块地方!都是你连喊带叫地吓唬人嘛!还稀里哗啦拉枪栓,看怎么办?"

王二哥是感到有点"抱歉"了?还是别的什么缘故?竟是一声不响地猫着腰往回里找。在黑暗里,鼻子几乎贴到地上了。用手在地上抓摸。雨来也一边嘴里嘟哝着,两手在地上乱摸。怎么摸不见了呢?

王二哥的两手,冻得冰凉冰凉的,不住地放在嘴上吹热气。雨来着急得连冻得手疼都顾不上了。嘟嘟哝哝地带着哭味儿说:

"这怎么办?你看,信没有了!一封插着鸡毛和火柴的信哪!都是你嘛,连喊带叫地还拉枪栓!"

王二哥一边猫腰在路上找信,一边嘿嘿地笑着说:
"黑夜里我没看出是你来呀!"
雨来又是生气又是委屈,就像大人呵斥小孩子那样,呵斥王二哥:
"还笑呢!还笑呢!"
王二哥一边找信,一边安慰雨来:
"别着急,没丢了!"
雨来简直急得要流出泪来了:
"还说没丢了哪,都找不见啦!"
一封插鸡毛带火柴的信,十万火急的信丢了,找不见了。雨来带着失望的哭泣一般的声音,说:
"这算找不见啦!"
忽听得王二哥的手里哗啦响了一声。又听王二哥得意的声音:
"你看看,这是什么?"
雨来急忙到王二哥跟前,伸着小脖儿,睁大眼睛一看,同时又伸过手去一摸,可不就是这封信。就好像害怕它再丢失了似的,一把手抓过来。黑暗里挤掉两颗泪珠,咧嘴笑了。想到刚才那么埋怨人家,语气里还夹带着斥责,心里挺后悔。抱歉地说:
"刚才我着急了,你不生我的气吧?"
王二哥由于找了半天信,累得气喘喘地说:
"人不大心眼儿倒不小,墙里去,看看是给谁的信?"
雨来跟着王二哥绕墙从门口进到院里,蹲在墙根底下。王二哥划了根火柴,用两个手掌捧着通红的小火苗,说:
"信!"
雨来把信伸到火苗近旁,王二哥着急地说:
"你怎么啦?这是背面,翻过来呀!"
雨来不好意思地咧嘴笑着,把信翻过来。可是火柴烧尽了,灭

了。王二哥划着第二根火柴,瞪眼瞧着信,叫道:

"啊!杜绍英的!"

王二哥把火吹灭,告诉雨来:

"快给杜队长送去吧!就在西街。从老爷庙往东数,第二个排子门,门口有棵槐树!"

"快让我进去吧!"

雨来到了王二哥说的那个门口。见排子门虚掩着,用手轻轻地推开一道缝儿,偏着身子挤进去。透过黑暗,见屋里点着灯。窗户纸上晃着很多人影。

雨来正要往屋里走。一个卫兵走过来,把他拦住,问:

"干什么的?"

雨来在黑暗里辨认着这个卫兵,由于刚才一阵的奔跑,喘息着,用那种急促的语调回答:

"送信的,给杜队长送信的!"

说着还要往里走。卫兵用整个身子挡住雨来的去路,伸手说:

"拿来!"

"什么?"

"信哪!给杜队长的信!"

雨来把手里的信攥得紧紧的,有点不耐烦地说:

"我自个儿给他!"

可是卫兵还是一点也不放松地挡住他,说:

"不许你进去!"

雨来想从这卫兵的胳臂底下钻过去。可是这卫兵仍旧像堵墙一样把他挡得严严实实。雨来说:

"快让我进去吧!"

卫兵抓着雨来的肩膀,往外推:

"你知道屋里有什么事?"

雨来往一边闪,想脱开他的手,同时学着那卫兵的口气,回答说:

"你知道这信里有什么事?这是鸡毛带火柴的信呀!知道吗?"

听屋里杜绍英的声音,向着院里喊叫说:

"听说话好像我的小侄子。是雨来吗?叫他进来吧!"

屋子里,杜绍英正召集他的队长们开军事会议。都坐在炕上,围个圆圈,当中放了个红漆的四方形大炕桌。桌上放着一盏大玻璃罩子煤油灯。灯下面,摊着一张地图。还有搓碎的黄烟叶子,烟袋锅,火柴,有红缨穗和没有红缨穗的手枪。

抽烟的烟雾,像蓝色的云一样,在明亮的灯光里飘游飘游的。杜绍英在尽炕里,脸朝外坐着。披着短皮袄,露出里面的白羊毛和围在腰里的牛皮子弹袋。带耳扇的毡帽推在后脑勺上。比从前瘦了。上嘴唇和下巴长了短胡子。但,还是那么有精神,说起话来,声音总是像敲钟一样。笑起来,张着大嘴,哈哈哈哈,小口袋上吊着的表链子,直索索地抖动。他向进屋来的雨来叫着:

"雨来,我的小侄子,干什么来啦?送信?拿来!拿来!"

坐在炕沿旁边的人,想从雨来手里把信接过来。可是雨来非要亲自把信交给杜绍英不可。杜绍英探身伸过手来,把信接过去。雨来这才满意地隐藏住笑容,用那样的目光扫视着屋子里所有的人。那目光明白地表示出这样的意思:

"我给你们送来了一封十万火急的信,是不是?"

杜绍英一边拆信,一边问雨来:

"同谁一块儿来的呀?一个人?啊,真了不起,有出息。快上炕暖和暖和。"

雨来爬上炕。杜绍英用一只胳臂搂着他,一手拿着信看。

雨来闻着杜绍英身上的羊毛味和枪油味,觉着暖烘烘的,心里也感到了温暖。

人们都注视着杜绍英脸上的表情。有的人把脑袋伸过去,想看看信上写的是什么?

杜绍英"咦"一声,把信往桌子上一拍,脸上带着兴奋的神情,叫道:

"估计对啦!估计对啦!明天敌人往这边来!"

雨来摸着杜绍英的下巴,说:

"怎么长了这个啦?"

杜绍英低头向雨来挤了挤眼睛,说:

"打日本鬼子把胡子打长啦!"

"敌人来了!"

白天站岗,不能那么拿着红缨枪,站在村头的明处了,改了放暗哨。雨来和铁头,在还乡河的冰上,装着打擦滑玩儿。杨二娃、小胖儿、二黑一些小朋友,虽然不该他们站岗,也陪着二人来玩耍。

他们在还乡河镜面一般的冰上,像穿梭一样滑来滑去。他们会玩各种花样:老太太钻被窝,金鸡独立,鲤鱼跳龙门。雨来还能一边滑着,跷起一条腿,像个陀螺似的转。在这碧绿大理石一般的冰上,在这早晨寒冷的空气中,充满了孩子们快活的笑声。

太阳已经出来一树梢高了,芦花村仍旧是平静的,没听到什么风声。花翎公鸡立在谷草垛上,仰着脖子,咯儿咯儿啼叫。草鸡张开翅膀,扭着脖子,用坚硬的尖嘴巴搔痒痒。

雨来打着擦滑,可是总觉着有件事情揪着心,觉着心里不踏实。在河里能看见什么呢? 就是敌人来了,难道他们不会从别的道走吗?

雨来悄悄爬上岸,岸上有棵直溜溜的顶天高的杨树。雨来抱着树,像一只灵巧的猫一样,刷刷刷,一会儿就爬到了杨树的顶端。

啊！真高！雨来就像站在云头上。风把他的衣裳吹起来，真像要飞走了。一片片的云，像船张满的白帆，在天空蓝色的大海里慢慢地飘走，似乎就从雨来的耳边擦过去。

小朋友们都仰着脸喊：

"喝！真有两下子！"

"当心！别掉下来呀！"

"看见什么没有？"

雨来用两胳臂抱着一枝树杈子，双手插在袖筒子里。睁大两只眼睛，向远处眺望。还乡河像一条巨大的白蟒，从眼底下，弯弯转转向远处爬去。北岸一片开阔地，就像夏天洗澡，雨来精光着身子一样，光溜溜的什么也没有。再往远处望，天和地接连在一块的地方，有一个模模糊糊眼睛看不清的东西，那就是敌人的炮楼。日本鬼子和伪军住在那里。

雨来用右手在额前搭了凉篷，睁大眼睛，看了一会儿。只见从那黑色的炮楼底下，影影绰绰爬出一个像盖子虫那么大的黑点儿。转眼之间，黑点拉成一条黑线，渐渐变大，往这边爬。

很快地看出是一队人马来了。雨来喊了一声：

"敌人往这边来啦！"

一面溜下树来，向铁头说：

"你去报告申大叔，我去报告游击队！"

小朋友们都爬上岸，仰脖子跷脚儿地向北望了望，立刻忽啦忽啦跑进村里去传告消息。

雨来不走大道，也不走小路，漫踏着地，一直向白风寺跑。风呼呼地往脸上扑，遇到坑坎什么的把他绊倒，立刻站起来，还是向前跑。他的嗓子都叫风吹干了，腿也跑酸了，仍旧瞪着眼睛往前跑。

地里，有一小垛一小垛的玉米秸。雨来刚闪过一个秫秸垛，就听一个声音叫他：

"还往哪儿跑?"

这不是杜队长啊？啊！还有爸爸,还有王二哥,李大叔,还有很多很多游击队员叔叔们。都抱着枪,在一垛一垛的玉秫秸后边趴伏着。帽子上,都插着玉秫秸的干叶子,有那长的,在头上支棱着,颤颤巍巍,好像戏台上大英雄戴的野鸡翎。

杜绍英蹲着身子,嗬！真威风,毡帽盔还是那么推在后脑勺上。胸前挂着个望远镜。飘着红缨穗的手枪,在腰里插着。他旁边架着两挺机关枪。

杜绍英把雨来拉到跟前,问他：

"来了吗?"

旁边的人,都竖起耳朵听。雨来呼哧呼哧喘着气,瞪着眼睛说：

"来啦！来啦!"

杜绍英朝那边的大路瞥了一眼,问雨来：

"谁看见的?"

雨来惊吓人地瞪圆了眼睛,说：

"我亲眼看见的呀！这么一大队,刺刀一闪一闪的,往这边来啦!"

杜绍英立时精神抖擞起来：

"总算没有白受这份儿冻!"

然后,攥着雨来的手,说：

"顺哪条道儿来的呀?"

雨来用手一指：

"你看!"

大家顺他的手望去,远远的,像条黄毒蛇,往这边爬来了。杜绍英摇着雨来的手,说：

"快到村里去吧!"

雨来吃惊地望着杜绍英,好像不明白他说的话,问：

"到村里去干什么?"

杜绍英脸上现出惊吓人的神情,还那么压低了嗓音,说:

"要打仗啦!你还看不出来吗?"

雨来眼望着远处大路上的敌人,用那种平常的语调,好像是随随便便说一件小事情:

"我看看打仗的!"

杜绍英不高兴地皱起眉毛,两眼直望着雨来,说:

"这怎么能行呢?开起火来,子弹可没长着眼睛,碰上谁是谁呀!"

雨来却现出满不在乎的神情,把眉毛一扬:

"你看,我才这么高,打不着。"

"打不着?子弹擦着地皮也能跑哇!"

雨来没办法了。想了想,央求说:

"好叔叔,给我一颗手榴弹吧!我也炸他几个!"

爸爸在一边瞪着眼,叫道:

"雨来!给我快到村里去!"

雨来不言语了。把小嘴噘起来。李大叔见雨来受了爸爸的训,在一边向他挤眼睛。雨来的眼睛里含着泪花,有一颗,竟忍不住顺着脸滚下来了。杜绍英用手指给他抹掉脸上的泪,握着雨来的手,温和地说:

"好侄子,听话,快到村里去。等打完仗,得了敌人的武器,给你一棵王八盒子枪!"

雨来生气了。身子那么狠命一转,把杜绍英的手抖开,说:"谁要你那破玩意儿!"咕嘟着嘴,向后走了。

一场大战

伪军队长在前面走,穿着狐狸皮大衣。脸又瘦又长又黄,像根蔫巴黄瓜。下巴尖尖地向前撅着,稀稀疏疏长着几根胡子,活像一只饿了多少日子的老狼。他一边走着,拿望远镜向白风寺望;见村里静静的,看不出什么来。有一只狗屎鹰,张着翅膀,在天空转了几个圈子,就落在村头那棵高大的白杨树上了。

"老狼"的脸上,似乎还带着一点失望的神情,摆一摆手,说:"这村里没有,前进!"

哪里知道,就在他们眼前,一堆堆的秫秸垛后面,早有人等他们等得不耐烦了。

游击队员们,都把肚子紧紧地贴在这地面上。听不到说话声,听不到咳嗽声。连抽烟的人都熄灭了烟头,收起了小烟袋。冷风呜呜地从远处吹来,把他们插在头上的干草叶子吹得哗啦哗啦响。

村里的公鸡咯儿咯儿地叫着。

敌人越来越近,越来越看得清楚了。嗡嗡嗡嗡说话的声音都听得见了。杜绍英做了一个手势,游击队员们都把手榴弹的木盖悄悄揭开。子弹早就上了膛的步枪对准了敌人,机关枪手都那么闭一只眼睁一只眼,向敌人瞄准了。要是杜绍英再做第二个手势,手榴弹就可以吭吭吭吭朝敌人队伍里扔去了,机关枪就可以哒哒哒哒地扫起来了,就可以杀呀杀呀地呐喊着冲上去了。

可是杜绍英却偏偏把手放了下来。

敌人摇摇摆摆好不得意呀!

为什么我们的阵地上还没有人吭声?为什么杜绍英还不发命令开火?为什么机关枪像个哑巴一样不叫起来?

再过一刻钟,敌人就从眼前过去了,进白风寺村里去了。

雨来到底没有进村里去。他走到趴在最后的一个战士身旁说:

"叔叔,我在你这儿趴着行不行?"

战士眨着眼睛,上下地打量着雨来,问:

"趴在我这儿干什么?"

"看你们打仗啊!"

"什么?看我们打仗?快走你的吧!你以为这是随便闹着玩儿的是怎么的?"

雨来用受了委屈的声调,说:

"我又不捣乱你们,这么在顶后头趴着看看都不行?"

雨来嘴里说着就趴在这个战士的身边了。战士着急地叫道:

"你这算干什么?出了事谁负责任?不行,请你快走吧!"

雨来拿胳臂肘推了这战士一下,使了个眼色,于是这个战士看见了出现在大路上的敌人。他知道,在这种情况下要是硬逼着雨来离开这里,就会暴露目标了。战士满脸不高兴地嘟哝着:

"一会儿枪响了,是叫我背着你?还是抱着你?"

敌人越来越近了,这个战士不吭声了。雨来睁大眼睛,透过秫秸叶子的缝隙,直盯着快到跟前的敌人,心里扑通扑通地跳。旁边这个游击队员,伸手把雨来的脑袋往下一按,把嘴伸在他耳边,悄声说:

"低下头,别出声!老实地趴着。枪响可不许你起来!"

雨来乖乖地趴伏着,还是忍不住抬起头,瞪着两眼朝前面望。心里说,这么近了,怎么还不打呢?未必是要一个个捉活的?

猛然间,机关枪、步枪,像急风暴雨一般哇哇哇哇扫起来。手榴弹像雷一样轰轰轰地响。炸起来的尘沙,卷成了黄色的大烟柱子,往半天空里钻。游击队员们都站起来,端着刺刀,呐喊着冲上去了。

雨来也跳起来,嘴里喊着:

"缴枪不杀!缴枪不杀!"

一溜烟地跑上去了。

敌人乱了营,王八吃西瓜——滚的滚,爬的爬,乱挤乱撞。前面的跌倒了,后边的就从他身上脖子上踩过去,唧哇地叫唤。也有咕咚咕咚跪下来,把帽遮檐儿转到脑后,举手交枪的。

一道土坎,救了敌人的命。敌人利用地势转身抵挡了一阵。就在这且战且退的时候,听见嗡嗡嗡嗡的汽车响,远处尘土滚动,一辆,两辆,三辆……两三处据点的敌人都增援来了。

游击队把敌人丢下的枪支弹药,收拾收拾,带着些俘虏,急忙转移。

渐渐地,枪声留在背后了,远了,听不见了。就好像刚才根本没打过那样凶的仗一样。

忽然,杜绍英和雨来的爸爸想起来,雨来呢?怎么不见了?杜绍英忙向后传问:

"叫雨来的小孩子有没有?"

立时,队伍里一个一个地传下去:

"叫雨来的小孩子有没有?"

传到末后一个,又向前传说:

"没有,没有。"

这一下,杜绍英和雨来的爸爸可慌神了。还有李大叔,王二哥,凡是认识雨来的都慌了。队伍里纷纷议论起来:

"回家了吧?"

"没有!"

"冲锋的时候,我亲眼见他在队伍里跑,还呐喊着呢。"

"也许牺牲了吧?"

"不能。"

"怎么这些人都好好的,偏偏把个孩子打死了呢?"

"十有八九牺牲了!"

钻进网里的小鹰

就在那机关枪、步枪,像急风暴雨一般哇哇扫着的时候,就在那手榴弹像雷一样轰轰山响的时候,雨来一边跑着,一边呐喊着:

"追呀!追呀!缴枪不杀!啊!追呀!"

跑得好快呀,就像一只穿飞的小鹰,圆睁着小眼睛,一直往前钻。平常妈妈在屁股后追着打他的时候,雨来跑得最快,可是也比不上今天这么快。雨来跑着跑着,心里说:

"怎么都是黄衣裳呢?爸爸呢?李大叔呢?杜绍英叔叔呢?啊?这不是警备队吗?"

真糟糕,雨来只顾往前钻,竟同敌人混到一块了。他想偷偷挤出去,快逃跑,可是逃不出来了。这只小鹰钻进网里,想要飞出来,可就难了。

一个警备队跑到土坎后面,满脸通红,呼哧呼哧喘气。汗水顺脸往下淌,光着一只脚丫子,不住声地叫着:

"哎呀,我的妈呀!哎呀,我的妈呀!"

一屁股坐在地上,他想要穿鞋,可是屁股刚沾地,就看见雨来了。一下子跳起来,叫道:

"小八路!小八路!"

可是,就像雨来是一块烧得通红的铁,突然掉在他的跟前,只是张着手吱哇地叫,却不敢去抓。

另一个趴在土坎抵抗游击队的敌人,一边打着枪,一边向这边的警备队喊:

"逮住!逮住!逮住他呀!"

几个警备队忽啦忽啦围住雨来,就像一群狗,围住一只小公鸡。小公鸡扬着红鸡冠,梗着脑袋,张着翅膀,雨来现在就是这么个样,就像在村里打架的时候一样,瞪着眼睛把小拳头举起来。可是,一个警备队趁势抓住雨来的胳臂,叫一声:

"看你哪儿跑?"

雨来挣扎着,低下头,一口咬住了这个警备队的手背子。疼得这个警备队龇牙咧嘴地叫:

"哎哟,哎哟,放嘴!放嘴!"

另外的几个敌人一边撕掳雨来,一边吓喊着:

"放嘴,放嘴,要不开枪啦!"

不管怎么撕掳,雨来还是狠命咬住不放。一个警备队用枪把子在雨来头上打了一下,雨来就像一棵锯断的小树,身子一歪,栽倒在地上。

雨来苏醒过来的时候,水一直往脸上流,往鼻子里流,往耳朵里流,往眼睛里流。雨来可着嗓子喊叫说:

"还灌!还灌!"

雨来睁开眼睛,见自己躺在一个井台上,身旁围着一群警备队。有一个警备队,还在提着水桶,呼哧呼哧地喘气。

他们见雨来说话了,还睁开了眼睛,都弯下腰,用脚踢着雨来,像鸭子一样伸长着脖子,叫着:

"啊哈,真还活啦!"

"小兔崽子!这回喝饱了吧?"

"这回看你还撒野不撒野!"

那个被雨来咬了一口的警备队,手上缠裹着绷带,挤过人群,眼望着躺在井台上的雨来,用另一只手把背着的枪摘下来,眼睛里射出两道凶光,直盯着雨来的眼睛,沉默了片刻,然后转脸向警备队长说:

"给他一颗定心丸吧!"

警备队长掏出花布小手绢,擦着脑门上的汗珠子,说:

"滚你的蛋吧,我们受了这么大伤耗,统共就落这么个俘虏,说崩就崩了?"

那个挨过咬的警备队不满意地嘟哝说:

"那么,我这手就算白叫他咬啦?"

警备队长说:

"等什么时候枪崩他的时候交给你动手,还不行?"

然后警备队长用脚踢着雨来,叫道:

"起来！起来！"

雨来把眼睛一闭，躺着纹丝不动。他心里做了决定：

"由你们看着办吧，我是不动啦！"

可是，他冷起来了，好像一片被风吹着的干草叶子，止不住地哆嗦起来，因为刚才往他脸上泼水的时候，凉水顺脖子流进衣裳里面不少，雨来觉着浑身冰凉。

一个宽肩膀、一脸横丝肉的警备队，抓着雨来的脖领子，向上一提，雨来就不由得坐起来。又向上一提，雨来就不由得立起来。又向后一推，再往前一拉，雨来就笔管条直地站立在地上了。这个警备队向队长说：

"交给我吧！到时候，看我能从他背后，一刀就把心肝掏出来！"

这个警备队说着，嗖地从腰里抽出一把明晃晃一尺长的小尖刀，在雨来眼前晃着，说：

"你看，你看！"

另一个细高个儿、黑长瘦脸儿的警备队，瞥了队长一眼，上下地打量着雨来，就好像审视一件什么物件儿似的，用那种拖长的腔调说：

"要我说，这小八路还是交给我保险，队长什么时候'提货'准有'货'。队长要说叫他三更死，我准不能留他到五更。"

警备队长一边往井台下走着，说：

"好吧，就把他交给李四喜吧！"

雨来由这个名叫李四喜的细高个儿、黑长瘦脸儿的警备队看管着，夹在队伍里，回据点去了。

"我要有枪早把你们打死！"

敌人真像一群狗，在外面，被游击队追着、骂着、打着，夹着尾巴往家里跑。进门就威风起来了，呼喝喊叫。警备队长在屋子里

来回走着,长筒马靴踏着地咚咚地响。嗬!好凶!向门外喊着:

"把那小崽子给我带来!"

李四喜押着雨来,穿过队部院子的时候,院里的警备队们装出惊讶的神情,望着李四喜叫道:

"别叫他给咬一口!"

"小心哪,别看他人小,牙齿可够厉害的呀!"

"李四喜,我还以为小家伙把你给吞了呢!"

"瞧他的神气,还满不在乎的!"

雨来满脸怒气地眼瞪着警备队们说:

"狗汉奸!"

一个警备队听了,走过来,在雨来的胸脯上打了一拳,问:

"你说什么?"

"狗汉奸!"

警备队又要打,李四喜拦住他,同时惊叫一声:

"小心,他咬你呀!"

那个警备队跳到一边,其他的人,见他吓成这个样子,都哈哈大笑起来。李四喜也咧着大嘴跟着他们笑。他推搡着雨来,说:

"怎么你动不动就下口咬,倒好像你挺喜欢吃我们警备队的肉!"

警备队们听了这话,又一个个张着大嘴,露着金牙、大黄板牙,哈哈地笑着。

雨来被推进屋子里。警备队长弯下腰,拉长了他的蔫巴黄瓜脸,圆睁着眼睛,伸出一个手指头,点着雨来的鼻子,咬着牙恶狠狠地说:

"要跟我说半句谎话,我就把你活活打死!你看看!"

说着,把屋子里已经预备好的东西,指给雨来看。

其实,雨来进屋就看见了,牛皮鞭子、棍子、板凳、绳子、水壶、辣椒面,炉子里烘烘地烧着两根铁筷子。过梁上结着一根绳子,好像一条死蛇一样那么往下吊着。

雨来见了这些东西,像有一只冰凉的大毛手紧紧攥住他的心,使了很大劲儿才透出一口气。

警备队长转身坐在椅子上,掏出花布手绢,擦他的蔫巴黄瓜脸,然后又掏出烟卷,一边在大拇指指甲上戳打着,一边拿眼睛斜视着雨来:

"你是谁的勤务?"

敌人把雨来看成游击队里某个干部的小勤务员了。雨来一时还没明白警备队长的话。他直着眼睛望着正在划火点烟的警备队长,反问:

"什么勤务?"

警备队长把熄灭的火柴使劲往地上一扔,说:

"你是侍候哪个八路军干部的?"

"哪个我也不侍候!"

警备队长吸着烟,沉默了片刻,突然问他:

"你们队长叫什么名字?"

雨来早横了心了,只回答了三个字:

"不知道。"

"你们有多少人?"

"不知道。"

警备队长停顿了一下,用那样凶狠威胁的目光盯着雨来,点了点头,好像是他料到了会有这样的回答。又好像是说,我会叫你知道的。警备队长收回目光,喷出一口浓烟,用那种拖长的声调,问:

"你们常在什么地方住啊?"

"不知道。"

警备队长瞥了雨来一眼,仍旧用那种拖长的声调问:

"你的枪哪?"

雨来咬牙切齿地说:

"我要有枪早把你们打死了!"

警备队长听了这话,就像有人从背后冷不防在后脑勺上打了他一巴掌,瞪着眼睛,张着嘴巴,气得呆呆地坐在椅子上说不出话。

屋子里和外面站着的警备队,都哄起来了:

"小兔崽子的嘴有多硬!"

"没想到小家伙这么厉害!"

"他就不怕死?"

"小孩子们都叫共产党训练得胆大包天啦!"

警备队长大概是觉着自己失掉威风了,猛然跳起来,把牙咬得咯吱咯吱响,连喊带叫:

"好婊子养的,好婊子养的!鞭子!鞭子!火筷子!灌!灌!"

他伸手"啪"的一声,在雨来的脸上打了一巴掌。雨来一声不响,站在那里,怒气冲冲地两眼盯着敌人。警备队长咬牙切齿地伸手拧雨来的嘴巴。雨来想反正是活不成了,心一横,趁势一口咬住这家伙的手。

警备队长咧着嘴,哎呀哎呀直叫。他用另一只手狠命打在雨来的耳朵上,雨来的脑袋一昏迷,这才撒了嘴。

警备队长甩动着手,咧嘴哼哼着。警备队们围上去,看看他们队长手背子上冒着血的牙印儿,说:

"队长,要不要拿绷带缠一缠?"

"队长,您得小心,这个小孩子专咬人!"

"队长,您歇一歇吧,太辛苦啦!"

警备队长坐在椅子上,背往后一靠,说:

"等一会儿,我来枪毙他!"

然后,他把头往后一仰,合上眼睛,说:

"有点头昏!"

一个警备队向队长鞠着躬,说:

"队长,让我们收拾收拾他!"

095

警备队长点点头。屋子里的警备队登时忙乱起来,一阵叮当乱响,取火筷子、搬板凳、拿绳子。不知哪一个,哗啦一声,把水壶碰倒了,一半水洒在炉子上,忽地腾起一股热气,炉子嗞啦嗞啦地响。壶的洋铁盖子在地上叮当地滚。

敌人把雨来的上身脱得光光的,按倒在板凳上。一个警备队,在一根木棍上面抹了什么东西。也许是醋,也许是盐水。又一个警备队把雨来的裤子褪到屁股下面。

就在这个时候,一个警备队慌慌张张从外面跑进来,大声说:"山田大佐来了!"

这一群狗,听说主人来了,立时忙乱起来。擦桌子,挪板凳,整理帽子,结衣裳的扣子。脸上都现出畏惧紧张的神情。

山田大佐又矮又胖,挺着圆圆的大肚子,走进屋子里,就像个狗熊走进来。警备队都一齐摘下帽子,把身子向前弯着,深深地鞠着大躬。脸上都表现出奴隶般忠顺的神情。

只有雨来没有弯腰。还是那么直直地立着,一动不动。

这群汉奸抬起头,每个人的眼睛里似乎都在说:

"太君,您看见没有?我们正在为大皇军效劳,拷问这个八路军哪!"

"这个小八路"

狗见了主人的时候,都是摇尾巴,伸出舌头,舐主人的手,把前腿抬起来,尖嘴巴伸到主人怀里,盼望主人用手摸它的凉鼻子,拍它的长嘴巴,喜欢它,亲它。汉奸们就是这样给敌人鞠躬,擦桌子、倒茶、点烟。

可是,因为他们打了败仗,山田连向他们笑笑都没有,就问警备队长:

"八路大大的?你们人的死了的有哇!"

警备队长堆着笑脸，回答：

"大大的，可是已经统统被我们打跑！"

山田大佐脸上毫无表情地说：

"大大的伤亡！"

警备队长装出胜利得意的笑容，回答：

"是的，八路军叫我们打死打伤了不少。"

山田摇摇头，满脸不高兴的样子，提高了声音，一字一句地说：

"我说的，警备队的大大的伤亡！八路军伤亡的没有，我知道。"

警备队长没有回答，只是拿眼睛盯着山田大佐的胖脸，好像一个笨学生，背错了书，望着老师，等着对自己的处罚一样。可是山田大佐没有处罚他。

山田看见雨来了：

"啊！这个小孩，什么的干活？"

警备队长立时高兴起来，就好像这功劳要被别人抢去似的，连忙鞠躬说：

"这个八路军，俘虏，今天逮来的！"

山田大佐翻动着又厚又长的肉眼皮，上下地打量雨来。警备队长在旁边，又像一个买卖人向买主夸他的货色。指着雨来，向山田说：

"这个八路军，别看他岁数小，可是厉害哪！天不怕地不怕的。"

说完了这话，还挺得意地挺了挺脖子。听他的口气，就好像这个天不怕地不怕的厉害的小八路军正是山田大佐这个"买主"所喜欢的。

山田大佐没有说话，坐在椅子上，点着一支香烟，一边吸着烟，一边审视着这个小八路军。

汉奸们的眼睛转动着，望望山田，又望望雨来。他们心里想：

"日本人怎么处置这个小八路军呢?"

山田大佐只是吸溜吸溜地抽烟。从他的眼神和表情,看出来他在思谋什么。

警备队长望着山田大佐,那神情好像狗仰着脖子,察看主人脸色。

山田大佐咳嗽一声,动了动身子,抬起又厚又长的肉眼皮,用眼睛招呼警备队长。

警备队长忙把身子凑过去,弯下腰,歪着脑袋,把耳朵送到日本人的嘴边。雨来留心地听着。可是,这回说的全是呜里哇啦鬼子话,一句也听不懂。只见警备队长不住地弯腰,口里不住声地说着鬼子话:

"哈一!哈一!哈一!"

山田大佐说完话,立起来,用他粗粗的有毛的短手指,弹了两下烟屁股,瞅着雨来,龇牙笑着说:

"小孩的顶好,挨打的没有!"

山田大佐挺着他圆圆的大肚子走了,又到别的据点视察去了。

怎么逃跑呢?

雨来没有挨打。警备队长也没有再问他。还可以在每个屋子里随便走动。就是从警备队长住房外面的穿堂屋里过,房门上站岗的也不拦挡他。

厨房有一间小屋子,住着两个做饭的老兵。雨来就同他们住在一块儿。

雨来心里想,怎么逃跑出去呢? 他病了,浑身发冷。冷起来,心里像装着一大块凉冰,连牙齿都打颤儿。冷完了又发烧。烧起来,浑身就像火炭一样。

雨来躺在炕上了。他心里还是老在想,怎么逃跑出去呢? 他两只眼睛呆呆地望着房顶。这整个的据点好像在房顶上画出来了：西面一排房子，住着警备队。紧连着是厨房和仓库。东面几间房子，住着警备队长和日本顾问。从警备队长住房的外间穿堂屋一直上去，是一个大碉堡。整个院子外面围着一道深沟。沟外有铁丝网，有削成尖刀一样的木头桩子。院子的南面正中有一个大门，不分黑夜白天，都有拿枪的警备队把守，怎么能够出得去呢？

唉！雨来像装在笼子里的小鸟一样了。小鸟在辽阔的天空里翻一个斤斗，打一个旋转，飞呀，飞呀，多么自由自在。然后，飞进树林里，落在枝头上。在密密的、香喷喷的树叶子中间歇一会儿，又扑拉拉拍着翅膀，快活地叫着，向远方飞去。

如今，雨来被困在敌人的据点里，哪里也不能动了。雨来多么想念铁头、小黑、三钻儿和所有的小朋友啊！雨来多么想念妈妈和爸爸呀！雨来多么想念杜绍英、李大叔和游击队所有的叔叔们啊！就是想起那支红缨枪，都觉得比从前亲热了；细长细长的白蜡杆，明光闪亮的枪尖儿，枪缨多么好看哪，一抖，缨穗子哗地散开，好像黑夜里耍着一团火……

雨来心里又想，杜绍英从前不是说过，要打这个据点吗？真说不定要来收拾这群敌人的，可是两三天了，还不见游击队来。

这天夜里，月亮快下去了，窗户纸上只剩了一点月光。两个老兵早呼噜呼噜地睡着了。

忽然，雨来觉着有人在他的耳朵旁边低声叫道：
"雨来！雨来！"
雨来一看，啊哈，这不是李大叔吗？一骨碌爬起来，问他：
"你怎么进来的呀？"
李大叔向他摇摇手。雨来明白是不让他说话。李大叔说：
"快走！快走！"
两个人悄悄地溜出去。雨来攥着李大叔的一只胳臂，觉着自己的身子就像是一片树叶子，轻飘飘地跑哇！跑哇！也不知道是怎么通过的岗哨,怎么跳出的壕沟,怎么爬过的铁丝网!反正是出来了,完全逃出据点来了。

雨来又回到芦花村了。又和铁头、小黑、小胖、三钻儿他们玩起来了,又上夜校了。还是在三钻儿家的豆腐房里,还是那个穿青布裤褂的女老师。还是那么走到黑板前面,叫大家把书翻开。雨来还是掏出那本用红布包着书皮的课本。又见那女老师闪在一边,斜着身子,用手指着黑板上的白粉笔字,念着:

"我们是中国人,

我们爱自己的祖国。"

大家还是那么随着她的手指,轻轻地念着。

雨来又到还乡河洗澡去了。好一片芦苇呀!风从远处吹过来,宽宽的长长的苇叶子,就抖起来,沙沙地响。水鸟拍着翅膀,擦着水面飞来飞去,吱吱地叫。岸上的花呀,红的、白的、蓝的、紫的,都开了。雨来眼望着这河水。河水卷着黄沙,打着漩涡,哗哗地流。三钻儿喊叫说:

"看谁先跳下去,从水底下跑!"

雨来早就浑身热得难受了:

"看我的!"

说着,就用两个手指捏着鼻子,身子往前一扑,脑袋朝下,扑通!扎下河里去了。

"妈呀!好凉啊!"

雨来心里一哆嗦,打了个冷颤。睁开眼睛,见那个名叫李四喜的警备队正往他脑袋上喷凉水呢。一个做饭的老兵在旁边拿着灯。原来刚才是做了一个大梦。李四喜松了一口气,说:

"好啦,睁开眼睛啦!"

听他又埋怨那个伙夫:

"应该早把凉手巾放在他脑门儿上,发了高烧要变肺炎的。"

那伙夫打着哈欠说:

"我还以为他是说梦话呢,哪知道是发高烧烧得他说胡话?"

李四喜临走的时候向伙夫说:

"小心地看顾着点儿,说不定什么时候日本人向咱们要这小孩呢。别把他'喂了狗'!"

早晨,雨来强睁开眼,翻翻眼皮,见李四喜领来一个嘴上戴着白纱布口罩的日本鬼子,另外还有一个拿皮包的警备队。

日本鬼子把一个小玻璃管插进雨来的舌头底下,叫雨来含着。雨来又无力地把眼睛闭上了。听李四喜的声音说:

"怎么样?"

日本人的声音回答:

"死了的没有!"

过了一会儿,日本鬼子把小玻璃管从雨来的嘴里拿出来,看了看,说:

"发烧的已经慢慢的没有!"

那个拿皮包的警备队,尖声尖气地说:

"我看给他个痛快的得啦,何必让他受这个长罪。"

"什么的痛快?"

"这样,拉出去给他一枪!"

日本鬼子摇摇头,做了一个神秘的鬼脸:

"唔?死了的不要。太君的命令,快快治好,特务机关大大的用处!"

雨来觉着有一只手攥他的胳臂,疼了一下,鬼子给雨来打药针了。

就是李大叔

雨来的病好了。他知道原来日本鬼子想叫他当汉奸。所以,他还是装着起不了炕。到院子里去,还是装着东倒西歪。脸也不

洗,就像关帝庙里的黑脸周仓一样了。有的警备队说:

"这小家伙好不了啦,完啦。早晚喂狗!"

雨来听了,暗暗好笑。但是,他更加着急了,怎么才能快快地逃出去呢?

雨来试探着走出大门口。守门的警备队伸过刺刀来,挡住他:

"站住!哪儿去?"

"外面看看呀!放心,你看跑得了吗?"

"不准,回去!"

雨来看看岗哨的脸色,知道混不出去了,只好回来。雨来又看看院子里的墙,这么高啊,比十个雨来还要高。而且,连一棵树也没有,怎么上得去呢?心里好不愁闷!

据点临近的村庄,每天都要给警备队来交柴送菜。不然,就要烧毁全村。

雨来每天立在厨房门口,靠着门框,看李四喜和几个警备队,在院子里收柴收菜。雨来拿眼睛在这些人里找。万一有个熟人就好了,托他给爸爸和杜绍英捎个信儿,叫他们快把雨来救出去呀!

一天晌午,雨来正靠着门框发愁,见交柴送菜的人都来了。中间有一个人,穿一身油脂麻花的破棉衣,戴着一顶掉了毛的光板皮帽子,一直压到眼眉上。担着柴,吱哟吱哟地进来。越看越有点像李大叔。雨来欢喜得一颗心扑通扑通直跳。见李四喜递给他一个纸条,说:

"这是你上次送东西忘掉的收据!"

李大叔接过去,看也没看一眼就把那纸条装口袋里了。可是,李大叔为什么明明看见雨来在这里,却理也不理呢?只见他坐在一块木头上,一边看着警备队称柴称菜,一边从腰里掏出烟袋。装上烟,又伸手在口袋里掏摸。大概是摸火柴吧?可是一根也没有摸着,起身朝厨房走来了,啊哈!就是李大叔!就是李大叔!雨来刚想开口,只见李大叔两只眼睛狠狠地瞅着他。雨来就不敢冒失了。

李大叔装着不认识雨来的样子,大声说:

"小兄弟,求你找根火柴吧!"

雨来说:

"进来吧,火盆里有。"

李大叔搓着两手,跺着脚,说:

"烤烤火行吗?哎呀,手脚都冻硬啦!"

说着,又用眼睛问雨来:

"屋里有人没有?"

雨来也用眼睛回答说:

"没有人!"

两个伙夫正在院子里收菜。李大叔跟着雨来进到屋子里,见屋里没人,急忙低声说:

"你还是装病,别自己往外跑。等着,一定救你出去!"

雨来有许多话要说,可是李大叔已经走了。到院子里领了收据,拿起扁担绳子,连再看雨来一眼都没有,就走了。

牛车上坐着个小媳妇

雨来焦急地等待着杜绍英领兵来攻打据点。

半夜里,两个老伙夫打着呼噜。雨来却睡不着,直瞪着两眼,常常把头抬起来,仄起耳朵,听外面的动静。

白天,就悄悄走到碉堡顶上,向四外大路上望。一天,两天过去了,却不见一点动静。

这一天,雨来正靠着厨房的门想心事,李四喜背枪走过来,说:

"跟我走!"

雨来跟着李四喜到碉堡顶上,原来站岗的警备队,见换岗来的李四喜后面跟着雨来,就过去,拿枪口戳着雨来的小肚子,恶狠狠地说：

"还不宰了这小兔崽子，叫他把我追的，直到现在小肠疝气还没好呢。"

李四喜挤了挤眼睛，学着日本鬼子的话，说：

"唔？死了的不要。太君的命令，病好了以后，特务机关大大的用处！"

那个警备队走了以后，李四喜抱着枪，坐在一个手榴弹箱子上，把两手插在袖筒子里。命令雨来：

"别乱动，给我老老实实地呆着！"

这正是晌午的时候，雨来呆呆地朝远处望；村庄、树林、白白的结了冰的小河、弯弯曲曲的大道、一个两个的行路人。太阳很暖和，天空蓝蓝的。几片薄薄的白云，像吹散的棉花，慢慢地飘着。

雨来低头看院子里，各村交柴送菜的，已经成群成行地到了。大概因为快过年的缘故吧，敌人要的东西又多了。看这四乡里来交东西的人，也比往日特别多。

雨来又抬眼向远处望。朝这边来的大道上，只有三三两两交柴来的人。此外，有一个牛车，一步动不了四指，慢悠悠地朝这边走。车上红花彩绿的，看来，坐的是个年轻的小媳妇。

大门口站岗的警备队，抱着枪，在墙根底下站着。眯缝着眼睛，瞧着朝这边走来的牛车。赶车的人，盘腿在靠车辕的地方坐着，戴一顶瓦盔毡帽，腰里结着布搭包，手里拿着一根树枝，半天才轻轻地在牛屁股上抽一下。半闭着眼睛，东倒西歪，像是打盹儿的样子。

守门的警备队，目光落在车厢里坐着的小媳妇身上，就像胶一样粘着离不开了。他心里说，这么漂亮，大红的棉袄上，镶着黑绒边，就像她的眉毛那么黑。梳着流苏的头发，在阳光底下油光发亮。脑后的发髻上插着两朵粉红色的小花。可是，衬起她的面庞来，这两朵花就显着没有颜色了。白里透红，嘴唇还染了胭脂。一对俊俏的大眼睛,她身底下垫着一条蓝地白色印花棉被,怀里抱着的孩子,从头到脚都用一条花被紧紧地包裹着。

这个守门的警备队,直着眼,看得呆了。

恰巧牛车就停在这个门口。站岗的警备队一愣:

"到这里来的?这是谁的家眷呢?"

战斗开始了

赶车的睡醒了,下了车,伸伸懒腰,张着嘴,打个呵欠。小媳妇抱着孩子下车了。警备队脑袋轰的一声,心里说:

"好大的两只脚啊!"

还没有等他明白过来,小媳妇把被一抖,怀里的孩子露出来了——原来是一架机关枪。哒哒哒哒地扫射起来。这个警备队只叫了一声:"妈呀!"就倒在地上死了。

赶车的杜绍英叫声:

"冲——"

小媳妇就端着机关枪,哇哇地扫了进去。院子里送柴送菜的游击队员们,见杜队长已到,都从腰里抽出枪来,忽啦,把警备队的房子占领了。警备队还没有来得及向墙上摘枪,就把手举起来做了俘虏。

警备队长和日本人住在碉堡底下的房子里。这个房间的门口,平常总是有一个警备队站岗的。几个游击队员正要冲进这所房子,房门口的枪就响了,一个游击队员倒下了,其他的人闪在一边。就这么个工夫,敌人缓过手来,一挺机关枪向外面扫射了。

日本顾问吼吼地叫。警备队长向那个卫兵喊叫说:

"快上碉堡!快上碉堡!"

日本顾问拿王八盒子向外打了一排子弹,就向碉堡顶上跑。

雨来见一个日本鬼子跑上来,正心里着急。只见李四喜把枪顺过去,"砰!"一声,正打在鬼子的胸脯上。鬼子长出了一口气,就滚到底下去了。雨来瞪大两眼,直望着李四喜。啊哈!明白了,原来是自己人。

李四喜一面把守着楼梯口,向雨来喊叫说:

"快把手榴弹箱子打开呀!"

雨来用一只脚蹬着手榴弹箱子的边,使出了浑身力气,咔巴一声,箱子盖揭开了。叫声:

"着家伙!"

一个手榴弹骨碌碌滚下去,听底下喊:

"什么东西?哎呀!我的妈呀!"

话没落音,轰隆一声炸了,一股火药味直往上扑来。底下还没有醒过劲儿,人不是人,鬼不是鬼的声音喊:

"这是谁?手榴弹不往外打?"

接着,李四喜又扔下一个手榴弹。敌人见骨碌碌又滚下一个来,这才明白了。警备队长在底下大骂:

"婊子养的,八路军是李四喜勾来的!"

李四喜在上面回答说:

"你猜得一点不错!"

骨碌碌又滚下一个手榴弹。雨来接二连三地往下扔。

碉堡底下的屋子里乱了,桌子哗啦啦倒了,茶壶茶碗碎了,炉子翻了。不知道是什么东西烧着,浓烟呼呼地冒起来。加上煤的烟气、火药气,钻到上面,呛得雨来和李四喜又咳嗽又流泪。可是,手榴弹仍旧像断了线的串珠一般,一个跟着一个朝下滚。屋子里唧唧哇哇地叫。

院子里扮作小媳妇的王二哥,一边把着机关枪往屋里扫射,一边向碉堡上叫着:

"打得好!雨来,李四喜,使劲打呀!"

106

听杜绍英的声音喊：

"李四喜，别叫敌人上去呀！"

雨来累得连呼哧带喘，汗水顺脸往下淌。

忽然，把守门口打机枪的敌人被手榴弹炸死了，机关枪也炸坏了，屋子里的敌人也多半被炸死。只剩下警备队长和一个卫兵，他们一边喊着，一边往碉堡顶上冲去。

李四喜一只手把雨来拉向一边，可是已经晚了。雨来刚要扔手榴弹，就觉得好像有人推了他一下，脚跟站不稳，眼睛发黑，栽倒地上。幸亏李四喜扔下两个手榴弹，轰轰两声，底下就没有响动了。

杜绍英、雨来的爸爸、李大叔、王二哥，他们冲过黑烟，跑到碉堡顶上。看见雨来躺在李四喜的怀里，紧闭着两眼。嘴稍微张开一点，满脸都被烟和火药熏得漆黑。手指上套着一大把手榴弹的丝弦。血淌出来，把胸前的衣服湿透了。杜绍英把雨来接过去，抱在怀里。只见雨来用力抬起眼皮，动了半天嘴唇，吐出一句话，说：

"给我一支枪！"

小英雄的故事多着呢

要问雨来后来怎么样了？这里我只能告诉亲爱的小读者们，雨来到八路军的医院里养了一个多月的伤。伤好了就要求参加游击队，没有批准，他又要求，最后还是让他参加了。我们的小英雄雨来，在游击队里，还有很多很多的战斗故事。那些故事，都是非常惊人的。小读者们听了，一定要竖起大拇指，说："雨来真了不起，我一定要向他学习！"

不过，这里不说了，等我下次再讲吧！

1962年11月22日修改

妈妈同志

——冀东抗战故事

妈妈同志常常衔着长管烟袋向对门间壁子吧嗒：

"喝水别忘了挖井的，寻思寻思往常前，吃糠咽菜，揭不开锅，要没共产党八路军来，嘴唇离碗边还远着哪！"

往常前妈妈简直生活在一条线上。指不定哪会儿就断了命。

丈夫扛长活，妈妈拉扯着两个孩子给大家主洗衣裳锥帮子纳底，挣两个钱填补填补。可是，每到苦春头，饿得孩子偷偷捋来杨树叶，用开水煮了搀糠吃。一次，树主找来，一定要请会，好说歹说，妈妈忍泪吞声赔笑脸请了罪才罢。

这样日子，一个追着一个过去，眼看要支持不下，两口子商量商量租了五亩地，丈夫白天做活，晚上回家耕地，妈妈也要领着孩子去经营，盼星星盼月亮粮食盼到家里，但不等晒干，就被田主拉走了一半，官家又是个填不满的坑，捐税压死人，剩下的粮食仍是不够吃。女孩子十四岁那年，一天晚上到一个地主家剥玉黍皮（剥完玉黍皮可带回家当柴烧），东家的二小子一定要搂着亲嘴，女儿打了他一个嘴巴子，二小子恼羞成怒，剥下的五六筐玉黍皮不但不给了，还说：以后再登门口，就打断腿。女儿回家埋在妈妈怀里，呜呜咽咽哭了一夜，妈妈咽着眼泪安慰女儿说：

"忍着吧，总有一天，我们翻过身来！"

这,在妈妈,就像一场梦也似的:那年七月十四,大月亮地里,全村男男女女聚在南场,听一个青年小伙子讲话(后来才知道是八路军区长)说:饿着肚子打不了日本鬼子,不要饿死的饿死饱死的饱死,要减租减息。过两天街上又出了布告。但地主们还是像臭虫一样叮着穷人不放手。又开了一个民众大会,租息才减了,官差也消了,二儿子同爸爸扛长活也涨了工钱,粮食一年接一年地堆在屋里。

她忘不了八路军的好处。只要同志们住在家里,洗袜子,补衣裳,想尽新鲜饭做着给你吃。

"成年挨冷受冻,黑夜白天,为的啥?吃不着喝不着,到家还不解解馋!"

有时把枪搁桌上睡觉忘了,她悄悄塞你枕头下;你一睁眼,她用手指点着你脑袋门儿,责备地说:

"危险呢,熬的你还称打鬼子老手!"

害怕村人放哨大意,娘儿俩,暗暗轮班站岗。

同志们都说:

"你真是我们的老妈妈。"

她不高兴地拉下脸:

"我抗日啊,也该叫我同志!"

从此都叫她:

"妈妈同志!"

1944年春天,我们去路南路过遵化圣水院村,顺便到妈妈同志家里。

院里还是那棵老槐树,铁似的干上缠着紫色藤萝。妈妈同志还是那个老样儿,矮个子,瘦削脸庞,只是鬓发更加白了,背略曲了些,黑的盖满蜘蛛纹的脸透着愉快的红晕。妈妈同志忙着叫女儿烧水。当然,还是自制枣树叶儿泡的浓茶。不一会儿,妈妈同志顶着一层土兜一大兜苹果,骨碌碌抖在炕上:

"吃吧,不是挖了个地窖,你们看也看不见!"又叫女儿去煮鸡蛋。

"没工夫吃饭,煮两个鸡蛋,留着在半道上盘馋!"

我们推却,妈妈同志马上沉下脸!

"看我不配给你们吃呀?"她就是这么一个人。

问她家里景况,政府每月有一百斤优待粮,种着几亩地,有村里代耕团耕种收割。再加上后山几十棵苹果树,称得起水来伸手,饭来张口。只是,自从丈夫死后,儿子参军,家里担子都在她一人身上。

"唉,操心的命啦,我们娘俩。"指着身旁大女儿。

"婆家催了两三回啦,要娶!"说着眼圈有些发红,忙转过脸,撩起衣角揩擦,愣了一会儿,小脚托着瘦小身躯摇晃了两下,忽然扑哧笑了。

"我怎么也顽固啦!"脸直红。

我想起这件事来:

1942年12月3日,八路军同日本鬼子在圣水院后山开火,鬼子五百多死了大半,八路军也有伤亡,傍黑前鬼子来增援,八路军转移了。

刮了一天大风,晚上止了,乌云又密集起来,天像黑锅底,伸手不见掌。

鬼子住在圣水院,杀猪,杀羊,抓得鸡飞狗跳墙,半夜才安静下来。

妈妈同女儿熄了灯,躲在炕里睡不着。对屋鬼子打着呼噜,一会儿,听见屋门哗啦开了,咯噔咯噔皮鞋声走出去,女儿用肘碰了妈妈一下低声说:

"换岗去啦!"

妈妈直瞪瞪地睁着两眼,望着一团团的漆黑,她心痛那头黄毛弯角小公牛,那是前年丈夫卖了一担五斗米买的,那是妈妈在夏天亲自背筐拿着镰刀到河沿割来青草,一把把喂养大的。丈夫白天给东家干一天活,夜里给牛打来大捆高粱叶,妈妈常摸着牛冰凉的鼻子说:

"好好拉套耕地,多给你割草吃。"

今天眼看着被日本鬼子用刺刀把肚子割开,剥皮,烤着吃了。牛临死,望着女主人哞哞地叫,叫一声妈妈的心就收缩一下,妈妈为牛到鬼子跟前求情,被皮靴踢了一个斤斗。

西北风又刮起来,窗纸哗啦哗啦响,耗子在柜底下叫。

女儿刚一打盹,似睡非睡的时候,有一只手摸她脑袋一下,她打了一个冷颤,用肘碰了妈妈一下:

"有人!"

妈妈不声不响摸了一根火柴划着,抬头看了看什么也没有,嘟哝着:

"睡吧,别疑神疑鬼的啦!"

没半袋烟工夫,摸到妈妈头上来了,这分明是一只冰冷的手。

妈妈倒吸了口冷气,坐起来点着灯,还是看不见什么。正纳闷儿,忽听炕根下有人哼哼,娘儿俩看了,几乎惊叫出来。

一个八路军,军帽被血湿透了,脑袋歪斜地枕在抱着的机关枪上,脸像白土子,胸脯和膝盖全是冰、雪和泥土。

他是个机关枪手,在天黑突围时被打中了左肩。因为他在妈妈家里住过,才爬了来,因流血过多,又加上在冰雪里,拉着一挺机关枪,昏沉沉没力气说话。怕炕上住着鬼子,才用手去摸。

娘俩把战士抬到炕上,叫女儿在门口站岗,给战士换了便衣,擦掉脸上泥土血水,盖了被;机关枪放在妈妈被窝里。

"水!"有一袋烟工夫,战士才吐出一个字。

妈妈把嘴凑到战士耳根上小声说:

"给你烧!"

外面有咯噔咯噔皮鞋声,近了,更近了,妈妈忙向女儿使眼色,

111

鬼子刚要掀门帘,女儿忙迎着。

"太君,走错啦,那个屋!"

"不睡?"鬼子说着中国语。

"妈叫我给太君烧水喝。"

"好的。"鬼子进屋去了。

烧好开水,给对屋提去一壶。战士喝了水,妈妈又嘱咐女儿悄悄做了碗面汤。战士吃了,喝了,伤口换了新布,渐渐好了些;但新的难题来了,天亮怎么办?

娘俩低头寻思了半天,妈妈叫女儿在屋里照顾同志,自己到外面去了。回来用手抚着冻僵的耳朵说道:

"岗哨忒密!"

天快亮了,女儿发愁地望着妈妈,呆坐着。

这时对屋怪叫了一声。

娘儿俩对看着,变了脸色,她们想:

"发觉了?"

听听却没有响动,只是呼噜声响着。

"说梦话呢!"娘俩吐了一口气,妈妈又悄悄出去了,拿着血染的军装,回来女儿问:

"军装?"

"藏在外边了。"

"同志能出去?"

妈妈失望地摇摇头。

天已经发白,公鸡连声地叫,娘儿俩急得直打转。忽听间壁圈里羊群咩咩地叫,妈妈想起了什么,忙从被里把机关枪抱出,装入麻袋,结好口,把炕起下一块砖,塞入炕洞,又堵好。到隔壁叫起放羊小顺子。

"放羊去!"

"忒早吧!"小顺子揉着眼蹲在炕头抱着胸唏哈着,妈妈在小顺

112

子耳根嘟哝了一阵子,小顺子点点头。

天晴了,几颗星稀稀落落在天空眨巴眼,干巴巴地冷,小顺子赶着羊群出去了,雪白的软团团的羊群叫着,互相撞挤着。战士翻穿着羊皮袄杂在这庞大的羊群里,妈妈又嘱咐小顺子送出东二里地村里,就不用管了。

小顺子抽着响鞭,羊群从鬼子旁边过去。

悲剧就这样发生了:

过半个月,鬼子知道了这件事,大队来围庄,妈妈同女儿都跑了,赶巧爸爸正来家里,被捉住,拉到后山,浑身扒得赤条条的,双手用战刀剁掉,掷在山根下,又用刺刀把肚子割开,就拉着大队回去了。

妈妈好好把爸爸埋葬,这天鸡刚叫头遍,就吩咐女儿把借来的小灰毛驴喂好,一条被折起来当作鞍子。

"妈!你上哪去?"女儿摸不着头脑,可是妈妈只是吩咐:

"天亮了,买点肉,买点菜,做黄米干饭,等着我,多做三四个人的!"

再问已经骑驴走开了,妈妈就是这样一个人。

妈妈骑驴过两个山梁,走了十五里地,到儿子扛活的主人家,儿子正喂猪,把瓢交给伙伴,伴着妈妈到屋里。

"找东家算算账!"

"干啥?"

"跟我回家!"

儿子不再追问,他知道妈妈的性子,算了账,夹着行李,掀起炕席,把掉了皮的识字课本装入口袋,跟妈妈回了家。

女儿把饭菜都做好了。

妈妈吩咐儿子:

"打一斤酒去!"却又一声不响地出门去了。

妈妈到街上找见了武装班长:

"到我家去！顺便找下村长。"武装班长刚要问,妈妈一摆手:"到家再说,我还得找老办去!"

客人们都坐好了,有武装班长、办事员、村长,娘儿三个也挨次坐好,大伙都是丈二和尚——摸不着头脑,都大眼瞪小眼地愣着。

妈妈笑了。

"放心吧,没下毒药。"马上正色说道:

"今儿个请三位村干来,有一件大事。"

"快说吧,闷死我啦,竟弄这些形式主义!"老办着了急。

妈妈接着说:

"今儿个请诸位来,没别的,我儿子参加八路军,诸位做个保。"

"行行,这还不中!"武装班长连声地叫。

"原来这个。"村长和老办这才松了口气。

"还有,"妈妈又说,"我家里情形你们也知道"

"没问题,我们担保,饿不着你!"

儿子参加八路军了。临走妈妈同志含着眼泪说:

"二头哇,要不给你爹爹报仇,不是你娘养的!"

今天,大约又想起惨死的丈夫来了。

又坐了一会儿,鸡蛋煮熟了,娘儿俩送我们到村口,我们说:

"回去吧,妈妈同志!"

妈妈点点头说:"好儿子们,别忘了看我!"

女儿抿嘴笑了。

走出七八堆粪远,回头看娘儿俩还在村口站着,我们把手卷成圆筒放在嘴上喊道:

"妈妈同志,回去吧!"

1946 年 6 月 3 日

三支火把

唐山西北的丘陵地带，这几天正风传八路军两千人从长城外回来了。每一个村庄的人们，都伸着耳朵，睁大两眼，听着，望着，都感觉到大队人马就隐蔽在他们的附近。

这时，敌人扫荡刚结束，在这山里设了一个据点。三百个警备队，正赶着民工挖壕沟，安铁丝网，修筑炮楼。听人说，八路军就是攻打这个还没扎下根的据点来了。

警备队一面加紧挖筑工事，一面派出特务四外侦察。这天晚上，有十二个特务到了大汪庄，他们胆战心惊地坐在村公所，向村民盘问八路军的踪迹。自然，他们什么也探听不到，都是些不明不白的回答。但，从回话人的神情和语气看得出，八路军确是来了。

特务们害怕老百姓暗地里去报告八路军大队。他们进村公所就在前后院放了暗哨，免得走漏风声。同时，来人一律扣住。

且说，有两个特务，正把着枪蹲在后院寨子根底下听动静，忽听隔壁后屋的门板吱扭响了一声。接着，听嚓嚓脚步响，一边走着一边说话：

"老二，明儿个赶西边的集吗？"一个沙哑的嗓音问。

"不去啦！"一个粗重的声音回答。

"怎么？你那几筐果子还不卖了吗？"

"要打仗啦,消停消停再说!"底下的声音压低了,没有听清。那沙哑的声音,惊喜地问了一句:

"这么说,八路军是过来了?"

"嘿,这还有假吗?我亲眼看见的呀!昨儿个送孩子他妈住姥姥家,回来贪了黑,同大队走了个碰头。喝,我拉着毛驴,闪在大道边上,瞧他们直过了半天。机关枪,大炮,那叫齐全哪!"下面的话,唧唧喳喳又听不清了。

"真要拿那个新安的据点吗!"沙哑的嗓音突然冒了一句。

"你瞧着吧,用不了两天。"

然后,听他们走到排子门口,那粗重的声音说了声:

"就这么定啦,明儿个上午我碾二斗玉黍!"

排子打开又扣上了。一个人的脚步声穿着后院,向屋里走去。两个特务,像贼一样,悄没声地出了后门,见那出来的人,刚刚过去。星光下,清清楚楚一个人影儿。两家伙向前抢了几步,大吼一声:

"站住!"

这人,被特务推进屋子里,灯光下,惊慌地眨着眼。看来,不过二十四五岁,个子不高,黑黑的四方脸,粗黑的双眉下,两眼发亮。虽然已经四月初,还戴着一顶掉光了毛的狗皮帽子,油渍麻花的短棉袄。两只长满厚茧的大手,笔管条直地垂下去。吓得脸色发黄,浑身直抖。看来,这是个忠厚老实,胆小怕事的农民。

特务队长伸过耳朵去,听那呼哧乱喘的特务叽咕了一阵,然后,向这农民,装出一副笑脸,说道:

"别怕,别怕!你说说,在什么地方碰见的?有多少人?朝哪个方向去了?"

问话的,因为意外地找到了线索,心眼儿里又高兴又害怕。

"队长,我我什么也也没见到啊!"回话的一句一个躬。似乎是连牙齿都打起颤儿来了。

旁边,本村的一个有点驼背,留撮黑胡子的老头儿,安慰他说:

"老二,向队长说了吧。你看见八路军大队,队长也不能就说你是八路军啊?说吧,别怕,八路军千军万马的从哪儿过,也没隐身草儿,谁看不见?"

"老头儿说得不差,"特务队长感谢老头儿的帮忙,递过一支烟。然后,转脸向老二低声说,"你说了,准没你的事儿!"

但,这个农民已经吓昏了,怎么也不肯承认他刚才说过的话。特务又从隔壁把那个送老二出门的人抓来了。这是个瘦小的农民,两只眯细的眼睛,环顾着屋里的人,看着特务手里的枪,吓得嘴唇都白了。他说:

"老二什么也没向我说呀!他借我的碾子,碾二斗玉黍,我说你赶集去吗?他说不去啦!"说到这里,突然住了嘴,两眼望着老二。老二低垂着眼皮,连看都不敢看他一眼。急的特务队长,伸手就要打。但想了想,越打越怕越不敢说,就压着心中的怒火,仍旧装出一副笑容,把嘴附在老二的耳朵上,悄悄告诉他,说出来,决定给他保守秘密,不会叫他担着暴露八路军军事秘密的罪名。可是,这老二竟如此的胆小怕事,如此的固执,不管怎么劝说,怎么威吓,还是一口咬定:"没看见!"特务们不敢在村里久呆,就把他带回据点审问去了。

两只鹰眼,满脸横丝肉,大个子的警备队长,像招待客人似的,亲自给他点烟,倒茶,仿佛怕惊吓着他似的,低声的问话。但,费了半天唇舌,回答的老是吞吞吐吐,没有结果。警备队长拍起桌子来了,睁圆鹰眼,恶狠狠地咬着牙,探过身子去,一把抓住老二的脖领子,摇晃着,猛然向后一推,他趔趔趄趄倒在地上了。接着,劈里啪啦在他面前扔下了绳子、棍子、铁条、鞭子、水壶……

老二吓得浑身乱哆嗦,他把八路军的机关枪、大炮、人马、出发的方向,以及他们怎么说的要拿这个据点,都一古脑儿说了出来。警备队长抑制着心中的慌恐,装出满不在乎的样子,挥了一下手,表示他可以回去了。老二惊喜地把帽子戴上,两眼注视着警备队长的脸,退到门口,又把帽子摘下来,捧在胸前,深深地鞠了一躬,然后出门去了。

警备队长立刻向通州、唐山打电话,要援兵。但回话的却说他们并没有得到他所报告的这种情报。他放下耳机子,跺着脚,咒骂起来:

"狗操的们,在城里抱娘们儿,把我送到这虎口里来,你不派援兵,八路军来了我就交枪!"

这话被当兵的听到了,一个个交头接耳,唧唧喳喳,惊恐和不安,笼罩了整个据点。这天晚上,警备队长命令所有的官兵持枪待命。他亲自巡察岗哨。一点风吹草动,就使他们心惊肉跳。到半夜,东边的枪响了。警备队的机关枪像来不及似的哒哒哒哒哒响了起来。排子枪,冲锋枪,向四面八方射击。打了约莫一个时辰,听八路军吹起了冲锋号,而且开始喊话了:

"中国人不打中国人,再不交枪就开炮啦!"

电话线早已掐断,警备队长在岗楼上骂了一顿他的上级,命令警备队停止射击,听听八路军喊些什么。几个人影儿过来了,一边向这边走着,叫道:

"八路军的枪炮是打鬼子的,你们要再不交枪可就不客气啦!孩子老婆一大家子,为小鬼子送命值当的吗?啊!——怎么样?再不交就开炮啦!"

敌人劈拉巴拉把枪都扔到墙外了。只见三个人影,从刚刚敞开的大门走进来,点起了三支火把,一阵风地在院里兜了一个圈儿。三百个警备队员把帽遮沿转到脑后,在院子里垂手站立,见这三个人都是军不军民不民的打扮,一个正是白天放走的那个农民老二,现在,一顶草绿色军帽,英武地扣在头上,斜肩披着蓝布子弹袋,手提着一只步枪。第二个正是头天晚上在大汪庄,被特务抓去对证的那个瘦个子,现在也一手举着火把,一手提着刚缴获的步枪,神气活现地站在院子里。第三个就是特务在村公所看见的那个黑胡子老头儿。三个身形,映着火把的红光,像是用铁铸出来的,闪耀着绯红的颜色。警备队长惊呆地望着这三个人,他认得这个四方脸的人,但他想,八路军作战的时候,总有些民兵或是老百姓跟着抖威风的,他问道:

"八路军呢? 啊?"

"八路军吗? 还在滦河东哪!"老二挺着胸脯,高举着熊熊的火把,回答说,"拿这么个小小的据点,用不着劳动主力,我们三个民兵,略施了点小小的计谋……"

这时候,成群的老百姓,已经端着刚缴获的枪涌进了据点。警备队长气得浑身乱颤,用拳头打着自己的脑袋,咒骂着自己:

"我混蛋混蛋,上了民兵的当啦!"

幸　福

　　1952年10月的一天,我下班回家,见一个年青的姑娘,苗条的身材,穿一件红毛衣,燕子羽毛一般黑亮的眉毛下,长睫毛的阴影里,一对清澈明亮的眼睛,背后垂着长长的发辫。她的美丽使我吃惊了。正在同我的爱人打扫房间里的卫生。忙碌的样子,似乎连说话的时间都没有。我进屋时,她只是微笑着瞥了我一眼就提壶灌水去了。我问我的爱人,才知道这是她从小时候一直在一起的同学韩明达。现在天津天和医院工作。我感到这是一个端庄大方而又活泼愉快的姑娘。大概因为我不善接待生客,我们交谈并不多。她第三次到我家做客的时候,认识了我的老战友黄河,第二年九月她俩结了婚。

　　结婚后的第三天,我和爱人去看他们。见她正在匆忙地收拾行囊,好像要出远门儿。她见我们脸上疑问的神色,便带着她特有的快活的笑容说:

　　"我自愿报名参加安徽救灾医疗队啦!"

　　我愣怔起眼睛,拍了一下响巴掌儿,叫道:

　　"你们结婚才三天哪!"

　　她探过身来,把眼直望着我,就像我是个聋子似的,大声说道:

　　"人民在受灾哪!"

她所有的感情都在这句话里了。

在这次将近一年的安徽农村医疗工作中,她立了二等功。回来以后便参军成为解放军的一个女医生了。这之后她入了党。他们夫妻的爱情使所有的朋友们羡慕。一天,我用玩笑的口气向她说:

"你太不像话,结婚三天就走了。"

我见她忽然变得严肃起来,并且用那种同她年龄和性格很不相称的深沉的语调说:

"我们活着,不仅仅是为了自己,而是为了人们的幸福啊!"

我默默地注视着她那同样深沉的目光。从我第一次见到她,已经两年了,但我感到刚刚认识这个人海中不被任何人注意的普通的医生。我说:

"你们医生是伟大的,为解除病患者的痛苦,从早到晚忙着!"

"哟!"她叫了一声。惊讶地竖起眉毛,微笑了一下。然后习惯地挺直着身子,眼睛一动不动地盯着我,沉默了片刻,用她响亮的声音笑着说:"快收起你的伟大吧,我可是个平凡的人!"

有一天,她从医院回家,丈夫见她疲累的样子,急忙给她端洗脸水,倒茶。叫她休息。丈夫把一杯热气腾腾的茶水放在她面前的时候,微笑说:

"你侍候了一天病人,现在我来侍候你,叫你享享福。"

她坐在椅子上,抬手掠一下鬓发,喘口气,带着深情的笑容说:

"只要能使人们幸福地活着,我便感到我是幸福的!"

她把一个医生的伟大人道主义和一个女人最深沉的爱给了自己的祖国和人民。当我在暮色沉静的黄昏里,在海边听着大海波涛的轰响时,不禁想到这个平凡医生的思想,……由于我的疾病,使我接触过许多医生。我感到韩明达医生的思想,代表了所有医生的思想。他们一天到晚为抢救别人的生命而消耗着自己的生命。我注意到医生站在开始恢复健康的病人床前时脸上出现的笑容。因此,我懂得韩明达医生的话:"只要能使人们幸福地活着,我便感到我是幸福的。"

她在东北部队门诊工作的时候,有一个小故事。一天,她正在紧张地给病人看病,候诊室外面走廊里有奔跑的脚步声。一个护士的声音叫道:

"嘿,嘿,我说这位社员同志,韩大夫的号早挂满了,你听我说……"

话没落音,跑进一个农村姑娘。那追进来的护士惊慌地抓住这姑娘的胳臂,低声说:

"你没看见,外头排了那么多人?没号了,下星期再来吧!"

这姑娘仿佛求救似的向韩医生叫道:"韩大夫,韩大夫,我想拔牙,挂您的号挂不上!"

韩大夫停下来,扎煞着两手,把眼上下打量这个穿一身大红花棉袄的农村姑娘,因为牙病,一手捂着半个脸,整齐的发穗下面是一对窄细的眼睛。韩大夫心里说:"我并不认得呀,她怎么认得我呢?"

这姑娘看出韩大夫脸上疑问的表情,便急忙说道:

"韩大夫巡回医疗的时候,到过我们河西刘庄,给我金顺表嫂治过病,还有东头的刘云鹤大伯,南街老赵家的三小子,刘大婶的大丫头石榴儿,都是您治好的。那时候我的牙还没坏,您不认得我,我认识您,是我妈打发我来找韩大夫的。"

这姑娘显然怕话说不完就被护士拖走,说得又急又快,就像一个有经验的战士放机关枪一样。一口气倒出一大堆话,可是挺清楚。招得韩大夫和站在旁边的护士都忍不住笑了。

"你认得我也白搭!"韩大夫带着笑声说,"你没看见外面等着那么多人吗?"说着走到姑娘跟前,叫她张开嘴巴瞧了瞧,然后飞快地写了预约号,用安慰的口气说,"下星期四来吧!"

这姑娘听说认得韩大夫也白搭,脸上顿时现出失望和懊丧的神情。等到韩大夫把预约纸片塞她手里,叫她下星期四来的时候,便高兴得咧开嘴巴笑了。还兴兴头头地同韩大夫握了一下手,便出门走了。走着,走着,忽听背后那护士的声音叫道:

"那位刘庄的姑娘站住!"

这姑娘大概怕是大夫变了卦,便假装没听见,同时加快了脚步,几乎小跑起来。

"嘿,嘿,我说那位刘庄的姑娘,站住!我有话说。"

这姑娘只顾往前跑,可是被护士抓住了胳臂。

"你怎么啦?叫你站住倒跑起来了。"护士隐藏住笑容,装出生气的样子说。见这姑娘两只窄细的眼睛忽闪忽闪地眨动着,不知如何回答才好的表情,便笑道:"韩大夫叫我嘱咐你,别感冒了,要是感冒可就不能拔牙了。记住了?"

这姑娘感到错怪了护士的好意,带着抱歉的笑容,一边点头笑应,一边伸过手去,把护士的手紧紧地握在她结实厚大的手掌里,说了声"谢谢"!

可是到了下星期四,飘起漫天大雪。上午十点多钟又吼起了大风。满空迷迷茫茫。韩明达医生一边给病人看病,不住地看表,不住地问护士:

"那个刘庄的姑娘来了没有?"

护士摇头说:"我看不会来了。大雪天,二三十里地,怎么来呀?"

韩大夫瞧瞧窗外,雪还在纷纷扬扬,愈下愈紧了。叹口气说:"真是糟糕!"

快下班的时候,护士匆忙进来,在韩大夫耳边说:"刘庄的来了,是个冒名顶替的小伙子!"

韩大夫愣怔了一下,说:"叫他进来,我看看。"她不相信竟有这样的事。因为她不只一次地到过农村。她感到农民的忠厚老诚,绝不会偷奸取巧。

可是站在她面前的确实是一个农村小伙子,一身肥大的光板儿老羊皮袄,直到膝盖的长筒毡靴子,一顶火一般发红的狐狸皮帽子。压在眉棱上,两个耳扇护着略略有些发黄的脸颊。浑身带着雪花留下的湿印子。还有一股子从野外带来的冷气。

"不对呀?"韩大夫皱起眉头,拖长着声调说,"上星期预约的是个大姑娘,怎么变成了小伙子?"严肃地把脸一沉,"冒名顶替可不行!"

听这话,小伙子把头上的狐狸皮帽子摘下来,露出长长的油黑的鬈发。于是又变成原来的姑娘了。这姑娘天真地微笑着。韩大夫习惯地挺直着身子,带着愉快的笑声说:

"我说呢,一个农村姑娘怎么会耍弄起我来了?"

给这姑娘动手术拔牙之前,韩大夫问她:

"这几天发过烧没有?"

姑娘非常爽快地回答说没有发过烧。于是开始动手术了。刚刚把牙拔掉,便发现这姑娘脸色发白,额头渗出汗珠,一下昏迷过去了。

韩大夫惊慌地变了脸色,急忙抢救。诊室里一阵忙乱。

"输血!"韩大夫用坚决的语气说,"看看我们俩的血型是不是一样?"她命令护士。

护士张开两臂拍打一下衣襟,大睁着眼睛叫道:

"这怎么行啊?"

可是化验了血型以后,韩大夫一边给这姑娘量血压,听心脏跳动情况,一边命令护士:

"先抽我身上的血!快着点儿!"

她见护士站在那里犹疑不决的样子,便跺脚喊叫起来:

"你怎么啦?这是农村来的贫下中农,特意到我们部队来治病的呀!"

这时候另一个护士从血库里拿来一玻璃罐子血浆。经过抢救，这姑娘睁开了眼睛，还在那里望着韩大夫笑。

韩明达医生俯下身去，搂住这姑娘的脖子，把脸贴在她已经转过气色的脸上，醉心揉肠地说了一句：

"你吓死我了！"

站在旁边的护士问这姑娘，原来感冒昨天才退了烧。怕医生不给她拔牙，便隐瞒下来了。韩医生把一个手指戳打着这姑娘的脑门儿，同时竖起眉毛，睁大惊骇的眼睛说：

"以后可不能说假话，拿自己的性命闹着玩儿！"

姑娘道过谢，准备回家的时候，韩医生用她特有的干脆利落而又不容反驳的声调说：

"听我的，走，到我家去，明天才能叫你回家！"

韩大夫把这姑娘领到自己家里，给她熬了白菜虾干汤，蒸鸡蛋羹，西红柿牛肉。这姑娘因为刚拔过牙，只用半边牙，费力地慢慢吃着午饭。比她吃得快的韩大夫撂下碗筷，并不离开饭桌。她坐在那里，一手托着下巴颏儿，默默地把含笑的目光注视着客人，直到她吃完饭，又端来洗得干净的苹果。

"文化大革命"中，韩明达医生又参加了部队组织的山东农村医疗队。这正是林彪、"四人帮"罪恶的手把中华民族推向灾难深渊的时候。我们如此熟悉的祖国，忽然变得生疏了，模糊了。成千上万革命老干部，有的被迫害而死，活着的被送到遥远的边疆，妻离子散，家破人亡。韩明达医生的丈夫已经罢了官，又接到通知，叫他和一批同样罢了官的空军老干部一起到贵州山区长期劳动。在她的丈夫去贵州之前，天缘凑巧，她从山东农村回来了。

这天，我和我的爱人陪同她的丈夫到车站接她。北京的十月，因为塞外吹来的黄沙，天昏地暗。风把落叶和乱纸吹得满街翻滚。墙壁上破旧的大字报纸，在呼啸的冷风中发出惊心动魄的哗啦声。我们纷乱的情绪更加纷乱了。像不知道祖国的命运一样，我们不知道自己的命运。火车早已失去了它的正确时间，误了一个钟头又一个钟头。我们在车站等了整整一天,终于等到了。在喧嚣拥挤的人群中,我们看见了她,挎着一个大挎包,一身雨淋日晒得褪了色的绿军装,风尘仆仆。但那领章是鲜红的,军帽下的面庞是干净的,长睫毛阴影里那一对黑亮的眼睛是愉快的。她带着我们非常熟悉的笑容,一边大声说话,一边同我们握手。当我们向公共汽车站走去的时候,她的丈夫半吐半露地告诉她去贵州的事。然后急忙向她说:

"我们几个老战友研究了,你完全可以不去,留在北京工作。还可以照顾三个孩子。"

她的孩子小的五六岁,大的十几岁。

她听着,忽然停下来。不觉地把眉头吃揪着,脸色一下子变得很严肃地望着我们。那一动不动的目光里,隐含着对我们的埋怨、疑问、气恼和由于多年友情而有的谅解。这一切混杂的感情,都表露在她那似怒非怒、似笑非笑的脸上了。但这只是一瞬间,她脸上立刻有了坚决和自信的表情。几乎是横了我和我爱人一眼之后,把脸转向她的丈夫,便用她特有的爽快的声调大声说:

"不,多么艰苦的地方我也跟着你去。我们全家在一起,就是当农民也一定会很幸福和愉快的。我们可以劳动,可以给贫下中农治病。你们老同志需要锻炼,我们更需要锻炼!"

于是,在我们继续往公共汽车站走去的时候,她兴奋地讲她在山东农村给农民治病的情景。讲她怎样治好了一个聋哑人,使他会说话了。其实,她在农村的情况,我们早已从信中和报纸上知道了。她的事迹和她同治好的聋哑人合影照片,早就登在当地的报纸上了。她兴奋愉快的情绪,像春风一般吹走了笼罩在我们心头上愁闷的乌云。

他们夫妻从贵州寄来的信中,说他们全家生活得非常愉快。我知道这是他们不愿意友人为他们不幸的命运忧愁。可是我想:也许是在整个中华民族沉于灾难悲苦之中,他们全家团聚的一点小小欢乐,就成为最大的幸运了。后来,我们才知道她在几乎是难忍的艰苦生活中继续给病人治病。她蔑视一切威胁,冒着风险给被打成走资派的老干部治病。后来她死时,我看见一个鬓发如霜的老军人,像个小孩子一般在她的灵前痛哭。嘴里说着:"那时,她给我们治病是一视同仁的呀!"

粉碎林彪、"四人帮"以后,他们全家回到了北京。我们也早已从农村回来,又欢聚在一起了。她还是那样年青,美丽,愉快。她到哪里,哪里便充满了笑声。一天,我说:

"韩大夫是一个真正的革命乐观主义者!"

她的丈夫,把一只手放在我的手背上,在我耳边说:

"你们不知道,那几年,林彪、"四人帮"把我们全家搞得那么惨,把许多老同志搞得那么惨,她的精神是非常痛苦的!"

我想起"九一三"事件以后,她来过北京一次。我问她干什么来了?她摇摇头说:"保密。"后来才知道,当时周总理命令派一个可靠的女同志把寻找到的贺龙夫人从贵州护送到北京。这个护送贺龙夫人到北京的就是韩明达医生。她知道了林彪、"四人帮"是怎样凶残地害死了贺龙元帅。她只用含泪的声音愤怒地说了一句:

"人变成野兽时比野兽还狠毒!"

当她丈夫说到她那几年精神如何痛苦的时候,我深深地吐了一口气说:

"林彪、'四人帮'终于完蛋了!"

可是我不知道,一个人,像一个国家一样,内伤要比外伤可怕得多。这个如此善良的医生,精神上的创伤已经侵蚀了她的身体,于是,死像大河的无情波涛,日夜冲击着她生命的河堤。今年三月,她突然病倒。在给她动手术的前两天,我们去医院看望她。虽然已经很瘦了,但她仍旧带着她所特有的愉快的笑容和大家谈笑。看出来,她是怕别人为她的疾病而愁苦。病房里响起一阵阵愉快的笑声。其实,这笑声只不过是人们内心痛苦的回声。

临走的时候,我们说:

"后天动手术的时候,我们再来看你!"

这时候,她没有说话。只是躺在病床上不住地向我们点头。从那生命的窗口,我看见她对同志们的爱,以及由此而产生的她对生活过的这个世界难割难舍的依恋。这就是她的无言的点头,那一动不动直望着我们的目光,以及脸上突然消失的笑容。

医生为她抢险修筑的生命之堤,被死的波涛冲破了。这些年来,我们悲哭过祖国的不幸,悲哭过人民的不幸。现在,我们的脸上刚刚开始有了笑容的时候,却又来悲哭我们自己的不幸,梦幻一般失去了一个有着如此情操和美德的同志。为人民做了她应该做的一切。于是她说:"我是幸福的。"这个平凡的女医生是美丽的,而更美的是她给了人们幸福和愉快的心灵呀!

1979年5月9日
于北京灵境

暴风雨之夜

　　那年七月,我刚从乡间调到县委机关不久,大雨接连不断地下,蓟运河的水眼看往上涨。如果冲破河堤,就得淹一两个县。县委书记、县长、各部的部长……差不多整个县里的干部都到五十里地以外的河堤上领导群众抢险去了,只留下我和组织部的王干事在办公室值班。

　　这天夜里,我的伙伴已经回到前层房宿舍睡觉。我呢,就睡在办公室的里间。

　　晚上,雨小过一阵,风也曾平息下来。在滴滴答答的雨声中可以听见街道上水流的响声。

　　半夜里,大风仿佛歇过了劲儿,又撒泼打滚儿地狂吼起来。我被劈雷震醒,窗外漆黑的天空,仿佛满是裂缝似的,把盛得满满的水,哗哗地往下倒,发疯似的叮当地敲打着院里的破洋铁板。我把夹被裹紧了身子,翻一个身,心里咒骂着可恶的天气。可是,我的心突然哆嗦了一下,把头从枕头上抬起来,似乎是听到有人喊叫。这时候,一道耀眼的蓝光在屋里闪了一下,紧跟着就是轰隆隆一声雷响。我想,大概是我的耳朵错觉,这样的夜晚,决不会有人来。但,当雷声远了以后,在暴雨的轰响里,我听到这确是人的喊叫;而且,外屋办公室的门,像擂鼓一样咚咚地响。我急忙穿衣起来,摸黑推开卧室的门,探出头伸着耳朵仔细听。这时候,闪电亮了一下,我看见办公室的门玻璃上映出一个人的脸孔。我的妈,这是谁呀?我撞得桌椅乱响奔过去开了门,一阵狂风挟着雨水直扑到我的身上,我感到一股冷气。等那人跳进屋里,我把被风推着的门狠命地关上了。

"从哪儿来的,同志?"我一面在黑暗里摸索着桌子上的火柴盒,一面问他。

"通州!"他回答。

我听见他抖动着雨衣哗啦哗啦的声音。

"地委机关?"

"不错!"

我不禁惊叫起来:

"我的天!"在这样狂风暴雨的黑夜,他整整走了八十多里地!

"别像个老娘们儿似的天啦地啦地叫啦,快点灯!"他在我背后喘着气命令我。

我摸到火柴盒,因为潮湿,划了三根都没有划着。

"好家伙!"我想到他这八十里地,又不禁叫道,"怎么来的?"

"乘风驾雨而来呀!"他得意地回答。

我终于划着了一根火柴,点着玻璃罩煤油灯,灯芯跳了两跳便亮起来了。我转身见他穿着绿色厚帆布雨衣,大概里面背着一个旅行挂包,弄得雨衣鼓起来。同雨衣连在一起的帽子,一直遮到脑门。他眯缝起两眼,打量着这间湿淋淋的办公室。他瘦而发黑的脸,两腮微微向里塌陷,雨水还在顺脸往下淌,灰色的短胡子挂满了水珠。大概雨水的冷气已经透过他的全身,他的嘴唇发白,牙齿也在打颤。再看他下面,高高地卷着裤腿,光着两只泥脚。

他许是地委的老交通员,有什么紧急公文吧,我想。随手把桌边的一只椅子向外拉一拉,我说:

"坐吧!脱了雨衣!"

他向桌边走来,两只光脚在砖地上留下清楚的湿印子。他一屁股坐在椅子上,舒了一口气。看来,他已经十分疲累了。他没有脱雨衣,只把雨帽推到后脖梗上。旧得发白的灰布帽子,帽遮檐被雨水打湿了,软塌塌的搭拉着,遮着他略宽的脑门儿。他耸起肩又舒了一口气,眨眨眼,眉毛上的水珠便滚落在桌子上了。他一边伸手在口袋里掏摸着,问我:

"书记他们哪?"

"都上堤啦!"

"堤上怎么样?"

"正在抢救!"

"动员了多少群众?"他像个首长检查工作似的,一本正经地盘问起我来了。

"动员了有一万人哪!"我回答。

"麻袋准备得怎么样?"

"你有什么事吧?是有紧急公文哪,还是有急信?"我觉得他的盘问有些啰唆。

"怎么,厌烦了吗?我这个交通员了解了解情况,也好回去汇报嘛!"他好像知道了我的心思,他这么一说,我连忙告诉他:

"麻袋还不够,附近村里的门板子都拆下去挡了堤啦!"

我见他从口袋里掏出水淋淋的一包烟,抽出一只浸湿的烟卷。我想起床头还有半盒恒大牌香烟,忙拿来扔在他面前桌子上。他抽出一支,含在胡子里,直着脖子,把烟卷的一头伸进玻璃灯的罩口,巴达巴达地使劲吸着。他起身走到门前,心事重重地两眼望着漆黑的外面,暴雨一阵一阵向窗门猛扑。他的眉毛拧在一起,脸色像这天一样阴沉,狠命地吸着烟,发出咝咝的响声。仿佛有什么沉重的东西压在他的心头上,他深深地透了一口气,就像是从他心头的缝隙间挤出来的。接着,他低声地自言自语地说:

"天哪,老这么下……"

"该死的,它算是没完没了啦!"我咒骂着风雨。"快把雨衣脱了吧!"我说。

他瞥了我一眼,现出吃惊的神情问我:

"脱雨衣干什么?"

"嘿,"我说,"休息呀!里屋韩秘书到堤上去啦,你就睡他的床。"

"……"

一道闪电亮过,跟着是震耳的雷响。因此,我没有听见他的回答。

"你说什么?"我大声问道。

"我说,这宿舍可不近啊。"老头儿用那种半开玩笑的语气说。他走到我的跟前,用手扯了一下我的袖子,两眼直望着我的脸,说:"咱们到堤上去!"

我吃惊地张大嘴巴,瞪大眼睛,察看他的脸色,是不是同我开玩笑。他的脸色很严肃,而且现出十分焦急的样子。我转脸瞧瞧桌子上的马蹄表,正是半夜一点三刻。

"我的妈!"我叫道,"老头子,你玩命啊?"

"雨下得浇心哪!"他说着向外面瞥了一眼,"浇心哪,我得马上到堤上去,非走不可!"他坚决地说,狠命吸着烟屁股,都快烧到他的胡子了。

他这种焦虑的神色使我感到羞愧了,他是在为两个县人民的命运担着心啊。

"把我领到你们王书记那儿,到堤上这股道我没走过。"他说着扔掉烟头,把雨帽推上来。

"好吧,"我伸了伸胳臂,叫道,"走!我带你去!"

"好!"他高兴地扬着大巴掌在我后脖梗上推了一下,叫道,"好!"

"好,好大的风雨,好黑的天哪!"我一边穿着雨衣一边嘟哝着。

老头儿哈哈大笑,一阵雷声把他的笑声淹没了。我卷起裤腿,把鞋脱下来,掖在腰里。

过组织部宿舍的时候,我到窗前向王干事交代了几句话,就带着老头儿上路了。

我们到城外的时候,风似乎刮得更加猛烈了,堵得嗓子出不来气,暴雨像千万条鞭子似的抽打着我们,脚下有时候是冰凉的泥浆,有时候是没到膝盖的水流。那风,撕扯着我们的衣襟,仿佛要把我们从地上拔起来,抛上天空。我像羊顶架似的低着头挣扎着往前冲。一会儿那风又转到后面,在我的背上乱吼乱撞。我就得挺着腰板往后使劲儿。我猛然想起来,这老头儿走了八十里地还没有吃饭。

"喂!"我在背后喊道,"你还没有吃饭吧?"

"顾……顾不得啦!……"他的话被一阵狂吼的暴风打断。

一道曲折的电光,在墨一般黑的天空中颤抖了两下,在这一瞬间,我看见两边的庄稼在暴雨的密网里挣扎似的摇摆着;大树像跑步似的弯下腰;暴雨在汇成水流的大路上击起了泡沫和水花,狂风又把水花吹成了尘雾打着旋儿。电光熄灭了,又是一片漆黑。那雷声就像有一万个铁球在洋铁板上滚动,轰隆……刚滚到远方,猛然间又一个劈雷,像炸裂的炮弹,在头上响起来。水渐渐地没到大腿根上了。我们吃力地趟着水流,裤子已经完全湿透了。借着闪电刺眼的蓝光,我看见老头儿高大的身影,他正弓着背,迎着这狂风暴雨前进。虽然我认为他不过是个给王书记送急信的老交通员,但这时我感到他肩上担负着两县人民的命运,在这暴风雨的黑夜里不畏艰险地前进。他使我的心里不由得升起一种冲破暴风雨的快乐之感。

"不怕风不怕雨,前进再前进哪!"我呼喊起来了。这么一喊,感到一股热流流过全身,胸脯挺起来了,让大雨往身上浇吧!可是我一不小心,一头撞在老头儿的背上了。

"怎么啦？老弟!"他喊道,"别只顾喊口号,把眼睛大点儿啊。"

在一道闪电的蓝光中,我看见他正在泥水里挣扎。我连忙扶他起来。

"堤上的群众有伤亡没有?"他在风雨声中大声问我。

"听说出了两个轻伤!"我回答。

我们又在通过一片洼地,水从脚腕没到膝盖了。

"有受灾的地方没有?"在暴风雨里只听见他的喊叫,看不见人。

"盘山区被山洪冲走了一间房子!"我回答。

"人也冲走了?"

"碰巧屋里的人出去啦!"

忽然,脚底下一滑,我扑通倒在水里,浑身感到一阵刺骨的冰凉。我挣扎着站起来,摸着黑追赶他,嘴里喊道:

"嘿,不错,洗了个澡!"

一道电光,我睁大两眼瞧着前面看见老头儿正在风声和雷声中向前走着。

天亮的时候,我们到了河堤下小村庄的办事处。我们俩已经成了泥人。在我们坐的板凳底下,立刻流了一摊水。县里和区、村的干部们,都到河堤上领导群众护堤去了,一个老乡给我们换了干衣服。

我背靠着墙,觉得非常疲倦昏沉,强抬起眼皮,望望老头儿,他的胡子眉毛都沾满了泥水,一块黑泥像膏药似的贴在左边的腮帮子上,我嘿嘿地笑起来了。他头靠着墙,已经累得连气都喘不过来,向我眨着眼说:

"笑,笑什么?"然后,他探过身来,仿佛说一件秘密事情似的,嘴对着我的耳朵说,"一宿觉让我给你耽误啦,心里没有骂我吧?"

"这比睡那一觉的意义可大不相同!"我想给他讲讲,证明他是冤枉了我,却没找出适当的话。

"对哟!"老头儿高兴地用胳臂肘使劲推了我一下,"明白了这个意义,什么苦都变成甜的啦!"他倒给我讲开啦!

他向走进屋里的一个老乡伸手说:

"有烟没有?救一下灾!"

他巴达巴达抽了一袋烟,又望了我一下,说:

"走啊,上堤!"

"我的老大爷,"我半闭着眼皮说,"这回可得喘口气吃点饭再去啦!"

他没再招呼我,让那个老乡领他去了。外面的雨丝已经细下来,但暴风仍旧在狂吼。我望着他蒙蒙细雨中的背影不禁想道:这么个瘦老头儿,在狂风暴雨里摸黑走了一百三十里地,没有吃饭,又马上冒雨到堤上去了,可是在他刚才出门的时候,我看他脸上没有丝毫夸耀的神色,仿佛这是极平常的事情,只是那种为某种重大的担子压在肩上的焦虑的心情,仍旧浮现在他的脸上。我向老乡要了两块玉黍饼子,口袋里装了一块,我一边吃着,穿起雨衣,也跟着上堤去了。没有碰到书记和县长,也没有找到老头儿。我回办事处的时候,见他们已经回来了。我掏出那块玉黍饼子塞给老头儿说:

"给你,对不住,在县里没管你饭吃!"

"谢谢老弟!"他笑着接过去,张着大嘴咬了一口。

我转身想去弄点水喝,回头见王书记和县长坐在他的身边,老头儿聚精会神地听他们说话。瞧王书记和县长的神情,就像在向上级汇报工作。我悄悄问身边的韩秘书:

"这老头儿是谁呀?"

"我们的地委书记嘛,"韩秘书说,"怎么,不是你把他领来的吗?"

"什么?"我惊叫起来了,"地委书记?"我两眼在老头儿身上扫来扫去,心里热呼呼的。

葛　梅

一天,歇晌的时候,我从田里回来,踏着麦田中间的一条羊肠小路,到了还乡河边。见公社商店那只摆渡货物的木船,已经向对岸驶去了。我正要顺河岸往上走,到半里远的地方去过桥,就听船上一个清脆响亮的声音,从水面上飘过来:

"等着!我们把船撑过去!"

我把手掌搭在眉棱上,眯起眼睛,辨认那个向我喊话的女子,却怎么也认不出。

她已经掉转篙竿,把船向这边撑来。另一个撑船的女伴,不知同她说了句什么话,听她咯咯的响亮的笑声在河面上飘散。应和着这女子的笑声,从附近的白杨林里,传来布谷鸟和黄莺悠扬的鸣啭。

这女子穿一件紫丁香色的上衣,在宽阔碧绿的河面,像一朵荷花似的飘移过来。四周围的景色,仿佛因此而越发显得秀丽、迷人。在这夏日的晌午,镜子般的水面,反射着银色的光。岸边的绿柳和白杨,灵化了似的耸立着,给还乡河投出凉凉的阴影。青草、芦苇和红的、白的、紫的野花,被火热的太阳蒸晒着,空气里充满了甜醉的气息。一阵微风穿过树林,掠过河面,把那女子剪得齐颈的短发,朝一边吹去,显出她整个脸俊美的轮廓。可是,一直上了船,我都想不起在哪儿见过她。只认得另一个穿着白褂儿、脸色红黑的女子,是公社中心商店的采购员。船上有十几筐装得满满的香白杏儿。对岸有辆胶皮车,两个男同志正在把已经运过去的货往车上装。

"您是萱湖村的书记,对不对?"穿紫丁香色上衣的闺女(从她的情态看来,我断定她是一个不过十八九岁的闺女)一边撑着船,微笑说,"还记得我吗?"

这种问话很使我发窘,我只是一个劲儿地眨动眼皮子,张着嘴巴,哦哦啊啊地回答不出一个字。我问那脸色红黑的采购员,她不但不告诉我,反倒探过身去,把嘴附在她女伴的耳边,嘀咕了两句什么话。我注意到,在那个穿紫丁香色上衣的闺女修长的眼睫毛下面的阴影里,隐约地显着只有少女才有的那种纯良的微笑。在她漆黑齐额的发穗下面,是两只细长俊美的眼睛。

船在这两个女子的支撑下,平稳地朝河心荡去。当她们把篙竿的一头插进河里去的时候,河水便哗啦地响着,溅起白白的水花,反射着阳光灿烂的颜色,像是从这两个女子手里撒落下去的两把珍珠。

"真不认得我了?"穿紫丁香色上衣的闺女,眼睛里含着天真调皮的神情,直瞧着我的脸说,"想一想,我们还打过交道呢。"

可是我怎么也想不起同她打过什么交道。那个脸色红黑的采购员,忍不住冒了一句:

"她叫葛梅!"

这名叫葛梅的闺女咬着下嘴唇,似怒非怒地盯了她的女伴一眼,眉宇间露出一种娇嗔的情态,威吓着不让女伴再往下说。

竟有这样的事,即使说出了她的姓名,我仍旧想不起在哪里见过她。她一边撑着船,一边朝我点着头,眼睛里含着笑意说:

"去年您在老汪庄子管理区当书记的时候,七月二十六,在韩庄雁翅地头上!"

啊哈,想起来了,是她!

去年,七月二十六日下午,我在电话里差点同公社的罗书记吵起来。我还没有那么恼怒过,我竟大喊大叫地问罗书记"您",我说:"这是从哪儿得来的情报?我们起虫子的庄稼顶多不超过四百亩,怎么出来的六百三?这是哪儿来的数字?倒好像我有意欺骗上级似的,这是谁说的?我找他说话!"可是公社的罗书记却慢声细语地告诉我,说这六百三十亩数字的是商店的一个女采购员,眼下她还在那片庄稼地里转悠呢!

我放下电话便到地里去找她。正是酷热的七月天,密密的庄稼棵里,不透一丝儿风,蒸笼一般,闷得人透不出气。我满头的汗水,像瓢泼似的顺脸流。找了几块地,没有这个女采购员。地里的人说她抄小路往韩庄去了。我追到韩庄。有人说她钻庄稼棵子朝南下去了。我又追下去。在大道上可着嗓子呼唤她:"商店的采购员同志!有没有?"

我一边走着一边喊。韩庄南雁翅地有一片玉黍,透过密叶,传出一个女子清脆响亮的声音,拖着长长的尾音回答:"这儿哪——"

听里面玉黍叶哗啦哗啦响。响声渐渐近了,钻出一个十八九岁的女子,沾满污泥的豆绿色的裤子和白洋布偏襟儿褂子,都被汗水浸得湿淋淋的。齐颈的短发,有两绺,被汗水贴在她红通通的脸蛋上,眨动一下眼皮,从她黑亮的眉毛上往下直掉汗珠子。浑身落满淡黄色的玉米花和粉红色的高粱花。手里拿着草帽,使劲扇着风。每扇一下,她的头发便掀动起来。两只细长俊美的眼睛,上下地打量我:"您是——"

我刚通报了我的姓名和职务,就见她稍微往前弯下一点腰,两眼直望着我,咧开嘴巴,笑道:

"接到罗书记的电话了吧?"

"上午我亲自调查过,四百亩。"我说,"怎么你到这儿就出了六百三?"

"我们领导上派我到县里去给你们买六六粉,我想我得最后查对一下需要六六粉的确实数字呀!"她说,还把声音拉得长长的。这种大大咧咧的神气,我觉着同她的年龄挺不合适。"您上午调查的四百亩是不错,"她说,"可是几个钟头的时间,小韩庄地里的虫子又爬到你们庄东那片玉黍地里去了,那是二百三十亩吧?加上原有的四百,您算一算?"

我们两个一同到那块二百三十亩玉黍地里看过虫子以后,又在地头上商定了所要六六粉的数字,她便动身奔县城去了。我凝视着她的背影,见她在开满粉红色芝麻花的地头上忽然转过身来,用一种"板上钉钉"的肯定语气,大声说:"今天后半夜,六六粉准到!"她一路走着一路唱。从一片庄稼那边,飘过她的歌声,唱着"春天里的花园真美丽……"

这天夜里,我们果然按时拿到了六六粉。从那次见面以后,再没有见到她。工作中接触的人多,也就把她忘掉了。不想在这里巧遇。

"你不是在冯庄公社商店吗?"我问她,"怎么到我们公社来了?"

"您不是老汪庄子管理区的书记吗?怎么到萱湖村来了?"她脸上带着调皮的神情,用反问的腔调回答。

"我是调来的。"

"我也是调到这公社的中心商店来的呀!"

"谢谢!谢谢!"我跳到岸上的时候,向这两个女子说。

"不用谢,"葛梅往岸边的木桩子上挽着绳索,瞥了我一眼,大声说,"把你们大队的土产多卖给国家一点儿,啥都有啦!"

"吓!"我这么叫了一声。

"用不着'吓',明天我就去收购!"她笑着说。然后把脸转向那两个装车的男同志,"你们装完车先走吧,我同小赵到李庄菜园看看他们能卖出多少黄瓜。"又转脸向我那么把手一扬,说声,"明天见！"就拉着她女伴的手儿踏着河边的草向西去了，在她们身后的草上，从大车停着的地方，留下两道波动的痕迹。

一片已经割完的草地，散布着一些苍绿色的点子，那些草还没有运走的地方，一阵风吹过去，发出沙沙的响声。

我离开大车，向萱湖村走去。一会儿，转脸看葛梅和她的女伴，已经远了，但还能看得见紫丁香色和白色的身影在蓝天和金黄色的麦海中间浮动。田野里割麦的人群都到树下和麦束的阴影里歇息去了。天空一丝云彩也没有，田野里一点声音也没有。还乡河边的树林里，有黄莺的叫声。间或，还有一两声鹧鸪的鸣叫和斑鸠嘹亮的啼啭传遍旷野。路边一棵两棵高耸云天的白杨树，美丽如画的叶子，反射着耀眼的阳光。金黄色的麦捆，像一座座排列得整齐的篷帐似的，堆满在田野上。而旷野上的蜃气，像是灿烂银色的河流，于是树林啦，麦海啦，远方的村落啦，那两个女采购员紫丁香色和白色的身影啦，都在这种跟天空一样澄清的河流里颤动。从麦海的那边，隐隐约约飘来的歌声，唱着"春天里的花园真美丽"！

很久以后，我知道这是葛梅顶喜欢的一只歌子，只要她一开口，就是"春天里的花园……"

这闺女说到做到。次日歇晌的时候，我见她正在有一棵槐树的门口收购鸡蛋，一只桑条编织的大箩筐，端端正正摆在她身边的石台上。大闺女、小媳妇、老太太，有用葫芦瓢的，有用纸盒子的，也有干脆用衣襟兜着的，把鸡蛋送来。同时从四面八方喊叫她的名字：

"梅姑娘，记住没有？下次给我捎两把拢梳子来……梅姑娘，要是商店再来了红绸子被面儿，别忘了给我捎个话儿，你大叔答应啦，给他二闺女买一条随心的被面儿……梅姑娘，一块玻璃砖儿镜子，这是咱们娘儿俩初次见面托靠你的事……梅姑娘……"

这些愉快的甚至带着笑声的喊叫，互相打断着。

我暗暗佩服这闺女,在这短短的时间里,竟同这么多的妇女交成了朋友。她脸上带着一种匆忙的神色,又是往筐里数鸡蛋,又是给卖主付钱,又是回答人们托靠她的事情,以致抽不出手来掠一掠散到额前的头发,只那么往上摆动一下脑袋,把头发甩上去。我见她的眉棱和两鬓,已经渗出汗珠来了。太阳把树叶的阴影投在她身上,很像在她紫丁香色的外衣上披了一件镂花的薄纱。

我一面挤过人群,一面大声说:"葛梅同志,我来帮你一把!"

她抬头瞥了我一眼,一句客气话没说,直起腰来,拿手背抹一下脑门上的汗珠儿,说:"您往筐里数,我付钱。"

收购完了,我挎起盛着鸡蛋的大箩筐,向她说:

"我猜你还没用午饭,走,到我家里去吃吧!"

她并不谢绝。一路走着,我问她:

"你是哪儿的人?"

"城南泉水头村的呀,怎么的?"她喜欢用这样的反问腔调,同时还把眉毛往上挑起。

"你家里都有什么人?"我又随意提出这样的话题。

"父亲,母亲,哥哥,嫂子,侄女儿。怎么的?"

"都在乡下吗?"

"都不在乡下,"她跳过井边一道小水沟的时候回答,"父亲、哥哥都在唐山南厂做工。"

"你念过书吗?"

"中学毕业,怎么的?"

"你在学校的功课怎么样?"

"有一门儿是四分,其他都是五分啦!怎么的?您问这干吗?"

"那么,"我笑着问她,"你怎么没升学?或是在唐山市里找个工作?"

她细白的牙齿咬着下嘴唇,意味深长地瞥了我一眼,微笑不答。我没有再往下问,因为我知道,如今的青年人,都喜欢隐藏自己伟大而又不可动摇的志愿。不愿意预先向别人宣扬,而是逐渐显示在自己的行动中。

我把她领到家里,请我的妻子给她做饭。我呢,因为队里有一个"碰头会",就没有陪她。

这次见面以后,竟有几个月没有碰到她了。

一天晚上,开过队委会,布置完将要到来的三秋工作,照例地有一段散会前的闲谈。屋子里充满了乱哄哄热闹的人声。从吸烟的人们口里像一尊尊大炮似的喷着浓烟。窗外雷声隆隆地响着,闪电的白光,时而闪亮,时而熄灭。繁密的雨点打在墙根的空油桶上,打在窗前的美人蕉和向日葵宽大的叶子上,发出比屋子里还热闹的响声。

眼下并不要雨。但下点雨也没有什么妨碍,因为庄稼已接近成熟了。今年的庄稼长得比去年强。下一段的工作也布置过了,我觉得心里挺高兴。在脑子里寻找还有什么今晚要办的事。对了,刚才会上讨论过准备三秋的农具问题,何不抓这时间给公社的商店打个电话? 于是,我拿起话筒。晚上电话不忙,自然,我同周经理,那个下巴颏有胡子茬儿的矮胖子,在电话里先是东拉西扯地开一会儿玩笑,接着才谈到正事。刚谈到购买三秋农具问题,就听一个很熟悉的声音:

"您看,巧不巧? 正是为这事来的!"

屋里的人声顿时静下来,大伙儿都像我一样吃惊地把目光转向门口,只见那儿立着一个人,头戴一顶麦秸编的大宽边草帽,高高地卷着裤腿,光着两只泥脚。一件天蓝色的西式布衫,下襟掖进裤腰里。背着一个外面包了条羊肚手巾的挎包,全身被雨浇得湿淋淋的。水还在从她的帽沿上往下滴。连眉棱、鼻子尖儿、脸颊,都流着水珠儿。

"啊哈,葛梅同志!"我放下耳机,站起身大声说,"少见! 怎么选了这么个'好'时候? 请坐!"

有几个认得这闺女的队长,都发出那样惊讶的叫声:"好么……是您哪?什么要紧的事儿,这时候跑出来?"

"调查各村需要的三秋农具呀!怎么的?"她仍旧用那种反问的腔调回答。同时,走进屋里,坐在办公桌对面的方凳上。"你们大队调查过没有?需要多少?"她把草帽从头上摘下来,放在桌子上。

"来早不如来巧。"高个儿圆眼睛光嘴巴的二队队长,用快活得意的声调回答,"刚开完会,里头有一项就是专门研究的这个问题。"

我把一杯热水放在她面前的桌子上,接过来说:

"要数字有数字,要类别有类别!先喝杯水。"

这闺女微笑着,拧着从挎包上解下的湿手巾。认得她的人都围上来说话,不认得的仍旧在一边扯自己的闲谈。

她用拧干的手巾擦擦脸上的雨水,再用手掠一掠半湿的头发。然后,脸色庄重严肃地从口袋里掏出一个红皮笔记本子,说:

"快拿出来,看看你们都是缺什么?缺多少?"

我眼光惊讶地直盯着她的脸。

"您,"旁边一个队长叫道,"还要走是怎的?"

"我准备花三天工夫把全公社各队需要的三秋农具调查完。"她翻开笔记本说,"今天是大刘庄误了我的时间,他们还没有动手,我到那儿现帮着他们调查。我是非按原计划住小马庄不可。"她用宣誓的口气说。

"那么,"我说,"我们给你找件干衣服,再找把伞,好不好?"

她唇边浮现出感谢的笑容,点点头。于是,一个年轻的队长到家里借他妻子的裤褂。我到家里找了一把伞,顺手从柜上的葫芦瓢里抓了两把大枣,装进褂子口袋里,便回到队部办公室。

葛梅到里间屋换了一身干净的蓝布衣裳。于是,我们四五个人便在热闹的人声、雷声和雨声中,在吸烟人喷出的烟雾中,凑在玻璃罩煤油灯跟前,开始仔细认真地核对三秋农具的种类和数字。葛梅一边拿笔在本子上写,一边吃着枣儿。

工作完了以后,我说:

"真的,你看,雨还在下,明天走吧。"

"听您说的,"她出声地笑着说,"要是下三天雨,我就在这儿住三天?就是下尖刀子,我也要按日子完成!我就是这种禀性!"她的神情和语气多少有点得意和自豪。

我们自然没有能够改变她的计划。这儿离小马庄不算太远,二里地,笔直的大道。

"谢谢您借给我这把伞。"往外走的时候,她向我微笑说。把伞撑开又合起来。"有这把伞,可以说,就等于没下雨。"她把伞又撑开。瞧她称心满意的神情,就像一个小孩得了一只会嘎嘎叫唤的木头鸭子。

我们送她到大门口。雨还在飘飘洒洒地落。雷声隆隆地响着从天边滚来,又隆隆地响着向天边滚去。在闪电的亮光里,看得见斜斜的雨丝和她雨中的身影。闪电熄灭时,她便隐入无边的夜色里了……

我们转身向院里走去时,忽然在雨声和雷声中传来一阵歌声:

"春天里的花园……"

上　学

一

将军河边龙虎村的小铁头已经八岁了。

像铁头一般大的孩子,家里稍微富裕点的,都上学了。铁头的爸爸和妈妈都已经去世,姐姐好不容易拉扯着铁头苦熬岁月,三天两头揭不开锅,哪有钱供铁头上学念书?可是铁头却慌慌着非要上学不可。吵得姐姐心烦,捆了他一巴掌。铁头便仍旧背筐去拾柴,或是挎着篮子,跟姐姐下地挖野菜。

一天,铁头跟姐姐下地,路过学堂门口,听里头齐声念书的声音,忽然伸出两条细瘦的胳臂,抱住姐姐的腰,脸蛋儿贴在姐姐的衣襟上,眼睛眨巴眨巴的,半晌不说一句话。

姐姐见弟弟这光景,愁得直仰脖子长出气,手抚摩着铁头的脑袋,安慰他说:

"姐姐知道别人家的孩子上学堂念书,你看着心眼儿里热。咱家那黑爆花草鸡不是下蛋了吗?等攒了一百个鸡蛋,卖了钱,送你上学!"

从这以后,铁头每天都爬到柜上,从后窗台把盛鸡蛋的纸盒子小心翼翼地抱下来,瞪着眼睛,翻来覆去地数几遍。每天逮一大串蚂蚱来喂那只黑爆花草鸡。晚上赶到姐姐前头去堵鸡窝。怕黄鼠狼拉鸡,还经心巴意儿地在窝门上顶起四五块砖。还怕不牢靠,又连呼哧带喘地搬块大石头压在砖上。天亮,睁开眼睛就跳下炕,精光着身子,一溜烟儿地跑去打开鸡窝门。掏出那只母鸡,一手抓紧翅膀,一手捏摸那母鸡的屁股门儿。摸摸有蛋没有。要是没蛋,他便咕嘟起嘴巴,哭丧着脸,一天别想见笑模样。一摸有蛋,欢喜得把母鸡紧紧抱在胸前,脸蛋擦弄着翎毛,咧开嘴巴,嘻嘻地笑出声来。

一天半夜,铁头在梦里还咯儿咯儿直笑。姐姐用胳膊肘子推推他说:

"铁头,铁头,你笑什么哪?"

铁头睁开眼睛,一时还没有清醒,把一只胳膊搂着姐姐的脖颈,伸过嘴去,附在姐姐的耳朵上,好像透露一件机密大事似的,悄声说:

"我数过鸡蛋,够一百个了。明天可以卖钱上学念书啦!"

姐姐掉过身来,拍着铁头的屁股说:

"这孩子,想上学念书快想魔怔了。晚上你不是刚数过吗?不算鸡爪子踩碎的那个,整四十九个。"

说着,忽然感到有泪水流在脸上。姐姐知道铁头哭了,忙搂在怀里,把心掏出来安慰他说:

"等着吧!攒到差不多的时候就卖钱送你上学!"

二

终于攒够一百个鸡蛋了。

这天清早,铁头忙活着在篮子里垫了一大把麦花秸,把纸盒里的鸡蛋倒腾到篮子里。准备吃过早饭跟姐姐挎到市上去卖。

铁头心急火燎,呼噜呼噜喝碗菜粥,撂下筷子,跳到地上,挎起沉甸甸的篮子,跺脚连声催着姐姐走。

忽然,听村里维持会那面大铜锣当当当,阴一声阳一声地响了过来。伪乡长兼维持会长台荣侯的大管家二阎王高海臣,狼哭鬼叫一般,在街上吼喊着:

"日本皇军有令……又交粮纳款啦……"

姐姐正在堂屋刷锅洗碗,听这一声吼喊,好像头上灌下一盆冷水,打个冷颤,变了脸色,慌慌急急奔到屋里,叫道:

"还傻愣着!没听二阎王喊,维持会要粮来了?快把鸡蛋藏起来呀!"

"要是二阎王翻柜呢?"

姐姐一听有理,忙把鸡蛋篮子拿出来,放进门后的缸里。想了想,这里也不把牢,这原是装粮食的缸,二阎王不能不翻。于是,又急忙从缸里拿出来。一面叫铁头去关排子门,一面提着这篮子鸡蛋跑到东院,藏到邻居古大鹏爷爷破被垛后面了。

姐姐刚回到堂屋,就见二阎王高海臣手提着铜锣,挺胸鼓肚,摇晃着肩膀,骂骂咧咧走进院来。这家伙一身黑缎子团花马褂,黑礼服呢低口鞋,裤脚上扎着绸子带儿。歪戴着深灰色呢子礼帽,满是横丝肉的脸上,带着怒气。背后跟着个背枪的保卫团丁。

"小兔崽子,维持会要粮派款,你关排子。你有能耐修一座碉堡,他妈的挡得住海大爷!"一路骂着跨进堂屋,手指着姐姐说,"你不把粮食背到门口,还打发孩子关排子门儿,想抗粮不交吗?"

姐姐苦笑说:

"连吃的都没有,哪有粮交维持会!"

说着把吃剩下的一碗菜粥端给二阎王看。高海臣鼻子里哧哧冷笑两声,两眼一瞪:

"别他妈向我海大爷装蒜啦!没粮食你大白天打发孩子关排子门干什么?"

这时候,跟进来的铁头扯直嗓子嚷着:

"我关排子门儿是怕母鸡跑出去,你管得着吗?"

二阎王高海臣横了铁头一眼,刚要发作,可是他眼珠子骨碌碌一转,命令团丁:

"没有粮食,把母鸡给我抓走!"

铁头一听要抓他那只黑爆花草鸡,便飞跑到院里去护着。可是他挡不住团丁。眼看母鸡被团丁追赶得扑棱着翅膀,嘎嘎叫着,满院乱跑。铁头心里说:这可是糟糕,要是被他逮走,没鸡下蛋,能上几天学呢?

母鸡终于被团丁赶到墙角里。不好!要逮住了。铁头急忙跑过去,叫道:

"来,我给你逮吧!这母鸡认生,生人逮不着它!"

团丁已经累得满头大汗,耸着肩膀呼哧呼哧乱喘。见铁头过来帮他,便直起腰来说:

"好吧,逮住这只鸡,你刚才关排子抗粮罪,就算一笔勾销了!"

铁头把鸡逮住了。团丁伸出两手去接。可是铁头往高处一扔,那母鸡就扑棱着翅膀飞到隔壁去了。团丁气得直骂:

"混账!给我找回来!"

铁头眼望着那团丁,只是咧着嘴巴嘻嘻地笑。

就在这节骨眼儿上,忽然看见二阎王高海臣手提着一篮子鸡蛋出来了。姐姐在背后追赶着:

"你给我放下!好不容易攒了一百个鸡蛋,打算卖了钱送弟弟上学念书的,维持会成老抢儿啦!"

嘴里喊叫着奔过去,伸手想夺回那篮子鸡蛋。二阎王高海臣眼眉竖起,叫声:"去你的吧!"用胳膊肘子猛一推,把姐姐推到地上。

铁头一看二阎王拿走那篮子鸡蛋,还把姐姐推到地上,急了眼,嘴里嚷着:

"我的鸡蛋！我的鸡蛋！"

向二阎王冲过去。可是那保卫团丁一把抓住他的胳膊，叫声："别动！"铁头叫骂着扭动着身子，抢胳膊想挣脱开团丁的手，却不能够。眼睁睁看着那一百个鸡蛋被二阎王抢走了。铁头气得低头一口咬住了团丁的手腕子。疼得团丁龇牙咧嘴杀猪一般叫：

"哎呀！哎呀！松口！我开枪啦！"

团丁在铁头的头上猛击了一拳。铁头两眼发黑，打个趔趄，差点栽倒。姐姐过来把铁头搂在怀里。团丁趁这时候，一溜烟儿跑了。

三

二阎王高海臣，一边带着保卫团丁沿街催粮，一边拉着长声儿，用讥讽嘲笑的口气说：

"夏俊梅癞蛤蟆想吃天鹅肉，要送他家的兄弟上学念书啦！也不睁开眼睛瞧瞧，她家的坟头上有那棵蒿子吗？"

过了两天，古大鹏从山里打猎回来。听俊梅念叨这事，怒气冲冲地鼻子里喷着气，风飘着胸前那把大胡子，到市上卖了两张狼皮，到学堂给铁头交了书钱，回家向夏俊梅说：

"叫铁头上学！"

把剩余的钱往炕上一撂，又进山打猎去了。

姐姐给铁头洗过手脸，把那身露肉的裤子和露肉的褂子补了又补。穿在身上理了又理。一面嘱咐说：

"听老师的话，用功念书。没看见？穷人上学多不容易呀！家里苦熬岁月，古爷爷刚打猎回来，连口气都没喘，又进山去了。老人家起早贪黑，趴冰卧雪，那两张狼皮来得容易吗？"

姐姐说一句，铁头应一声。走到门口。回头笑眯眯地望了姐姐一眼，这才兴兴头头往学堂跑去。

刚进学堂大门口,听背后小朋友们招呼他:
"铁头,铁头,上哪儿去呀?"
铁头一边往里走,回头龇牙笑着,眉飞色舞地回答说:
"上学来啦!"
只顾向后面的小朋友们说话,没留神前头,冷不防撞在一个人身上。转脸一看,却是台荣侯的小儿子台狗儿叉开两腿挡住去路。铁头上学心急,想从台狗儿身边过去。台狗儿却横跨一步,又叉开两腿站在铁头面前了。铁头还想从他身边绕过去。可是刚走两步,台狗儿又跑到前头挡住他。铁头直瞪两眼,气得呼哧呼哧半晌说不出话。台狗儿摆出挑战的姿势,也把眼睛瞪着铁头。两个人的目光就这么射过来,射过去。突然,铁头吼了一声:
"你要干什么?"
台狗儿在铁头的胸脯上推了一把,歪着脖子叫道:
"滚一边去!我爸爸说了,不准臭要饭的花子登学堂的大门口!"
小铁头并不退让。把手左右叉在腰间,挺直胸脯,往前跨了一步。瞪着眼问:
"这学堂是你家开的吗?"
台狗儿一时回答不出,只是乱眨着马猴儿似的烂糊眼。突然,往铁头的胸脯子上打了一拳,扭头就跑,可是没跑得了。小铁头一把抓住他的后脖领子,下头一伸腿儿,上头往前一搡,台狗儿便扑通一声趴倒地上。围着看热闹的孩子们止不住笑了起来。
台狗儿在一片笑声中站起来,也顾不得擦一下鼻子脸上的灰土,便横眉立眼地跨到铁头面前,直着脖子喊叫:
"你打人!仗着你爷爷的师兄古大鹏当过义和团的匪头儿是不是?"
小铁头仍旧两手叉腰,挺直胸脯,叫道:
"你爸爸台荣侯是管洋鬼子叫爸爸的二毛子!"

两个人互相对骂以后,便眼睛对着眼睛,鼻子对着鼻子,山羊顶架的姿势,在原地转圈儿。周围看热闹的小学生们拍着响巴掌儿呐喊助威。有向着铁头的,有向着台狗儿的。

台狗儿也照铁头的战术,猛然一伸腿儿,使了个脚绊子。可是铁头没倒,他自己又扑通一声跌了个屁股蹲儿。人群一阵哄笑,有些人拍手叫好:

"再来一个!再来一个!"

台狗儿两次吃败仗,脸上挂不住了。顺手从地上抄起一块瓦片儿,嗖的一声,直向铁头的头上飞去。铁头一歪脑袋,瓦片不偏不歪,正打在一个女孩子的头上。

小女孩抹了一下脑门儿,瞧瞧手,满是鲜血,哇的一声哭了起来。立刻便有大几岁的学生飞跑着报告老师去了。

老师柴云升是才到龙虎村不久的乡村师范毕业生。白净脸膛,头上蓄着浓厚粗硬的头发,一身半旧蓝布长衫。听了学生的报告,柴老师慌慌走来。一面给受伤的女学生包扎伤口,一面问清事情的经过。把台狗儿狠狠地训斥了一顿。刚转身要走,台狗儿就扑过去抓住铁头的脖领子。柴老师忙回身把他撕掳开,可是,台狗儿还是叫骂着扑上来。气得老师推了他一把,拉着铁头往院里走。台狗儿哭叫着往家里跑去。

柴老师刚摇过上课铃。学生们正排队往课堂里走着的时候,就见一个人,一迭连声地骂着走进院来:

"啥鸟都在我们侯爷的脑袋上垒窝!狗胆包天的混账小子,偏拉一把,打了我们侯爷的小少爷?侯爷赏碗饭吃,响头都磕不过来,什么硬仗着腰子的混账东西,太岁头上动起土来了!"

铁头扯动着柴老师的袄袖子,低声说:

"这是我们村里的二阎王,可霸道啦。瞧他要打你。"

柴老师说:"不怕。"叫铁头到课堂里去。可是二阎王高海臣已经看见铁头了,用手一指,骂道:

"穷骨头,没钱交维持会粮食款,有钱来上学!你们老夏家坟头上有那棵蒿子吗?给我滚!侯爷有令,不准臭要饭的花子登学堂门口!"

铁头抢前一步,嚷道:

"这学堂是你们家的吗?有能耐把学堂搬你们台家大院去!"

二阎王奔过去,伸手就要打。柴老师忙把铁头拉到身后,同时,眼睛威严地直盯着高海臣说:

"你要干什么?"

高海臣翻动着眼皮子,在这年轻老师的身上溜了一眼,丧声歪气地反问说:

"你说要干什么?海大爷要打人!他妈的,偏拉一把?"

铁头忍不住从老师背后闪出来,叫道:

"怎么偏拉一把?是你家台狗儿动手打坏了人的!"

柴老师伸出一只胳膊,拦挡着铁头,同时质问高海臣:

"嘴里不干不净的,你骂谁?"

"你说我骂谁,我就是骂谁!"二阎王说这话的时候,眼睛里有一股恶狠狠的杀气,仿佛这世界上所有的穷人都是他的死对头,"你帮着臭要饭的小花子儿打了我们侯爷的小少爷,是不是?"

柴老师抑制不住心头的怒火,圆睁两眼,叫道:

"这是学校!老师有管教学生的责任。我不知道什么猴儿爷、少爷。你是什么人?什么东西?你你你敢扰乱学堂,辱骂教师!"

柴老师用气得哆嗦的手指头,指着门口,向二阎王大叫:

"你给我滚出去!滚出去!滚!"

"嗬——"二阎王拉着长声儿,捋胳膊挽袖子,溜瞅着眼儿,鼻子里冷笑两声,说,"看把你乖的!"叉开巴掌,劈脖子盖脸打过去。

柴老师一抬手,抓住他的胳膊腕子,趁势猛力往后一推,二阎王踉踉跄跄后退几步,差点摔个仰八叉。这家伙向来一跺脚龙虎村四角乱颤,还没有人敢对他这么不客气。他破着嗓子叫骂,重新猛冲过去。不提防,铁头从地上捧起一把沙土,直扬到他的脸上。二阎王瞪大的眼睛和张着骂人的嘴巴里,全是沙土了。这下子完全失去了战斗力。只好一边揉着眼睛,跌跌撞撞往外跑。一路上吐着嘴里的沙土,半晌才骂出声来:

"等着海大爷的,他妈的翻天了!"

当天,柴云升就被革去教师职务。而且立逼着马上离开龙虎村。二阎王还向全村传下台荣侯的命令:不准许任何人拉牲口套车送老师。柴老师只好自己背着行李卷儿,离开龙虎村。

出村不远,忽听背后有人叫他。回头一看,却是小铁头。虽然已经是秋后的天气,小铁头还穿着破旧的单裤子,敞露着窄瘦的胸脯,补丁摞补丁的裤子,可怜巴巴地眼望着柴老师。突然扑过去,紧抱住柴老师的腰,那一双直望着柴老师的眼睛里滚出了大颗的泪珠,顺着小脸蛋往下流。呜咽着说:

"老师,我还能不能上学啊?"

柴老师把手抚摩着铁头的脑袋,回答说:

"等八路军过来,穷人家的孩子就可以念书了。"

小铁头泪眼模糊地站在荒野上,望着柴老师背着行李卷儿,在那烟云飘飞,一片草木着霜的田野上走着,渐渐地远了。不知什么地方,大炮轰隆轰隆地响。铁头心里说:

"八路军什么时候才能到龙虎村来呢?"

四

将军河的秋天,在潮湿的浓雾和隆隆的炮声中过去了。每天夜里,村庄的屋顶、墙头、篱笆,村外黄叶落尽的丛林,绿色的麦田,落下一层薄雪似的严霜。早晚,地平线的后面,有很多大片红霞,直升到天空,火光一般照亮将军河两岸。孩子们拍手唱着一首童谣:

"天上一片红,地上一片红,红旗红马红缨枪,八路来杀鬼子兵。"

大人们在屋里,在街头巷尾,在广场,在河边,脸上泛着红光,眼睛闪着亮光,互相传告着一个振奋人心的消息:八路军要开过来了!

一天晚上,八路军的前站到了龙虎村。

铁头的邻居大哥古佩雄,爷爷古大鹏,还有一些叔叔伯伯,准备粮草,叫各户打扫房舍,加添灯油,在街上往来穿梭般地奔忙。

有的人家,早呱嗒呱嗒拉起风箱,开始烧水了,准备给八路军包饺子吃的主儿,叮叮当当剁着饺子馅儿,同那井台上水桶的叮当声,汇成一片热闹的轰响。

铁头帮着姐姐打扫房屋,擦抹桌椅,爬到后窗台上,把过年五更黑夜才舍得点一遭的玻璃罩子煤油灯,端到炕上,把那玻璃罩子擦了又擦,不住地张起小嘴巴往里哈气,用一根筷子顶着抹布里外转抹。擦得玻璃罩子像透明的水晶一般。扣在油灯的蛤蟆嘴儿上,把灯芯往上一捻,嗬!清光闪亮啊!铁头还帮着姐姐把磨豆腐的小磨搬到大柳条簸箕里,听说要来八路军,姐姐白天就泡了一升黄豆,现在把它磨出来,点两盆豆腐脑儿,款待亲人哪!

姐姐坐在蒲墩上,因为一手转磨,身子俯仰不停,额前的一绺头发老是往下掉。另一只手还得往磨眼儿里抓豆粒。就猛一仰脸,把那散落下来的头发甩上去叫道:

"铁头,帮我往磨眼里抓豆粒儿!"

可是铁头听街上奔跑的脚步声和热闹的人声,便大叫一声:"八路军来啦!"屹着蹶子跑出门去了。

姐姐眼望着铁头的背影,脸上现出兴奋的笑容,自言自语地说:

"看把弟弟乐的,这回八路军来了,我们小铁头能上学喽!"

不大一会儿,小铁头又屹着蹶子跑回来,手里提着一盏灯笼。

雪白的灯笼上,贴着红纸剪的"欢迎八路军"几个字。举到姐姐眼前,眉开眼笑地说:

"玛瑙姐给我的,有洋蜡没有?"

姐姐一边磨着豆腐说:

"咱们家哪辈子有过洋蜡?大月亮地点哪家子灯啊?"

铁头着急得跺了一下脚,跑到隔壁向王二丫头的奶奶找了半截蜡头,点着了,来到街上。只见几个小朋友也提着红的绿的灯笼,随着人群呼呼啦啦往村头上跑。

古大鹏爷爷嘻声跺脚地喊道:

"人家八路军前站直说要注意隐蔽,灯笼火把的这是干什么?"

隔壁的王二丫头奶奶头一遭听说这名词儿,在月光里摩挲着眼皮子,悄声问老古大鹏:

"我说二丫头她表爷,这前站是个什么官啊?"

人们听了这话,都笑起来,整个村庄都沉浸在一片笑声里了。

因为老古大鹏说了话,铁头和小朋友们便把灯笼送回家里,挂在屋里的房梁上,红花彩绿,一片辉煌,真似节日一般。

村头上,月亮地里黑压压站满了人。一个个翘起脚跟,伸长脖颈,睁大眼睛,朝那通向将军河大桥的路上张望。

铁头在人群里乱钻,不住地仰脸,瞪着眼睛问:

"来了没有?来了没有?"

一个老头子,正拿手指头擦着昏花的老眼,仰脖子往远处眺望,突然感到有个硬邦邦的小脑袋撞在他的腰上。老头子低头辨认着,叫道:

"我说这是谁呀?怎么往我的腰眼上撞啊?"

铁头龇着牙笑。他猛然喊了一声:

"这回我要上学啦!"

喊得老头子和周围的人们都直眉瞪眼地摸不着头脑,正心里纳闷儿,又听他喊了一声:

155

"这回我要上学啦！"

这是因为铁头忽然看见台狗儿就在他的身边，正眨着烂糊眼子东张西望。铁头喊一句，他心里哆嗦一下，盯了铁头一眼，就往前面的人堆里钻，可是小铁头紧紧跟在他的后面，并且一迭连声地叫着：

"我要上学啦！我要上学啦！"

人们都睁大眼睛，透过朦胧的月光的夜雾，望着远处，直望得眼睛发痛，有人说：

"真是盼星星盼月亮一样啊！"

忽然有人叫道：

"来啦！来啦！"

铁头低头伸直脖子，用脑袋开辟着道路，像颗炮弹似的，一溜烟儿穿过人群，看见古大鹏爷爷站在那里，便一把拉住老古爷爷的手，直瞪着眼睛，脑袋像个拨浪鼓儿似的转来转去，跺着脚喊叫说：

"在哪儿呢？我怎么瞧不见？"

老古爷爷把铁头抱起来，放在肩上。啊哈！这回可看见了！将军河大桥的这边，河里还没有收割的芦苇和大道旁的丛林，月光下变成两座黑色的岛屿。就在那岛屿中间，有刺刀因为月光反射而发亮。于是，出现了一排人影，铁头跳到地上，同人群一块奔跑着迎了过去。

月光把树林纵横交错的秃枝的影子，投射下来，像花纹一般映在战士们的身上。行列左边的旷野上浮动着云影，云片透过浅蓝色的月光，显得又光亮又透明。于是，前卫尖兵清楚地出现在眼前。人们拥过去，亲热地问候。

铁头拉住一个战士的手，一边走着，问道：

"叔叔，你们带课本来了吗？"

问得这个八路军战士摸不着头脑，正不知怎么回答，背后队伍里一个声音叫道：

"喂！那小孩是铁头吧？"

铁头撒开那战士，转身跑过去，月光下，见这人身穿灰布棉军装，腿上扎着裹腿。腰间扎着皮带，胸前十字交叉地背着皮囊和手枪。棉军帽的遮檐底下，闪动着一对明亮的黑眼睛，笑眯眯地瞧着铁头说：

"不认得啦。"

啊哈！柴老师！铁头张开两臂扑过去，一把抱住柴老师的腰，立刻又抓住柴老师的手，往队伍外头拉着说：

"走，我姐姐给你们做豆腐脑儿吃哪！"

柴老师笑道：

"别介，别介！八路军是有组织纪律的，怎么能自由行动呢？"

说着把铁头举起来，放在头上。铁头骑着柴老师的脖子，两腿搭落在柴老师的胸前，悬空摇动着两手，一路喊着：

"八路军来啦！穷人的孩子上学啦！"

五

柴老师参军以后，当了连队的文化教员。因为在龙虎村待过几天，领导上就把他编进民运组里了。

民运组配合地方干部解散维持会，建立新政权，古大鹏爷爷当了龙虎村村长。接着又操持成立青抗先，就是青年抗日救国先锋队。成立妇女抗日救国会，成立儿童团，斗争汉奸台荣侯和二阎王高海臣……直忙了两天还没顾上孩子们上学的事。

铁头和一帮孩子，一天到晚在屁股后头缠着柴老师，叫嚷嚷：

"你不是说过八路军来了我们就能上学吗？"

柴老师微笑着说：

"别着急呀！不建立自己的村政权，穷孩子能上学念书吗？穷人有了自己的政权，才有自己的学校啊！"

老村长古大鹏,胳膊一挥一扬地说:

"小孩子们到儿童团去练操。完了下地拾柴。等我们研究了减租减息合理负担,就讨论你们上学的事!"

柴老师把手伸到铁头的衣襟里,捏摸着光光的小肚皮说:

"对喽,饿着肚子怎么能上学?"

捏摸得铁头浑身痒痒,忍不住缩起小脖儿,咯儿咯儿笑。

一天,吃过早饭,铁头和隔壁的王二丫,正在将军河桥头这边地里拾柴。见村里走出一个人,一身青布棉衣,头戴古铜色毡帽盔,腰里系着褡包,胳肢窝里夹着什么东西。铁头把手遮在眉棱上,眯缝着眼睛,嘴里说:

"这不是八路军柴老师吗?怎么换了这么一身穿着打扮?"

王二丫用胳膊肘子推了他一下说:

"别胡说了。柴老师正在给咱们操持上学的事,怎么会到这儿来?"

正说着,见那人在隔着一块落满霜雪的麦田那边大道上停下来,向这边叫道:

"铁头!上鹰窝岭往哪边儿走啊?"

可不,正是柴老师。铁头扔下柴筐,踏着麦田奔跑过去,一路喊着:

"柴老师,你上哪儿去呀?还回来吗?"

柴老师说:

"怎么不回来呢?"

铁头一手拉住柴老师的衣襟,一手指给他说:

"过了大桥,上飞马岭,往西走,见山口有一棵松树;从那儿往北,翻几座山就是鹰窝岭。我领你去吧。从前我跟爷爷到鹰窝岭打过猎,这股道我熟。"

他说的从前,其实就是今年春天。

柴老师拔腿往将军河大桥走去,嘴里说:

"快拾柴火去吧！我自己会认道。"

铁头站在那里,眼睛眨巴眨巴地想了想,突然跑过去,抱住柴老师的两腿,脸色阴沉地说:

"不叫你走!"

柴老师吃惊地问:

"这是为什么?"

铁头把脸贴在柴老师的衣襟上,咕嘟着嘴巴说:

"准是回大部队去,不管我们上学的事了!"

柴老师把夹在胳肢窝里的一条麻布口袋,伸到铁头眼前,用手拍了拍,又弯下腰去,把嘴附在铁头的耳朵上,悄声说:

"我给你们去背书。明天就开学上课啦！你们上了学,我就算完成最后一件任务了。"

铁头把小脑袋一歪,眼睛扑闪扑闪地望着柴老师,咧开嘴巴笑着问:

"真的吗?"

柴老师说声"保证你明天上学",便甩开大步上了将军河石桥。过了桥,回头见铁头正把嘴对着王二丫的耳朵谈讲着什么。在这冬日铺满霜雪的旷野上,飘过一阵女孩的笑声。

柴老师夹着口袋,翻山越岭,在荒草淹没的山径上快步走着。远处的大炮轰隆轰隆响,机关枪风一般呼呼地叫。可是眼前挂着一层花边的霜林里,却是静悄悄的。一群山雀,带着一片热闹的叫声,拖着长尾巴,从山那边飞过来,落在树上,把枝头上的霜雪踩下来,被风一吹,银白色的雪片,唑唑响着,漫天乱飞,被太阳一照,映出虹霓一般的色彩。

这群鸟儿,一声不断一声地叫着。瞪起黑玉般的眼睛,东张西望,发现林中有人,便又跳离枝头,在那矗立的悬崖峭壁间飞旋。

柴云升觉得这群鸟儿叫得异样,便站住脚,观察动静。东北方向,山林遮挡着黑山沟据点。西北五六里地远的山头上有一座炮楼。从据点到炮楼横着一道封锁沟。柴云升心里说：

"莫非是据点里的敌人出来了？"

他走出树林，在一个山头上用大石头和荒草隐着身子，只见七八个耸肩躬背的伪军背着枪，沿着封锁沟往西北山头的炮楼走去。

哦！原来是换岗的伪军惊扰了那群山雀。

眼看几个伪军走远，柴云升才过了封锁沟，转进山洼，翻过岭去，又抓住石缝间的枯藤乱葛，攀登着悬崖峭壁，爬到山顶。这里山高林密，敌人在炮楼上也难以看到。这时候，柴老师已经有点累了，就把那条麻布口袋铺在一块石头上，坐下来，喘喘气。

忽然，听背后有噗噗的响声。他猛回头，可是什么也没有。心想：大概是山风吹的荒草响。刚转回脸，又听噗地响了一声。仿佛是有人吹气。咦？真是怪事。他睁大眼睛，东瞧西望地走到崖畔，往山下看了看，还是什么也没有。便又回到石头上坐下来，心里纳闷儿。

突然，他愣怔起眼睛，仄着耳朵，只听一阵噗噗的声音，似乎就在他背后一座大岩石的那边。

他站起身来，蹑悄悄走过去，只见小铁头背着空柴筐，蹲在岩石后面的蒿草棵子里，两手捂着嘴巴，缩着小脖儿，因为忍不住他的笑声，发出噗噗的声音。

柴老师张大嘴巴，愣怔着眼睛，张开两臂，使劲拍了一下衣襟，跺着脚"啊"了一声。叫道：

"你怎么来了？"

铁头笑嘻嘻地瞅着柴老师，得意地回答说：

"跟你背书去呀！"

"你姐姐见你晌午不回家，要急成什么样子！"柴老师脸色严肃地说，"乖乖地给我回去！"

铁头的眼睛很天真而且神秘地闪着光，回答说：

"我已经叫王二丫晌午回家的时候告诉我姐姐，说我跟柴老师出门啦!"

听了这话,柴老师把脸一沉,瞪着眼睛,回头望着苍苍莽莽的山林和敌人的封锁沟,牙上吸着气,慢慢地转回头来说:

"已经走出这么远。叫你一个人回去我不放心,只好由着你了。"

铁头高高兴兴地背着柴筐,在柴老师的面前,蹦纵跳蹿,真似一头小山羊。晌午便到了鹰窝岭。

六

八路军的印刷所,在鹰窝岭北山的一个大山洞里。洞口长满密密的蒿草。进到洞里,一片漆黑。铁头拉着柴老师的衣裳后襟儿,猫腰一步一步往里摸。走了一会儿,转进另一个洞口,又走了一段路,只见眼前隐隐透出一线灯光。折转身钻进这个洞口的时候,铁头忍不住"喔呵"一声叫起来,这洞有三间房屋大,点的明灯蜡烛。八路军把一块块光石板用石头垫得高高的当桌子。坐的也是石头。有的在灯下写字,有的在铺了蜡纸的钢板上,用铁笔哧哧哧飞快地刻着字,有的推着油墨滚子,正在油印机上一张一张地印,还有裁纸的,叠纸的,订书的,都亲热地向柴老师和铁头打招呼。

铁头的两只眼睛都不够用了。只见地上铺着厚厚的散发出清香气息的白草。草上有的地方铺着军毯,有的地方扔着大衣、挎包、手枪和手榴弹。石洞中间的一块石头上,放着个烧得红通通的大炭火盆。火上坐着个大水壶。火盆旁还搁着筷子、碗。一个八路军给柴老师和铁头倒了两碗开水。铁头一边吸溜吸溜喝着滚烫的山泉水,一边看这些八路军,有男的,也有女的,都穿着厚厚的棉军装,有的鼻梁上还架着近视眼镜。

一个女八路军,帽子扣在后脑勺上,下面伸出齐颈的短发,腰间扎着皮带,正在经心巴意儿地推着油墨滚子,一张张地印着。

铁头放下水碗,神色庄重地走过去,还神气活现地倒背着手儿,瞪大眼睛,瞧着那滚动着的油墨滚子,不满意地说:

"闹了半天,刚给我们印哪?"

这个女八路军见铁头混充大人的样子挺可笑,便出声地笑着说:

"早给你们印好啦!你瞧!"

铁头转身,见石壁上整整齐齐一大堆装订好的课本,便扑过去,两手抱着那堆书,脸蛋儿贴在书上,嚷着:

"有课本啦!有课本啦!"

正在同一个八路军说话的柴老师,转脸向他说:

"别这么大声怪叫嘛!"

铁头欢喜得不知道说什么好了。过去问那个女八路军:

"都是你一个人这么一张一张印出来的?"

他见女八路军的腮帮子上沾着一块油墨,便把手退进袖子里扬胳膊用袄袖子去擦。

女同志笑着放下墨滚子,把铁头搂在怀里,说了会儿话。她见铁头两只眼睛不住地瞧那堆课本,像小猫吃奶般咂着嘴巴,眼馋的样子,便从石板桌子上拿了一本,特意送给了铁头。

铁头乐得抿不上嘴儿,双手捧过那课本,翻开头一页,要那女八路军教他认字。可是柴老师叫他吃饭了。铁头忙把书塞进怀里,过去吃饭。他腰间系着麻绳,衣襟里便成了口袋。把课本塞进去,贴在胸脯上,结上衣扣,用巴掌小心地按按胸脯,一股香喷喷的油墨味,直从衣领里散出来。

吃过小米干饭,咸菜拌大葱,喝碗白开水,同志们已经把书装进口袋里。铁头非要背不可。那个女八路军便在柴筐里铺垫了厚厚的白草,从口袋里掏出几本来,塞进柴筐的草窝。

柴老师把多半口袋书,往两头沉了沉,搭在肩上。铁头背着草筐,快步流星地上了路。

铁头在路上走着,一会儿把手伸到衣襟里,摸摸贴着胸脯的课本,一会儿问柴老师这课本里都是写的什么,一会儿伸手抓住柴老师肩上的口袋角,嚷着:

"来!把口袋搁筐里,我背着!"

柴老师扬起巴掌,亲热地拍着铁头的后脖颈儿,说:

"快走吧,别叫我背着你就不错啦!"

他们在山上坐下来歇了一会儿,便向黑山炮楼这边的封锁沟走去。铁头只顾把眼睛盯着远远山上的炮楼,没留神脚底下,一个斤斗滚到沟里,趴在沟底上还咯叽咯叽直笑。

柴老师跳下去,见他没有摔坏,便一边收拾滚出筐的白草和课本,一边沉着脸说:

"笑,笑,这不是凑趣儿来了。碰见敌人该吃不了兜着走了。"

突然,柴老师和铁头瞪着眼睛,支棱起耳朵,隐约听得有稀里哗啦、碎石上杂乱的脚步声。柴老师低声叫道:"快走!"先爬上沟,又回身把铁头拉上去。

铁头说:"快跑吧!"

柴老师摇头摆手,说:

"别跑。敌人一看咱们跑,就会疑心是八路军。沉住气,慢慢走!"

这是因为柴老师已经看见沟北边、山石树棵子背后露出的枪筒和大沿儿军帽了。

柴老师拉着铁头,使个眼色,一转身,隐在山脚的后面了。悄悄探出头,眼睛透过蒿草缝隙,见有七八个背枪的伪军,站在沟坡上,瞧瞧沟里,又四面看了一遭。叫道:

"咦?怪事?明明看见一个大人一个小孩跳进沟里来了,怎么一转眼不见啦?"

一个伪军说:

"准是打柴的老百姓。快换岗去吧!"

又一个伪军说：

"不行。队长说了，碰见老百姓也得检查。我猜那背筐的小孩是给八路军带道的。大人准是个交通员！"

一个伪军向周围扫了一眼，说：

"远不了，咱们搜一搜！"

柴老师和铁头听得清楚，互相交换了一下眼色，便以那山坡隐着身子，在山径上奔跑起来。一口气翻过两座山，铁头已经喘得上气不接下气。一屁股坐在山坡的草棵里，说：

"歇会儿吧，敌人找不到咱们啦！"

柴老师擦擦脸上的汗水，正要坐下去，回头一看，不好！几个黑狗子追上来了！柴老师背起小铁头就跑。听背后喝喊着：

"站住！站住！再跑可就开枪啦！"

话没落音，就听咕咚一声枪响。可是这一枪却是朝那几个黑狗子打去的。接着又是咕咚咕咚两枪。

柴老师背着铁头一边跑着，顺着枪声看去，见东山头上有人朝这边的敌人打枪。

黑狗子们喊叫着：

"东山有八路军！"

便丢下柴老师和铁头，折转身，奔东山去了。

柴老师和铁头到了飞马岭，见老村长古大鹏背着一杆狩猎乌眼钢枪，胸前飘着大胡子，站在一块大石头上，正在眼巴眼望地等着他们呢。柴老师一愣：

"哦！刚才是您打的枪吧？"

老古大鹏嘿嘿地笑着说：

"我看见你们了，怕敌人听见就没有喊。把狗日的引到东山，我就转到这儿接你们来啦。"

这天晚上，铁头在灯下翻开课本的头一课说：

"姐姐，你认得吗？"

姐姐探过头来,认了半天,可是一个字也不认识。铁头把一只胳膊搂着姐姐的脖子,骄傲地说:

"姐姐,明天吃过早饭,跟我们一块上学吧!"

姐姐也骄傲地说:

"谁同你们小孩子一块掺和。妇女有识字班,明天晚上我们就开学了。"

正说着,听见一阵脚步声。门帘子忽地飘起来,闪进一个人来,正是邻居大哥古佩雄。古佩雄参加了青年抗日救国先锋队,开完会回家来吃过晚饭,过来看看他们姐弟二人。铁头嚷着:

"大哥,你认得这课文吗?"

旷野上

我一个人坐在河边林中的草地上,睁大两眼,注视着黑暗里看不见的小路,焦急地等待着来人。

还乡河躺在这辽阔的旷野上,被夜色遮盖起来了。偶然间吹过一阵风,近处芦苇发出沙沙的响声,青蛙闭了嘴。这时,旷野就显得更加沉寂了。乌云越来越低,不露一点缝隙。白天被太阳蒸发出来的热气还没有消散,闷得人透不过气。雨,像"扫荡"时候的鬼子一样,蹲在巢穴里,不知道什么时候,突然地一下子涌了出来。

这时候,我刚出校门参加八路军,正准备到平西去入"抗大",还没动身,敌人就开始"扫荡"了。我跟着区委石书记活动。这天晚上,他到县委去开会,把我留在这里,说一会儿就有人来,我的一切都由来人负责。可是直到现在还不见我这保护人的踪影。

隐隐约约听到了远方的雷声,一道曲折的电光,像蓝色的火焰似的在天边的云层里闪了两闪,跟着,雷声轰隆隆隆隆,震动人心地滚过来。风在旷野上狂吼,电光中,看见它把河水起伏不定的波浪,一个跟着一个赶到岸边。树林受着暴风的打击,不屈服地站在这旷野上,扭动着身子,摇晃着枝叶,发出山洪似的轰响。我在一棵枝叶茂密的大树底下背着风蹲下来,已经听到了几滴沉重的雨点打在树叶上的响声,有一滴从缝隙间漏下来,落在我的脸上了。

这时候,我听到了一个人奔跑的脚步声。我站起身来,睁大两眼,在黑暗里寻找,一片漆黑,什么也看不见。风声里我听来人低声喊叫:

"喂,管兄弟,在哪儿哪?"是个女人的声音。

"这儿哪,嘿!"我回答着,朝她的声音奔过去。一道电光在天空颤抖了几秒钟,见她正立在一棵大树底下向四外张望。是个身体高大的女人,跑得通红的脸,两只大眼,在这一刹那间似乎还看见她略微有点厚的嘴唇。她在电光中瞧见我了,向我奔跑过来,叫道:

"这边来!"

黑暗里,她一只手攥住我的胳臂,差不多是拖着我往林中的深处跑去。我感到她的手像男子一样,结实,有力。

"他就不能早告诉一声!"听她愤怒地叫道。不知道她在生谁的气。"就在这儿吧!"她撒开手。这时候,才听到她急促的喘息声。

"这个老头子,石书记叫他通知我的事,他发完了信才找我,分不出轻重!"她一边喘息一边叫着。大概这就是她向我说明来晚的原因了。"靠树来呀!大雨就来啦!"她用命令的语气喊叫。雷声中又听她笑道:"你看,刚见面就给了你个下马威。这儿不行,得找个背风的地方!"

一道闪电又亮起来,她正睁大两眼,寻找合适的隐蔽所。狂风把她的蓝布衣襟吹了起来。她左手拿着的一块雨布,像是要从她手里飞走似的呼啦啦地飘起。她额前和鬓边的发丝,被风吹动,在她的头上飞舞着。

她又拉着我绕过几棵树。大雨点落下来了,黑暗里淅淅沥沥地响。远处,雨声已经变成了一大片声音,就像一把大刷子在大地上刷过来。

"你倒是蹲下来呀!"她着急地喊叫着。

其实,我已经蹲在她的身边了。她扯动雨布的时候,手碰在我的脸上,听她在黑暗里笑道:

"唔喝!没看见!"

我说:"不能进庄躲躲雨?"

"得啦吧!"她发火了,"鬼子就在这个时候才围庄呢。来,来呀!把雨布向你头上扯扯呀!"然后她把嘴凑过来,一字一句地叫道,"石书记把你交给我啦,听我的!"

猛然间,天好像是裂开了一个大口,暴雨倾泻下来了,疯狂地敲击着头上的雨布。树叶发出喧腾的轰响。雷声从远处滚过来,仿佛整个天空是一张巨大的洋铁片,抖动着,发出刺耳的金属响声。草地上汇成的细流,浸湿了双脚。裤子冰凉地贴在肉上,加上暴雨带来的冷气,冷得我浑身发抖。不知道她向我喊了一句什么,被一阵雷声遮盖了。雷声过去,听她喊道:

"你倒是把雨布往那边儿扯扯呀!"

"得啦,"我说,"反正湿啦!"

她似乎没好气地把我向她跟前拉了一把。然后,她的手在我的头上摸索着,把雨布向我的右肩上搭过来。我听她在暴雨声中叫道:

"头一遭受这苦吧?"

"这算不了什么!"我回答。

"喝!"她的语气像是赞扬,又像是惊奇,把尾音拉得很长。

我的牙齿已经打起颤儿来了。

有一刻钟的时间,雨小下来了,风也缓和了;我们一声不响地蜷缩着身子蹲在树底下,听着细雨落在树叶和草地上的轻微响声,在各自想自己的心事。

"参加几天啦?"我感到她是为了打破这可怕的沉寂,才找出这么个话题。

"差不多快一个月了!"我回答。

又是一阵沉默。

"想家吗?"

"不想!"

"娶媳妇了吗?"

"没有!"

"别吃点苦就想家,……八路军就是要吃苦……吃苦耐劳……吃点苦有好处……不是有很多的同志把命都搭上了?……"

我听她的声音,那么轻轻地,亲热而又带着女人所特有的温柔。仿佛她自己已经被她的思想感动了似的,从胸腔里吐了一口气。接着她在淅淅沥沥的雨声中像耳语似的,把声音放得很低:

"石书记常说,生在这个时代,每个人都得有点牺牲,或多或少。这是为了将来永远没有牺牲……我说不出他这话的意思来,可是心里明白……"

她的语气变得越来越深沉了。我没有回答,听她继续说:

"别吃点苦就灰心,也许还要碰到比这不知苦上多少倍的生活呢……人一生应该什么滋味都尝到,……不然成不了什么大气候!算不了八路军!"

沉默了一会,她又添说了一句:

"应该什么都撑得住!"

"革命者就得有大仁大勇大无畏的精神!"我这文绉绉的学生腔儿使她发笑了。

风雨过去了。一道深蓝色的火光,照亮了整个旷野。一会儿旷野又陷进无边的黑暗里去。从雨布的重量上,知道上面的凹处积满了雨水。

"把它拿开!"她命令我,"小心水流到身上!"

我们小心地把雨布揭掉,站起身来,舒了口气。然后弯下腰,拧拧衣襟和裤腿。这时候,黑夜透出一片微光,我见她歪着脑袋,用手挤着头发里的雨水。我感到心不安。我说:

"没把头遮住?"

"怕淋着你嘛!"她一字一句地拉长了声调,像嘲讽又像玩笑地叫道,"把你淋一场病还不是我的累赘?走,找个土坎蹲一蹲吧,别在这水里泡着啦!"

我们找到一个土坎,她抖抖雨布,铺在地上,说:

"坐下呀!"

我们坐下来。一阵风吹过,树叶上滚落下来的水珠,掉在我们身上了。沉默了一会,她又用那种缓慢深沉的调子说:

"你们这样的人哪,出娘胎就过着舒坦日子,可不知道艰难呢!"

"这场大雨的滋味儿,我不是一点没漏地尝到啦?"我笑道。

"嗤!"她把头扭到一边,"这算什么。"虽然看不见,我却听出来她是撇着嘴说的。她立刻又补充了一句:"一个刚出学校门的,这也就算不含糊啦!"

乌云开始散开了,天空的大裂口像一面宽广的湖,遮盖湖面的雾气飘荡着。闪现出来的星星,像是点点白色的小花。雷在旷野的后面,抑制着它的声音似的,低沉地响着。

"你等着,"她站起来说,"我到村里探听探听,要是敌人不往这边出发,我就来叫你进庄!"她说着拔腿就走。

"嘿,不行!"我叫道,"又把我一个人留下?"

她停下来,望望我,又回来坐在我的身边,叹了一口气说:

"咳,石书记竟交给我这样的人,就像吃奶的孩子,一步也离不开娘!"

她说着笑起来了。我也跟着嘿嘿地傻笑。

云已经散净了。满天的星斗,银河静静地横过深远的高空伸向远方。河对岸是一片庄稼的黑影,在那中间沙丘上的三棵白杨树,巨人似的耸立在黑暗的夜里。远处的村落,朦朦胧胧地坠入雾中。

庄稼地里有晃动的人影。

"有人!"我低声说。

"村里人躲出来的。"她回答。

已经是后半夜了。雨后的寒气袭人。我蜷缩着,两手抱在胸前,止不住地浑身打哆嗦。她也不住地耸动肩膀。

"敌人要是现在不围庄,许没事儿啦!"我试探着说。

"你就给我咬咬牙忍着点吧!"她仿佛呵斥小孩子似的呵斥起我来。

过了一会,她伸过头来,两眼直望着我,温和地说:

"想热炕头儿啦?"

"我觉着你也冻得够呛啦!"我说。

"喝,我倒用不着你替我操心!"她的声调很缓慢,像是同自己说话。

但是过了一会儿,她自己提出来说:

"要么,咱们试探着进庄瞧瞧去?那个伤员藏的地方我总是不放心。"

她夹着折叠起来的雨布,我们踏着潮湿的草地出了树林,过了河上的木板桥,在泥泞的小路上走。

"把鞋脱掉!"她回头低声命令我。

我这才发现她是赤着两脚来的,而且高高地卷着裤腿。我把袜子装进口袋里,鞋底对着鞋底扣在一起,夹在胳肢窝底下。脚踏进水洼里,浑身凉飕飕地,我倒吸了一口气。

"别这么娇嫩,"她回头瞥了我一眼,"至于这样吗?"

她撇开直向那三棵白杨树的小路,向庄稼地里岔去。我停下来,低声叫道:

"一直走不近吗?"

"跟我来!"她头也不回地仍旧往前走。

"小道儿又近又好走,"我说,"这是何苦呢?"

"别啰索,跟我来!"她命令我。

我们深一脚浅一脚,有时陷进杂着野草的烂泥里,有时踏进冰凉的雨水中。密密的庄稼叶子,敲打着两腿,哗啦哗啦响。水珠把已经半干的衣襟和裤子又沾湿了。走进麦地的时候,针一样的麦芒刺得浑身发痛,而这个女人迈着大步,满不在乎地横冲直撞。她身后的庄稼,哗哗乱响地摇动着。跳过两道土沟,已经看见眼前村庄的黑影,朦朦胧胧的白粉墙,以及在黑暗里变得神秘的草垛。她蹲下来,我也跟着蹲下来,侧着耳朵听了一会,村里静静地,谁家的毛驴,嘎嘎地叫了两声。

"嘿,"她回头向我招招手。我过去蹲在她身边。她把雨布塞在我手里,悄声说,"拿着,咱们拉开档儿走,你在后瞅见我的踪影就行。"她用手扯一下我的袖子,把嘴伸到我的耳边,"我先进庄,万一有事,我喊'先生回来'!越喊你就越跑。老地方等我!"

她站起来,两手掠一掠鬓发,向前走去。我在后面放慢了脚步。

她走进了打谷场,从那草垛旁边拐一个弯儿,就隐没在一片矮树丛里不见了。我停下来,听听没有动静,就迈步跟了上去。猛然间,我听到哗啦一声枪栓响,一个声音喝道:

"站住!举起手来!"

"我是本村老吕家的,"听那女人不慌不忙地回答,"家里有病人,到北庄请先生来着!"

接着是鬼子唔哩哇啦的问话声。一个中国人的声音问她:

"过来!你请的先生呢?"

听那女人喊道:

"先生呢?来呀!哟,先生跑哪儿去啦?先生别跑啊!"

我听了这个信号,扭头就跑。敌人的枪响了,子弹带着刺耳的啸声,从我的头上飞掠过去。我俯下身,拼命地奔跑。脚底下的烂泥拖着我,使我不能快跑,我张着大嘴喘气。当我跳过一个土沟的

时候,觉得脚底下踩到一个软的东西,一个声音叫道:

"哎哟,往哪儿踩?"

我这才发现树底下躺着一个人。我说:

"快跑,敌人来啦!"

这人跳起来,抱起他铺着的蓑衣,跟我跑到原来的树林里。

我坐下来,张着大嘴直喘了半天,旁边这人也呼呼地喘。

"敌人在哪儿啦?"他问。

这声音听起来有些耳熟。星光下,我探过身审视着他,只能看清他脸部和肩膀的轮廓,一时辨认不出。他穿着厚厚的棉袄,抱着蓑衣,蹲在那里,也把头伸过来,两眼上下打量着我。他说:

"你,这,不是管同志吗?"

"那么你是……"我的鼻子差不多快碰着他的鼻子了。

"张金路,记得吧?"

啊哈,记起来了,半个月前同石书记在山里活动,一个给石书记送信的民兵同我们一块活动了五六天,一块吃住,钻洞子跑情况,混得很熟,想不到在这里又碰上了。

"你就是前面这村儿的吗?"我的声音虽然压得很低,但由于意外地碰见了熟人,我兴奋起来了。我把刚才发生的事情,简单地向他说了一遍。

"带你的是吕二嫂,高高的个子,长圆脸儿,大眼,说话挺冲,是吧?"

"咳,都是我要进庄,"我用拳头打着自己的额头,"敌人把她逮住啦,怎么办?"

"不怕,只要不逮住你,她就有办法。"不知道是安慰我,还是那女人真有如此的神通。

我疑惑地望着他,没有回答。

"人家还常到据点出探呢,就像她小时候讨饭一样,穿一身破烂,拉根棍子抱个瓢,把什么情况都探出来。冷不冷?给你披上这个!"他说着把蓑衣披在我的肩上。冰凉的脊背立时感到了温暖。

"不管敌人怎么盘问,人家总是对答如流,喝!"他在黑暗里发出赞叹的声音。

但我仍旧是焦急,烦躁,后悔,担心这女人的安全。

四外死一般沉寂,只有河边草丛里的青蛙偶尔叫两声。还乡河在星空下,像钢铁一般反光。露水从树叶上滚下来,可以听得见它掉在草地上的响声。我一声不响地注视着远处隐没在夜雾里的村庄,为吕二嫂捏着一把汗。张金路在黑暗里装了一袋烟,向我说:

"来,把蓑衣拿下来用一下。"

他把蓑衣铺在地上,整个脑袋伸到里面去,划火点着烟。然后钻出来,两手紧紧地捂着烟锅,抽了一口烟,向我说:

"披上吧!"

我重新披上蓑衣,坐在雨布上,他也坐下来。

"刚才你说的,她小时候讨过饭?"我问他。

"吕二嫂吗？不错,讨过饭。抽一口吗?"

我说:"你忘了我不会抽烟?"

他笑了一声又开了腔:

"别看她整天乐呵呵的,她的苦处是藏在心里。她妈妈是个瞎子,她爹也是个瞎子。她从会叫大爷大奶奶那天起,就一手拉着她妈,一手拉着她爹串门讨饭。谁知道她是哪个村的？宝坻县人吧?"张金路说完又默默地抽起烟来。

"她怎么在你们村落了户?"我问。

"这说起来话可就长啦,嘿,"他忽然压低了声音向我发出警告,"我说的话可不许向她提,她不愿意别人提她的伤心事。"

这是出我意料的,这么一个乐呵呵的女人,却藏着人所不知的悲苦。我非让他仔细地讲一遍不可了。张金路并不拒绝。

"她七八岁就跟着爹妈讨饭,白天串庄,晚上在破庙里一倒。

那时候,常到我们村来。我们一般大的孩子们常跟在她屁股后听她唱小曲儿。她会唱杨宗保,没腔没调的。有一天,我说,'小丫头,唱个杨宗保,我给你拿块饼子来!'

"她就唱起来了。唱完,我故意吃惊地叫道:'唱这么难听,还要饼子?去你的吧!'

"好家伙,她上来就是一拳,打得我倒憋了一口气。没容我还手又来了一拳。我们两个就抱着滚在地上了。她爹妈在一边叫喊,孩子们围着看热闹。她比我大两岁,我叫她按在底下了。她说:

"'给不给?'

"'不给,'我说,'就是不给!'

"我说一个'不给'她就来一拳。这时候吕二小来了。他是我光屁股的小朋友。我向他求救,他问过了原因,就把我揍了一顿。

"'你欺侮要饭的花子!'吕二小像个大人似的教训起我来了。我从他们手里脱出来,跑出老远,回头叫道:'吕二小,你向着她,你想要她给你当媳妇怎么的?'

"你说,真应了我的话啦,后来,他们真成两口子啦!"

张金路又抽起烟来,可是烟锅已经灭了。他磕掉烟灰,一边往口袋里装着烟袋,又说起来:

"一天晚上,下大雪,他们住在曹庄的破庙里。第二天早上,她妈妈没有起来,冻硬了,死了。她爹看不见,一手扶着泥金刚的大腿,喊他的老伴儿:

"'快起来呀,咱们讨口热粥去,要冻死啦!'

"小闺女摸摸妈妈的鼻子和胸口,一声没有哭,抱住她爹的大腿说:

"'爸爸,你别哭,妈妈死啦!'

"她爹真没有哭,可是过两天也死了。两口子感情好,老伴儿死了以后,他一口饭也没有吃,就么么撇下小闺女,找他的老伴儿

175

去了。

"她十三岁那年春天,到我们村来讨饭,进到吕二小家院里,叫了两声大爷大奶奶没人答应。听屋里有人哼哼,她进到屋里,见吕二小的妈妈躺在炕上病了。她就放下讨饭的瓢、打狗的棍子,给老太太烧水。吕二小拾柴回来一看,也没有赶她。她给吕二小娘俩烧水做饭,忙了一天。二小妈见她拿起棍子、瓢要走,就在炕上留她:

"'再帮我两天吧,看不见?你这兄弟有手不会做饭。'

"她就留下来了。别看她讨饭,要是不求她,她就不留下来。东头徐家大院的东家奶奶就向她说过:

"'你这小丫头怪可怜的,给我们烧食喂猪吧!'

"'你可怜我?我还不可怜我自个儿呢!'她说,'想要个不花钱的小伙计啦?侍候不惯!'她就是这么倔强,有志气。她在吕二小家帮了几天忙,对门隔壁的老太太就向二小妈说:

"'这小闺女手脚挺利索的,心地又好,留下她吧,过几年同你们二小拜了天地,不是天生的一对儿,又省得花聘礼。'

"老太婆们得了二小妈的同意又向这闺女说。大概二小和她早对了眼,一说就成了。就这么在我们村落了户。"

他讲完以后,不知为什么叹了一口气,就沉默起来。这时候,月亮从东边天地相接的地方升起来了。月轮很大,很红。

村里仍旧听不到什么动静。她到底怎么样了?敌人走了没有?我走到河岸上,向村里望了望,一切都罩在夜的阴影里。我又转回来,默默地坐下。张金路把两手拢在袄袖里,蜷缩着身子,听着四外的响动。

"别担心,她有办法脱出来!"他又安慰我一句。

我们呆呆地坐了一会。

"她丈夫呢?"我忽然想起来,问他。

"吕二哥吗?他抗战前在学堂里当夫役,有个老师是共产党,把吕二哥发展上啦。那时候他就在党里跑交通。大暴动那年,喝,还是我们小队长呢。我跟他当班长。秋后跟着李司令员往平西啦,队伍叫敌人打散了一半。我跑回来啦,听说他过了河,以后再没有消息。那年冬天,敌人到处抓参加过暴动的人。吕二嫂柴无一根,米无一粒;徐家大院的徐二爷要给她另找主嫁人,说吕二哥已经死在外头啦。她把老头子大骂一顿,又拉着棍子抱个瓢去讨饭。婆婆有病,靠她讨饭活了不到一年就死了。直到1939年八路军过来,建立了村政权,按抗属优待她,才扔了她那根打狗的棍子。可是吕二嫂这女人不是白吃优待粮,村里的妇女工作她就担了大半。她家就成了八路军的家。"

"吕二哥还活着吗?"我问。

"直到现在也没有个信儿,都说他是牺牲啦。"他深深地叹了一口气,声音放得很低,"没有人告诉她。"

月亮已经升上被雨水洗过格外晴朗的天空。群星在月光里暗淡了,溶化了。它把树叶零乱的影子投射在我们身上。还乡河像铺了一道波浪形的路,向着旷野的远方伸去。

"来,我们打个盹儿吧,天快亮啦!"张金路站起来,两眼寻找合适的地方,"嘿,这儿挺干,把雨布铺上。"

我们俩躺下来,共盖着一件蓑衣。可是怎么也睡不着。吕二嫂到底怎么样了?敌人正在村里吊打她?还是把她带回据点去了?

"她怎么现在还不来?"张金路转动着身子低声说,"这可有点叫人担心啦!"

他的话在我这已经发冷的心头上浇了一桶凉水。

我眼望着上面的树叶,听它们耳语似的在风中沙沙地响,默默地胡思乱想。

天亮了。张金路跪起来,仰着脖子向四外眺望。

我坐起来,浑身被泥土的潮气浸得发麻发痛。村里没有动静,又不见有出来的人,我们是否进庄去探探还拿不定主意。

原先模糊不清的旷野,现在一目了然了;黑绿的庄稼,发黄的麦田,直立的白杨树……都在渐渐飘散的雾气中显现出来了。

"嘿,"小伙子突然跳起来,叫道,"有人进庄啦,敌人走啦!"

仿佛突然从地下钻出来似的,旷野里出现了三三两两的人群,有夹着被的,有披着蓑衣的,向村里走去。

"快走,打听一下吕二嫂怎么样啦!"我一边折叠着雨布,一边拍打着鞋,但我瞧瞧两只泥脚,就把鞋掖在腰里了。

我披着蓑衣,同小伙子奔村庄走去,沿河岸拐过了木板桥。

"啊哈!她来啦!"小伙子狂喜地叫道,"你看,我说她有办法吧!"他夸耀地瞥了我一眼。

只见她漫踏着庄稼地向这边走来,晨光中浮现着她高高的上身,下身隐没在密密的庄稼里。她走得这样快,她胸前的绿叶,像波浪似的朝两边分开。

"吕二嫂!"我一面向她奔跑着一面喊叫。我喊了这么一声,猛然感到仿佛我们已经相识多年了。大概我披着这么一件蓑衣,使她认不出来了。她停下来,手搭凉棚,向这边望了望,没听清她喊了一句什么,就向这边走来。脚下的烂泥使她的身子东歪西晃。

"那儿等着吧。"她喊叫着向我们晃了一下手。

在清晨的雾气中,已经听到她急促的喘息声了。

"没碍着你吧?"她一边走着一边大声问我。不等我回答,望着我身边的张金路,装出吃惊的神情,"哟,这个兔羔子什么时候钻出来的?"

张金路笑道:

"我这儿等着给二嫂子开追悼会呢!"

"该死的!"她笑着骂了一句。

这旷野因为她的到来,变得热闹起来了。

"哎呀,"她到我们跟前,一手捂着胸口,喘了半天才向我说,

"我就怕你出了事儿,怎么向石书记交代?谢天谢地!"她上下打量我,同时用手掠着她蓬乱的头发。她的发髻已经松散地斜坠在肩头上。被太阳晒黑的脸上,左边有一道血痕。显得有一点厚的嘴唇角上也有凝固的血。宽宽的脑门不知被什么划了一道子,被渗出的血染成了殷红色。有补丁的毛蓝褂子,从肩头上扯破了,半个肩头裸露出来,皮肤被早晨的霞光映照成红铜般的颜色。下面高卷着裤腿,浑圆结实的两腿和光脚,都是泥浆。我吃惊地望着她,叫道:

"二嫂,敌人打的吗?"

"没啥,敌人硬说我是给八路军带道的,我一口咬定是请先生治病的。他们连踢带打在我身上忙活了一阵子,我就叫起来啦,我说,我是本村的,要是带道还有领八路军进本村的?"听她的语气,倒仿佛是安慰我,又像是说一件毫不相干的小事儿。

"二嫂子就是有办法,"张金路调皮地向我夸耀说。

二嫂子只是笑了笑,忽然变得严肃起来,向张金路说:

"你领这同志在树林里呆着,我去给你们操持饭!"

"还是我给你们操持饭去吧!"张金路说着拔腿就走。

吕二嫂一把抓住他的胳臂,命令他:

"别打哈哈!"

"二嫂子歇会儿吧!"我插嘴说,"瞧,被敌人打得不轻呢!"

"哟!哪儿就这么娇嫩啦!"她吃惊地叫起来。然后她仰脸眯缝起眼睛望着村里说,"同志,不是我专给你做饭,村里一大堆事等着我料理哪!"说着她就扳动着手指头一口气地数起来:"区里分配下来的军鞋,我还没有分出去做;给区小队做的汗衫也该往回里收啦;一个伤员是分派给我负责的,今儿个差点叫鬼子翻出去,得换个地方。还有,我那瘫在炕上的二大婆婆,早饭还等着我做。还有……"说得她透不过气,止不住笑了起来。她转脸两眼盯着张金路干脆地说:"这些事,你都能替我做,你就去!"

"得,"张金路抓着脑袋,咧了一下嘴,"还是二嫂子去吧!"

"老实地给我呆着,别乱跑!"她像对待两个小孩子似的喊叫着,一边转身走了。

经过这一阵大声说笑,她受到敌人的那顿毒打,以及还留在脸上的伤痕,仿佛都是微不足道的了。

她又踏着庄稼地往村子走,她的补着补丁的毛蓝布褂子,在晨风中飘动着。那坠下的发髻,随着她走动的身子在肩头上颤动。她渐渐地隐没在庄稼里了,一会儿又露了出来,但转眼就被一丛矮树林遮住了。

"别看她是个女人,可是心胸比男人还大。"站在身边的小伙子像是反驳谁的话似的用肯定的口气说,"苦的,辣的,什么都装得下。"他沉默了一会儿,又加了一句,"什么大灾大难,她都撑得住。"

我们两个向树林里走着,我问他:

"她的婆婆不是死了吗?怎么又出来个二大婆?"

"哦,那是对门庭贵哥他妈。庭贵暴动那年跟吕二哥走了,也是至今没有音信。家里丢下个老妈瘫在炕上。吕二嫂就抱过去当自己的妈妈一样养活啦。"张金路说得很深沉,完全不像在吕二嫂面前那种顽皮的样子了。

我们又坐在原来林中的草地上。东方发红,太阳已经升起,只是还隐没在雾气里。月亮完全失去了光辉,宛如一片云朵浮在天空。还乡河反射着早霞的红光。水鸟在那些闪耀着露珠的草丛里骚动起来了,开始叫了。一头鹞鹰停在一棵老水曲柳的枝干上,它的头,一会扭到这边,一会扭到那边,有所戒备地望着还乡河。一只黄莺,从河对岸那边田间的三棵白杨树上飞向旷野去了。

望着那三棵白杨树,我忽然想起,吕二嫂为什么不走那条又近又平坦的小路呢?

"真怪,"我说,"吕二嫂不愿走这条小路!"

"她女儿埋在那里,"小伙子仿佛不愿意提起这事似的皱起眉头,"她不愿意看见她女儿的坟!"

"她还有个女儿吗?"我问。

"啧,十三岁啦,比她妈长的可俊多啦,双眼皮儿,圆圆的下颏,像她爸爸。又懂事儿又聪明,又会疼她妈。是她妈妈的心尖儿。给她妈妈洗衣裳,扫地,烧火,干起活来像个大姑娘啦。吕二嫂是妇救会主任,她是儿童团长。去年秋后,她往西村送信,半路上碰见鬼子的讨伐队,把她抓住了,打她,她咬鬼子的手,鬼子从脑门上给了她一枪……吕二嫂抱着女儿往家里走,闭着嘴一声不响;当时我看见她那一对眼睛,仿佛一口把所有的鬼子都吞掉也解不过恨来。吕二哥连楔钉子那么大的一块地都没有,她要埋到乱葬岗去。我说:'二嫂子,我庄北还有五亩地,你就把她埋在我那三棵杨树底下吧!'一连几夜,她就在这三棵杨树底下守着她女儿的新坟坐着,一声不响……"

太阳升得高了,它出来就像一团火焰似的,燃烧着无边无际的旷野,吸干了绿叶上的露珠,曝晒着潮湿的泥土,使花儿盛开。碧绿的庄稼和它们中间大块大块金黄的麦田,起伏着的浪涛,鲜明耀眼的蓝天就紧紧压在它们上面。一片庄稼的后面,隐隐约约地耸立着那三棵白杨树细长的身形;看起来,它们好像一会儿缩小了,一会儿又长高了。可是天空下面的田野,却时起时伏地一直在摆动。突然间,所有一切全隐没在被太阳蒸腾起来的蜃气里了。在那灿烂的又像是虚幻的银色帷幕后面,变得模糊不清了。黄莺和布谷鸟用它们响亮的喉咙高声地叫着。

吕二嫂来了,她一手挎着一个笼筐。她肩头上扯破的地方已经缝连起来,脸也洗过了,脑门上缠了一条绷带,头也梳得整齐了,圆圆的结实的发髻,和那从耳边垂下来的两缕发穗,油黑发亮,散发出棉子油的香气。她卷着袄袖和裤腿,裸露着浑圆的胳臂和两腿,酱红色的手上还沾着白白的面粉。两只光脚沾满了污泥。由于气喘,她的前胸起伏着。她放下笼筐,大声叫道:

181

"吃吧！侍候了那个侍候这个！"

她的声调和她嘴角抑制的笑纹，却隐藏不住她对于自己劳累的满意。

张金路伸长了脖子，向笼筐里望了一眼，叫道：

"喝！还是我二嫂子，真是小米水饭烙大饼！"

"没有你这份儿！"她在张金路伸过去的手背上打了一下。但她给了我筷子碗以后，还是递给他一双筷子。"吃吧，吃吧！吃饱了，武装班长叫你同四头他们到区里去领地雷呢，别净拣小的扛！"

我们吃着饭，吕二嫂一手撑着地，探过身子来，向张金路悄悄地说：

"你要是见着王主任问一声，我送去的汇报他看到了没有。我想到区里找他谈谈，又抽不出身来，你问他，是我去，还是他来一趟？"

"还有吗？"张金路问她。

"事儿多啦，怕你办不了！"

"我看二嫂子得找个秘书啦。"张金路一边咬着大葱，笑道。

"别笑我们老娘儿们没有文化。"她用教训的口气反驳说，"抗战胜利，我还要上学堂呢！"她望着我抿嘴笑道。

"喝！"我同张金路差不多同时叫了一声。

"怎么的？那时候我还要当个农庄主席呢！"

"喝！"我们又叫了一声。

"不够格儿吗？"她像个小女孩似的，两手叉在腰间，绷着脸，挺起胸脯，两眼在我们两人的脸上扫来扫去，"啊，不行吗？"

"当然可以！"我笑道。

张金路望着她，做了个鬼脸。她刚要伸着大巴掌打过去，忽然听东边十几里地以外轰轰两声，接着机关枪哒哒哒哒叫了起来。

"鬼子又出发啦！"她跳起来，手搭凉棚向东望了望，抬腿就走，"你们等着，我得进庄一趟！"她一边奔跑着喊叫说。

一片碧绿的庄稼中,只见她上身飞快地向前浮动,使人想起擦着草原飞翔的鹰。

"同志,你在这儿等着,我去扛地雷!"张金路拿了一张烙饼也追了上去。

在耀眼的阳光下,我望着这女人时隐时现的高大的背影,它仿佛在向这天地间的一切显示:我是这样的一个女人!

记白乙化片断

还在抗日战争初期的时候,白乙化这个传奇性草原英雄人物的名字,就带着一种神话般的魔力,流传在冷口一带长城内外的大小村庄。

偶然的机会,使我见到他。那是1940年秋后,冀东军区派我们六十多个同志到后方去学习。过平北的一段路程,由十团护送,他们的团长就是白乙化。

在冀东经过了二十多天的行军和战斗,夜晚偷渡了波涛滚滚、冰冷刺骨的潮白河,星光下踏着深山中崎岖的小径,继续行进。远处传来隆隆的大炮和机关枪风暴一般的吼声,这便是十团活动的地区了。

天明时,霞光中,远远望见半遮云雾的山谷有一座小小荒村。几个穿灰军装的人站在村前的一个山头上望着我们。走近时,有人悄声说,前面那个大个儿就是白乙化。大家都伸着脖子,又惊又喜,眼睛都热辣辣的,笑容满面。我飞快地瞥了他一眼,恨不得赶快仔细端详他一番,把他身上的一切全看透,一切都了解到。这是一个平常的人,一个普通的战士。只是身材比其他几个人高出一头。竟是这样年轻,看去不过二十五六岁。带有书生气白净的脸,从两个耳根到下巴颏,长着短短的像刨花一样卷曲的胡子。半旧的灰军装。军帽漫不经心地,稍微歪斜一点,潇洒地扣在头上,露出一种英豪朴实的神气。他很亲热、很随便、很诚恳地来迎接我们,微笑着,用洪亮的东北口音说:

"同志们,辛苦啦!辛苦啦!"

然后握紧我们领队人的手,半开玩笑地说:

"怎么尽地主之谊呢?保险今天不让敌人搅扰客人们的吃饭和休息,怎么样?"

他吩咐一个矮小精干、鼻子底下留撮小黑胡子的司务长,给我们买两只羊杀了。他亲手做菜款待我们。司务长像透露一件秘密似的说:

"白团长怕你们吃不香甜,才亲自做饭,他的手艺呱呱叫。"

晚上,我们开联欢会。这是游击战争中挺有意思的文化娱乐。在这荒僻的山村里,风在连山中呼啸,远处的大炮轰轰地响着,我们挤在几间亮着油灯的茅屋里,尽情地表现自己的才能:说笑话,唱歌,清唱评剧、京剧和影戏,唱乐亭大鼓和东北大鼓,从吸烟人嘴里喷出浓烈的大叶烟的烟气,卷着这欢乐的歌声和笑声,直飘到闪着星光的窗外。

同志们不断快活地喊叫着要白团长出节目。白乙化不推辞也没有那种虚伪的谦虚,说唱就唱。他站在柜边,拿根筷子敲打着托在另一只手里的蓝花碗当鼓板,用他歌唱家一般响亮的男中音,唱出优美的腔调,唱他故乡的歌——奉天大鼓。

在跟着他活动的一段时间里,我发现他是很喜欢唱歌的,有时在行军休息的几十分钟里,他躺在长满蓬蒿的山坡上,两个手掌放在后脑勺底下,眼望着天空飞驰的云块,用洪亮的声音,同战士们一起歌唱东北盖满白雪的森林,和在风中沙沙响的满山遍野的高粱,歌唱红军勇士,歌唱游击队的战斗,歌唱把儿子送到游击队以后母亲的光荣和怀念。

我旁边的一个宣传干事在我耳边夸耀地说:

"团长总是这么高兴,跟着他没有发愁的时候。"

这个宣传干事是从北平出来的大学生,穿一身灰军装,黑黑的红红的脸,已经有了山野的粗犷劲儿。略微塌一点的鼻梁上架着一副无边近视眼镜,他说话时老是笑眯眯地眯缝着眼。他很爱说话,喜欢向我介绍他们的团长。看起来,他爱白乙化已经到了崇拜的地步。

"听,他唱得多好!"他拿胳臂肘推了我一下说,"不但是个军事家,还能写文章作诗,金石雕刻都是能手。"

我问他知不知道白乙化过去的生活,他微笑着瞥了我一眼,于是在这热闹的人声中,他用一种同整个气氛很不调和的庄重严肃腔调低声向我介绍。他竟像一个组织部的同志那样了解白乙化的一切。

我从他的口里知道,白乙化字野鹤。1912年出生在东北辽阳县石场谷村,父亲是个小公务员,月薪很少,家境穷苦;因为他勤俭读书,年岁不大就能作诗,乡里人出钱帮他进中学。他在中学时代就参加反对军阀张作霖和日本帝国主义的斗争,帮他学费的乡里人有的劝他不要闹学潮,不然就停止学费。白乙化说:"我爱念书,我更爱国,不供我钱,不怕,国是爱定了。"1929年秋天,白乙化到了北平半工半读考进了中国大学。第二年参加了中国共产党。1931年九一八事变,党派他到东北参加热河陵原一带的东北义勇军。1932年这支部队被蒋介石从冷口骗到关内,被商震缴械了。白乙化仍旧回到中国大学念书。1936年北平大学生们组织西山夏令营,白乙化任总队长。1936年秋天,党派他带领六百多名流离失所无法生活的东北大学生和义勇军到黄河后套,在马七渡口以北、乌拉粟海以西的广大的草原上开荒,发动群众。白乙化为垦荒区的特委书记。以后,又从北平去了二百名大学生。

"我们这个团,连级以上的干部差不多都是大学生。"

热闹的人声中宣传干事在我耳边低声说。接着他脸上出现了

一种隐藏不住的骄傲神情,微笑说:

"可以说都已经战士化了,生活战士化,思想战士化,由白团长带头,他有两句口头语——健全自己,影响别人。"

这时候,白乙化正坐在柜板上,听一个战士讲笑话。他同大伙儿一起哈哈地笑着,笑得像小孩子一样快活。他挪动了一下身子,让那讲完笑话的战士坐在他的身边。他一只胳臂搂住那战士的脖子,亲热地赞叹说:

"我们老李,真行。"

然后向人们夸耀地:

"战士,别看外表是大老粗,其实勇敢,有智慧,幽默,风趣得很哩!"

"听见没有?"宣传干事又拿胳臂肘推了我一下,得意地眨一下眼。

晚会已经进行到宾主互相自由漫谈了。在吸烟人喷出的蓝色烟雾中,在闹哄哄的人声中,一边吃着山中出产的大枣,我身边这个新结识的朋友,带着一种"过来人"的老练神情,向我谈他头一次参加战斗的事情。

"说实话,头一次上战场,我有点害怕,"他往手心里吐掉一个枣核的时候这么说。然后给我挑了几个大枣,"那是白团长带着我们去攻打一个据点。他叫我跟在他的身边,越接近敌人,我的心跳得越厉害,嗓子眼儿发干,不由自主地脚步就慢了。可是我看见团长走在最前面,把鞋脱掉插在腰间的子弹袋里,光着两只大脚,提着枪,个子比谁都高,挺着腰板儿,两腿如飞地往前跑。枪打响以后,为了给自己壮胆子,我呐喊着冲了上去,但是经过他身边的时候,他一手把我拉住,命令我就在土坎底下负责往下运伤员。我知道他怕我没战斗经验,乱跑乱钻碰上枪子儿。他就是这么爱护同志。"

第二天出发,在村前打谷场集合的时候,我不住地拿眼在人群中寻找白乙化,但是没有他,我想也许是最后出来。队伍出发了,还是不见他的踪影,而他的黄毛长鬃战马却由一个有病的战士骑着。

我的心仿佛丢失了什么似的跟着队伍在崇山峻岭间行走,我不住回头眺望那渐渐远了的山村。

从后面过来的宣传干事,笑眯着眼睛,用那种了解我心情的口气说:

"一会儿就会看到他,他在村里带领民运组检查有没有损坏群众利益的地方。他总是这样,对工作一点不马虎,亲自动手。"

宣传干事同我并肩走着,我请他再讲一讲白乙化的故事,他拍着我的肩膀说:

"到宿营地再讲,看起来你也喜欢上他了。就是嘛,只要看上一眼就知道他是一个真正的布尔什维克,一个了不起的人物。"

我们已经越过一座高山,又向另一座高山爬去,忽然听后面一阵洪亮的说笑声,回头一看,正是他。白乙化过来了,他腿上缠着整齐的裹腿,上衣敞着怀,让深秋的山风把衣襟朝两边吹开,露出腰间鲜红的牛皮子弹袋,军帽仍旧那样潇洒地扣在头上。他在队伍旁边,一面跨着急速的大步,一面同队伍里的人说话。他说话爽快,高兴,不时地发出快活的笑声。他的眼睛亮得可爱。我越发惊讶地望着他,但是他一阵风地从我们身边过去,眨眼之间已经到了队伍的最前面。我说:"好快呀!"

"锻炼出来的,"身边的宣传干事微笑着回答,"多少带点豪侠之气,对不对?长城抗战的时候,老百姓都叫他'小白龙'!"

下午,队伍在一个山顶上休息的时候,白乙化和我们的领队人,坐在一块大岩石上说话。从白乙化悄声低语的神情,我们感觉出发生了什么事情。他同我们领队人握握手,就带着一个排从另一条山路岔下去了。在这大海的波涛一样起伏连绵的山岭中间,时而出现白乙化和那一排战士的身影,时而又隐没在丛林或山石那边,时隐时现,最后消失在群山的后面了。

晚上宿营,我们才知道敌人在平北的围攻"扫荡"开始了。白乙化带着一个排亲自去侦察一条必须通过的封锁线。封锁线上敌人已经布置了重兵。于是我们必须跟着十团活动一个时期,再找敌人的空隙到后方去。

第二天,白乙化带着护送我们的部队,同敌人打了整整一天,夜晚,我们突围向北面深山里转移。

早晨,我们在一座荒无人烟的大山上休息。山上长满没腰深的枯黄野草,被山风吹打,发出一阵阵惊心动魄的呼啸声,鹰在头上盘旋,寻找丛莽中的野兔。远山的那边,有大炮的轰隆声。一天的战斗连着整夜的行军,都有些疲劳了,有的坐着,有的躺着,很少有人说笑。大伙儿都在心里盘算着,继续爬山寻找村庄宿营,吃饭。

白乙化迈着快步走过来,胸前吊着个望远镜。

"这就是我们的宿营地,"他大声回答战士们的话,"健康是幸福,艰苦是美德,进步是快乐。今天我们要艰苦一下啦!"

他脚步不停地一路走着,问战士们话和回答战士们的话。在离我们二十几步远的地方,不知道他说了一句什么,战士们在那里大笑。

他像一阵风似的,把一种无畏的快乐情绪,吹进战士们的心中。

这一天我们都没有吃饭。眼巴巴地盼着下山找粮食的小黑胡子司务长回来,每个人的肚子都饿得像开了锅似的咕噜噜直响。太阳偏西的时候,司务长用毛驴驮来了煮熟的玉米棒子,只够每人一个。

大伙正在啃着这一顿"晚餐",就见司务长拿着一个玉米,脸上带着为难的神色向他身边的几个战士说:"团长只要他那一份,我就多给他这么一个,把我批评了个够臭,到底还是不要,他这个人哪!"

这时候,白乙化走过去,朝我们递了个眼色,然后笑着说:

"看,多出一个玉米你这个司务长就分不出去了,我来给你分。"

说着从司务长手里把那个玉米拿过去,一掰两半,一半塞给一个重机枪手:"大力士,给你添半个。"另一半给了另一个重机枪手:"没偏没向!"

敌人想趁十团没穿上棉衣的时候,把十团赶出平北根据地。拉网式地不住"围剿",但白乙化带着掩护我们的部队,却像敌人大队的尖兵,老在前面走。夜里住下来,敌人埋锅造饭,我们也埋锅造饭,趁黑夜沿着那连山羊野鹿都不敢走的悬崖山径,从敌人身边摸出去。天一亮,敌人又追上来了,简直像甩不掉的牛蝇,你到哪里,他跟到哪里。

可是,有一天下午,眼瞅着十倍以上的敌人到了跟前,我们不走了,干脆在一个村子里宿营了。不散开队伍去找地势,不架机关枪,没有任何战斗命令。

其实,想叫这些战士们端起枪来,跑步、卧倒、射击……也实在困难了。司务长号房子的这个时候,战士们已经横躺竖卧地倒了一街。坐在那里背靠着墙的,靠着树的,靠着石头的,都一个个把脑袋垂到怀里,打起呼噜来。有些干脆睡在潮湿的地上。一个牵骡驮子的老炊事员,竟靠着牲口脖子,立着呼噜大睡。忽然,他一个响得惊人的鼾声,把骡子吓得往一边躲闪,老炊事员失了依靠,便倒在地上。就这样,他的呼噜也没有间断。

可是敌人的大队人马确实向这边来了,再爬两个山岭就到我们跟前。这时候,白乙化在山头上看完地形回来。他的脚步,像踩着一块块露出河水的石头那样,在人群中间小心寻找空隙,在街上走。

他披着一件日本的军用防风衣,有卷曲胡子的脸上遮满灰尘,流过汗的地方,留下一道道的黑印子。脖子上挂着个望远镜,吊在他宽阔的胸前。

他站在街当中,一只手把防风衣的一面前襟推向背后,撑着腰,喊道:

"嘿,怎么还不进房子?"

长着小黑胡子的司务长,因为脚板子起了泡,一瘸一拐地走过来,两眼向四外扫了扫,见有些人已经被团长响亮的叫声喊醒,他便抬起脚跟,伸着脖子,嘴对着团长的耳朵,还用一只手掌那么遮挡着,悄声低语地不知说了几句什么。

白乙化见很多人都用猜疑的眼光望着他,他猛然在老司务长的肩膀上拍了一下,哈哈大笑:"你呀,老弟瞧你说话的神情,仿佛又有了敌情啦!"

老司务长直呆着两眼,愣了一会,没头没脑地向我们大伙微笑着,一瘸一拐地分房子去了。

敌人来到我们宿营地的山前。关于敌人的情况,是以后从俘虏的嘴里知道的。

肥胖的鬼子指挥官,坐在马上,拿望远镜察看了一下山岭,便翻身下马,在一块石板上打开地图,用红铅笔给军官们指示包围和进攻的道路。脸上那股得意劲儿,满想八路军是一个也跑不了啦。

"慢着!"旁边长着连鬓胡子的参谋长,拿望远镜望着山岭,叫道,"八路!"

指挥官跳起来,手哆嗦着,拿起望远镜:一个人从山岭的一个凹口过去了,隐没在山峰的丛林里。接着,又是一个,两个……刺刀一闪一闪地。一个驮子过去了,后面又是一个驮子……

敌人大队兵马向八路军出发的方向追了下去。

可是我们没有走,进了房子,洗过脚,吃过饭,就睡了。

第二天吃过早饭,战士们竟在打谷场上做起游戏来,丢手绢,走九连环,摸瞎子……

忽然一个人走进场里,眼睛蒙着一条白布手绢,军帽推向后脑勺,左腿从弯着膝盖的地方绑着裹腿,不得不一瘸一拐地走着,他伸着两手,循着战士们说笑的声音乱摸。真有意思,白团长玩起摸瞎子来了。战士有的缩着脖儿,闭紧了嘴,忍住笑,躲过他的两手。有的跑过去摸一下他的鼻子;还有抓他胳肢窝的,抓的他张着嘴巴哈哈大笑。他扯下手绢,抖开绑带,喘着气,叫道:

"老弟,人要是变得有腿不能跑路,有眼找不到敌人,就净剩了挨打啦,现在敌人就成了这个样子。怎么样?见了便宜不捡可有罪呀!捡不捡?"

回答像雷声响成一片:"捡啊,捡便宜,……干哪!"

战士们快活地交谈,彼此点头示意,相视而笑。一张张的面孔,泛起愉快的红光。我发觉,他是这样简单迅速而又巧妙地让战士们像他一样去思索,去战斗。

我们吃过午饭就出发,埋伏在十五里地以外路两旁山上的树丛和乱草里。白乙化蹲在最前面一块大岩石的旁边,拿望远镜望着丛林中的峡谷。敌人出现了,沿着崎岖的山路,向这边走来。他们追到天亮得到情报,八路军压根儿就没有动。又急忙往回里折。尖兵已经从我们面前过去,大队过来了。我们清楚地看见,敌人已经不成个队伍,仿佛被乱刀砍断了似的,三个一群,两个一伙,东倒西歪,有的竟倒在路旁。那些骑马的军官吓喊着,要他们起来,可是那些倒下的鬼子兵,仿佛已经成了一堆堆的烂泥,军官用树枝抽打着,也不见有人动弹。忽然,一个军官从后面打马跑过来,喊了几声,就见敌人的大队,像被暴风吹倒的乱草一般,倒在路边。敌人休息了,在八路军面前躺下了,他们想喘口气,整顿一下疲惫不堪的队伍,再去包围我们。十几个放哨的鬼子兵到山坡上来了。他们拨着野藤乱草,艰难地抬动着大皮鞋,已经到了跟前。一个个脏黑的脸,眼窝都塌陷下去,支着颧骨,有几个乱草似的长满黑胡子,他们耸着肩膀喘气。再往前走,可就踩到我们战士的头上了。

我们的机关枪猛然地,哒哒哒哒……射出一排子弹,跟着手榴弹扔过去,十几个鬼子仿佛这才得到了休息,连喊一声都来不及,便倒在山坡上。

我们所有的机关枪、手榴弹都一起响起来,而且踏着冲锋号声冲锋了。

白乙化在前面奔跑着,他高大的身影,照在夕阳的霞光里,防风衣迎风吹起来,仿佛鸟儿张开了巨大的翅膀。鬼子慌忙向我们射击,有些鬼子兵刚刚从地上爬起来,举起枪就栽倒地上。我记得有一个鬼子军官,拉着马,一只脚刚入了镫,子弹就从他的肩膀穿过去,他一张手倒了下来,可是他一只脚还在镫里,那受惊的马,拖着他在山路上跑。

敌人差不多被我们"吃掉"了一半。关于这次战斗,出了很多传说,八路军是神兵啦,天将啦,其实,只不过是白乙化使了那么一个计谋,派了十几个炊事员赶着几匹驮子,在山岭上走一趟,把敌人引走,就回村里做饭去了。

这次战斗结束,准备最后打扫完战场出发,白乙化坐在山坡上歇息的时候,说了这样两句话:

"对于敌人,我们相信他的狡猾,同时也要相信他的愚蠢!"

1941年2月,在平北鹿皮关战斗中,白乙化挥舞着大旗带领战士们冲锋的时候牺牲了。敌人的子弹打进了他的太阳穴。白乙化像每一个把自己的一生全部献给壮丽的共产主义事业的人一样不朽,像每一个为了使未来成为美丽的现实而牺牲的人一样不朽,像每一个唱着战歌、高举着熊熊的火炬、在黑暗的风雨飘摇的道路上倒下的人一样不朽。

三日拘留

亲爱的读者！讲这个故事的人说，要是不把他的名字去掉（我知道他是谦虚），他一辈子也不给我讲故事啦。这样，我只好用我的署名发表这段故事。

……有一年腊月，我打扮成自行车行老板的模样，穿一身青布棉袍，半旧的黄皮鞋，戴一顶花五毛钱从旧货摊上买的古铜色的礼帽，骑着自行车，黄昏的时候，进到唐山市。

这次是到特委机关开一个党的秘密会议——讨论组织武装的问题。

推着车子走进胡同，我不住地拿眼睛寻找特委黎风林跟前十岁的孩子瑞头。我挺喜欢他。开会的时候，他是我们得力的哨兵。在胡同口一面同小朋友们玩耍，一面看附近有没有警察和密探。我第一次看见他是在夏天。大概他刚踢完皮球，短裤沾满灰尘，被脏汗浸透的白背心也变成了黑灰色，遮着他窄瘦的小胸脯，乱蓬蓬的头发，两手抱着我的脖子，低声叫道：

"你们成立起军队来，我就当兵，骑着大马……"

我说：

"用不着骑马，瞧你这么瘦，躺在大炮筒子里挺合适！"

他咧着嘴巴笑。我记得,我望着他掉了门牙的豁口,叫道:

"牙都笑掉啦。还笑呢!"

于是,他见了我老是努力抿起嘴唇,现出可笑的样子。

胡同里没有他,只有两个小孩子在那里捂着耳朵放爆竹。我才想起,还有两天就过年了。

当我推车子进到院里的时候,心里想,糟啦,出事儿啦。见院里有两个不认识的男子,一个穿着棉袍,戴着礼帽,满脸横丝肉。一个短打扮,戴着一副墨镜。从他们身上,我闻到了警察局的气味。他们正往外走,见了我,忽然停住,互相望了望,闪身让我过去。

这算糟啦。我脑子里迅速地翻腾着,寻找应付的办法。幸亏过新军屯的时候,买了二斤酸梨,装在车兜子里。我硬着头皮把车子往窗根下一靠,故意大声喊道:

"二姐!给你送酸梨来啦!"

听屋里蹬蹬蹬脚步响,特委的女人跑出来,笑着说道:

"喝!还是我兄弟,知道你二姐爱吃酸梨!"

我跟着她往屋里走,心想,她倒挺会接我的碴儿。我偷眼瞧那两个人,正在院子里吸烟。我进屋,这女人就大声嚷道:

"你二姐打官司呢!"

我虽然已经猜想到出了事,还是不免一愣,问她:

"打什么官司?"

"说咱们是共产党,押了我三天!"她的声音仿佛要使整个的胡同都听见。

我心里腾地一下子,血直冲到头上。我趁着惊怕得脸上变了颜色,装出一副怒气,叫道:

"你,为什么出来!不顶着打官司?"我仿佛已经压不住心头的火气啦,"怎么?说咱们是共产党?好,谁同我们过不去,咱们同他干!"我巴巴地拍起桌子来了,"你为什么出来?啊?"

195

她可装得不错,眼睛已经涌出泪水。我看见有几颗泪珠,从她长长的睫毛上掉下来。她撩起套着棉袄的蓝布外套的衣襟,捂着鼻子呜咽起来。她额前一缕剪得整齐的头发和脑后圆圆的发髻,随着颤动的两肩抖动。显出十二分的冤屈可怜。三岁的小瑞,坐在炕上,吃惊地张着嘴巴,瞪大眼睛望着我们。

"我一个老娘们,不出来怎办?你们谁也不来!"

她鼻涕一把泪一把地嘟哝着。我腾地从椅子上立起来,跺着脚,大叫:

"顶着打官司,让他们在狱里押着你!"

"我……一个老娘们……你们又……又这么远……"她委屈地抽抽搭搭话都说不出来了。

"不行!"我呼呼喘着气,"不能吃这哑巴亏!非打官司不可!"我偷眼见窗外的两个特务还立在院子里抽烟。我就抓起帽子迈步往外走。对屋住着的老太婆,在小山摆小摊的老妈妈颤巍巍地走进来挡住我,劝道:

"得啦,一了百了,忍为高啊!"

"这口气出不去!"我简直暴跳起来了,"打官司!"

我这一顿大嚷大叫,真起了作用,从玻璃窗瞧他们已向门口走去。女人坐在炕沿上,低着头揉眼睛,我望着两个特务的背影,怒气冲冲,连声叫着:

"岂有此理!岂有此理!"

老太婆唠叨了一会,见我已经消了气,才回她自己的屋里。女人到门口瞧瞧,回来,悄悄地,几乎耳语似的说:

"好险哪,风林不知跑哪儿去啦,押了我三天。今天才出来。两个守窝的特务刚要走,你就来啦!"

记得我们每次来开会的时候,她老是像个新媳妇似的,垂着眼皮,给我们烧茶,做饭,不声不响,顶多抿着嘴笑一笑。今天却变得这样泼辣,洒脱,而且这么会装腔作势。等到她说出下面的故事,就更加使我惊奇啦。

"前三天晚上,"她说,"我刚把小瑞拍着睡了。灯还没关,就听有人叫门。我以为风林回来啦,'来啦,来啦,就来啦!'我答应着起来穿衣裳。可是,我的妈,门敲得巴巴山响。还加着喝喊。我一听,糟啦,出事儿啦。穿上棉袄,登上鞋,跳到地上,伸手从后窗台拿过牙粉袋,把你们军事委员会的名单掏出来,塞进嘴里。听外面大门哐啷一声开了。院子里有脚步响,哗啦哗啦枪栓响。我转身从这张画的背后,掏出省委的指示信,塞进嘴里。又转身把那张我和风林一起照的相片拿在手里,要藏起来,可是敌人已经忽拉忽拉涌进屋里。一个警察把手枪对着我叫道:

'别动!'

我摩挲着两手,站在他们当中。一个尖下巴颏、镶金牙、披武装带、警官模样的人,上前伸手就把我手里的相片抢过去了。他问我:

'你的丈夫呢?'

你知道,我只能把头动一动,摇几摇。要是说出'我不知道'!军事委员会的名单和省委指示信,都得从我的嘴里掉出来。这时候,几个警察特务正在翻箱倒柜,破破烂烂扔了满地。一个警察把刺刀伸到柜底下乱扎一通,一边叫着:

'不出来我可就扎死你啦!'

警官模样的回头望望他们,皱起眉头,说:

'院里和别的屋子都搜查了吗?'

'是!'两个警察拿着大枪,腾腾腾跑出去了。

警官模样的转脸问我:

'你,怎么不说话?啊?你的丈夫呢?'

我用力闭住嘴,唉,连唾沫都干啦。嚼,不能嚼。急得我干瞪眼。

'你这是不是转信处?印刷处?'警官模样的摸着腰刀,瞪着眼

197

珠,一手抓着我的胳臂,使劲摇晃,'啊? 你怎么不说话?'

我紧闭着嘴,只是摇头。他们互相望了望,有人说:

'哑巴?'

'不,这老娘们吓昏啦!'

警官模样的坐在炕沿上,忍不住长出了一口气,态度变得温和地说道:

'别怕,你丈夫到哪儿去啦?'

我还是那么把头动一动,摇几摇。一个便衣跳到我跟前,指着我的鼻子叫道:

'你别装蒜! 我们会把你揍出声音来!'

警官模样的跳起来,嚷着:'揍她! 揍她!'立时涌上两个人抓住我的肩膀。我推开他们,张开两手,垂下眼皮,他们望望我这鼓起的肚子,互相瞅瞅,说道:

'孕妇!'

这时候,小瑞醒啦,连哭带嚎。我趁着上前抱孩子的时候,偷偷地咽下一块纸。可是只咽了一小块,就把我捆绑起来,把我这抱着孩子的手和孩子绑在一块。他们叫着:

'到警察局就揍出你声音来,有你好瞧的!'

蹲在炕头上的大瑞装着连哭带叫地跳下炕拉着我。一个便衣掰开大瑞的手,用力在他的胸脯上一推,大瑞趔趔趄趄后退几步,一屁股坐在地上。他们连推带揍地把我带出去了,在院子里我听大瑞连哭带叫地:

'你们绑票,当官的绑票啦!'

又听那便衣的声音:

'什么绑票,你们都是共产党,再叫,我宰了你!'

大瑞可着嗓子喊:

'什么党,你们才是党哪!'

这孩子怕他爸爸夜里回家不知道,故意大声喊叫。

他们带着我到警察局去,半路上,我把军事委员会的名单和省委指示信,都一块块咽进肚子里了。

警察局长已经等得不耐烦啦,他们带我进去的时候,他正倒背着手在地上来回走,大概他已经听说没有逮住风林,他歪脖子恶狠狠地斜了我一眼,就挪动椅子坐在桌子后面。瞧他脸色阎王老爷似的,带着满脸杀气,他要人见他就打冷颤。他皱着眉头,眼瞧瞧那张相片,什么话没说,只是做了一个手势,叫人给我解开绳子。那警官模样的走过去,碰着鞋后跟,弯下腰,嘴对着局长的耳朵说:

'局长,这老娘们可能是个哑巴!'

警察局长两只眼直逼着我。见他腮帮子上的肥肉哆嗦几下,他嘿嘿地冷笑起来,他说:'什么也瞒不过我,别向我耍花招,什么我都见过,别说你这么个老娘们,就是男子汉大丈夫也逃不出我的手!'

他指着相片,问道:

'这个男的是谁?'

'我兄弟!'我说。

这使他吃了一惊,他没想到我这个哑巴这么容易就同他说了话。

'嘿?为什么你刚才一声不吭装哑巴?'警官模样的叫着,局长摆手止住他。问我:

'你们是什么人?'

'守法的老百姓!'我回答。

'守法的老百姓?'他突然把桌子一拍叫道,'那为什么你装哑巴?快回答!'

喝,他从这个道上来啦,他想突然地问住我,使我来不及应付,说出实话。

'禀局长大人!'我说,'我怕他们蛮横不讲理,逼着我胡说。我知道局长大人明镜高悬……'

'住嘴!'他截断我的话,呲牙冷笑两声,'你这么能说会道,不亏是共产党的老婆!'

'禀局长大人,水有源,树有根,说话得有个来头,不能这么血口喷人,我们安分守己过日子,怎么忽然成了什么党啦?'

'没有来头就把你绑来?'

'禀局长大人,'我说,'为什么原告不上堂对证,我们过日子,也许同谁家有个不对付,暗地里陷害我们一下,也说不定。'

我想要叫他把原告摆出来,知道是在谁的身上出了事,他鼻子里哼了一声,向我点着头叫道:

'你别忙,当然有对证,现在还不是时候。'

听他说话的口气,仿佛那原告就躲在他的里屋似的。让我再试探他一下:

'禀局长大人,原告不上堂,这官司没法打,我的冤没法伸!'

他老奸巨猾,岔开我的话,指着相片,问道:

'站在后面的这个男人到底是谁?'

'到底是我兄弟!'我说。

'你再说一遍!'

'我已经说过两遍啦!'我说,'那是我兄弟!'

他啪的一声把相片摔在桌子上,叫道:

'你说没有对证,这就是对证!'

这可把我弄糊涂啦,我脑子里猜想他在向我耍什么花招。我说:

'禀局长大人,我不明白!'

他用手指点着相片,叫道:

'这明明是你的丈夫!为什么你不敢承认?你连自己的丈夫都不敢承认?啊?快说,说!'

'那么,'我气得脸红脖子粗地叫道,'禀局长大人,你们家都管兄弟叫丈夫?'

他哼着鼻子冷笑：

'你伶牙利嘴,也没用,告诉你,你不说我们已经全都知道啦!'他伸直脖子,两眼直逼着我,'啊!你还想瞒哄吗?一五一十地说了吧,我给你们减罪!'

我的心七上八下,到底有没有证据?有没有叛徒告密?为什么不拉到堂上来对证?也许没到时候?这个老滑头见我不说话,还故意地向里屋瞟了两眼,暗示我,对证的人就在里屋哪!可是我下了决心,你就别想从我嘴里把实情掏出去。他一边吸着烟,开始劝导我啦：

'说实话吧!我减你们的罪!'

'禀局长大人,'我说,'我们安分守己过日子,不知道犯了什么罪?'

他只是吸烟不说话。我装出受了冤屈的样子,不住地叹气。

'你们家是不是印刷所?'他装出随便问话的口气试探我。这倒使我放了一半心,我猜想,就是有人告密,也没有把我们的情况摸透。

'刷,整天的刷!'我说。

他没想到这么顺利,高兴地把烟头扔在地上,两手抓着桌子角,往前探着身子,追问：

'都印刷些什么?'

'刷锅,刷碗,'我说。

'住嘴!'他用拳头咚咚地捶着桌子,气的他半响才喘过一口气。连声大叫,'都是谁到你们家开过会?把他们的通讯处都交出来!'

我望着他不说话,心里捉摸他的话,他怎么知道我们家是开会的地方?'他在诈我!'我想。

'交出来!'他差不多吼叫起来了。

我像傻子那样瞪着他。心里想着该怎么对付他。

'怎么？又不出声音啦？'他使劲捶了一下桌子。
　　'我不懂，'我说，'什么会啦，讯啦，不懂！'
　　他一字一句地叫道：
　　'谁，到，你，们，家，去，过？'
　　'哈，多啦！'我说，'我们小瑞过满月，他二姨从山里送来鸡蛋，挂面。我们的表姑老爷过年过节也常来。对啦，还有我干妈的外甥女儿，是马家沟开饭铺的掌柜的儿子媳妇，她会扎针，去年冬天……'
　　'住嘴！住嘴！你给我住嘴！'
　　他把桌子捶得像摇鼓一样咚咚地响，怒气冲冲地瞪着我，又点着一支烟，使劲吸了两口，忽然叫道：
　　'给我打，打！不说实话活活打死！'
　　'慢着。'我把孩子放在地上，张开两手，向他叫阵，'你打我？来，打吧！你知道我肚子里的孩子啥命？六个月啦，说不定他就是真龙天子，一朝皇帝。你敢打？你不怕犯天条就打！'
　　他伸着短粗的脖子，眨巴眨巴眼，瞧我像是怀孕的样子。谁都知道，六个月正是容易流产的月份，正闹得他左右为难，一眼没照到，小瑞跑到桌子跟前，伸出两手，把桌子上的东西，全都划拉到地上。墨水瓶摔得稀碎。墨盒也扣地上啦。几支笔在地上乱滚。哗啦一声，一面镜子摔碎啦。而且这孩子对着他连哭带骂：
　　'打你妈妈，打你妈妈！不许你打我妈妈！啊！妈呀！'
　　警察局长摘下帽子，拿手绢擦着他秃顶的大头。忽然，我瞧他把手绢塞进口袋，他盯着小瑞像恶虎扑食似的瞪着两眼，我看事情不好，上前去抱小瑞，警察局长伸手抓住孩子的脖领，提到他的跟前，孩子吓得哭喊起来。
　　'大人，您把孩子给我！'我张着两手扑上前去。旁边两个警察死命攥住我的胳臂，我挣扎着大喊大叫：
　　'孩子不懂事，大人，您放了他吧！大人！'

警察局长低声说：

'别叫！别叫！我现在还没有杀他！'

'大人，'我哀求他，'小孩子不懂事，您饶了他吧！'

'那么，你说出来，'他说，'你丈夫到哪儿去啦？都是谁到你们家开过会？'

小瑞可着嗓子哭叫。局长把手枪对着孩子的脑门儿，说道：

'住声！再喊我就毙了你！'

孩子不哭了。局长把枪装进口袋，抬头两眼直逼着我，恶狠狠地说道：

'你说不说？不说我就宰了你的孩子！'

他觉得这一下抓住了我的心。瞧他有点得意地望着我：

'看你想不想要孩子，啊？这是你亲生的儿子吧？'

我想，他是拿孩子吓唬我。他知道一个妈妈怎么也不会眼看着自己的孩子叫别人杀死。用这个来吓唬我。

'禀局长大人，'我说，'我一个妇道家，你叫我说什么？我什么也不知道。'

'拉出去，先把这小兔崽子给我宰了！'他做了一个手势，上去一个人把小瑞抱了起来。小瑞向我张着两手哭叫：

'妈妈，妈妈！他们要杀我！'

我浑身都颤抖起来。一颗心就像被人掏去了似的，我想，他们也许真要杀死小瑞。可是我不能因为救下我的孩子让那么多同志牺牲。

'啊？怎么样？'局长眼盯着我叫道，'还要不要你的孩子？'

'是我的孩子，我怎么不要？'我忙上前去抱小瑞，可是两支胳臂被他们死命地抓紧不放。

'那么你就说出来吧！'

'禀局长大人，'我装出哀求的口气，'就是把我全家都杀了，我也说不出来呀！我不能无中生有啊！这是哪个仇人这么坑害我

203

们哪!'

'拉出去宰了他!'局长摆一下手。那个人就抱着小瑞往外走。

'你们也太狠毒啦!'我叫道,'你们做这种断子绝孙的事,不怕天打雷霹?'

'你才狠毒!'他说,'连自己亲生的孩子都不救!说出来吧!'

那个抱着小瑞的警察站在门口望着我们。小瑞在他怀里挣扎着连哭带嚎。

'怎么样?啊?'局长不耐烦地盯着我。

我摇摇头。他突然大声叫道:

'先把她的小杂种宰了!'

我听着小瑞在院子里哭叫的声音,心都碎了。我觉得满屋的人都在我眼前旋转起来。脚下的地,塌陷了似的往下沉。眼睛一黑,我就昏倒了。

我醒来的时候,已经到了看守所。见小瑞在我的怀里睡了。天哪!这是不是做梦?我想。我伸手摸摸,身边还躺着两个女犯。一个女犯被我摸醒了,我问她:

'这是不是做梦啊!'

'不是做梦啊,你正昏迷的时候被他们抬进来的!'那个女犯说,'睡吧!'

我推推小瑞。小瑞咧着嘴巴哇哇地哭起来。我也哭喊着:

'老天爷呀!我哪辈子没修好积德,这辈子遭到这样的冤枉啊!'

听隔壁屋子里有人叫道:

'真他妈丧气,眼看要过年啦,给我送这么个老娘们来哭丧!'

我悄悄地问身边的女犯:

'隔壁骂街的这个人是谁呀?'

'看守所长,警察局长的亲叔,一个老头子。'女犯说。

看守所长越嫌丧气,我越可着嗓子哭喊,小瑞也跟着我嚎。一

会,听隔壁的门,哐啷响了一声。灯影里,见一个瘦长的老头子拖拉着鞋,披着衣裳,走过来,爬着铁栏杆向我叫道:

'别哭啦!臭娘们!把我哭烦气了我可就要揍人啦!'

我没有理他,仍旧大声地哭喊:

'老天爷呀!我哪辈子没有修好积德,这辈子遭到这样的冤枉啊!谁害了我等我到阴曹地府也不叫他好死啊!'

'哭,哭!再哭我拉出去毙了你!'他骂骂咧咧回屋去了。

我仍旧大声地哭喊。还用手巴巴地拍打着墙。我叫他一夜不能睡觉。一会,他又拖拉着鞋来了。这回他软下来啦。爬着铁栏杆向我哀求:

'别哭啦,别哭啦,修修好吧,你真是受了冤枉,我想法放了你。安静点,啊,安静点!'

他们把我绑到警察局,跟着家里就去了两个坐窝子吃等食的特务。这,你们多亏了我那大孩子瑞头。不然,恐怕十个八个的也进去啦。

那天夜里,他就在院子里大喊大叫:

'你们绑票,当官的绑票啦!'

叫得街坊四邻都听见了。那两个特务吓唬他:

'再叫,揍死你!你爸爸是共产党!'

'什么共产党,你们才是共产党哪!你们绑票,把我妈妈绑走啦!'

他怕他爸爸和到家去的同志不知道,瞎马糊眼地撞进去。特务打了他两脖子拐。又掏出枪来,说:

'再喊我就毙了你!'

第二天早晨,对屋的老妈妈把瑞头叫过去,吃了饭。瑞头就在门口外面靠着墙抹泪。那个常到家里来送信的老王,担着糖果挑子来了。把挑子放在门口,见瑞头在那里哭,就过去问他:

'哭什么呀?谁欺侮你啦?'

205

'警察局把我妈妈绑走啦!'瑞头小声地嘟哝着,'说我爸爸是什么党。'

　　老王担起挑子就走啦。大概给同志们送信去啦。

　　'别在这儿哭啦,'一个特务探出脑袋,见了瑞头,低声说,'同他们去打擦滑儿吧!你家里的事,敢说一个字,毙了你!'

　　胡同里有泼脏水冻成的冰,孩子们就在冰上打擦滑儿。瑞头装着忘了家里的事,高高兴兴地同孩子们嘻嘻哈哈地打擦滑。特务偷偷地望了他一会,就缩回院里去了。他们还是不住地探出头来偷看瑞头。

　　下午,四中的钱老师来啦,他看见了瑞头,可是瑞头故意地低下头瞟了他一眼,又瞟了瞟家门口,摇摇头。还是打擦滑儿。钱老师装着从这个胡同路过,不声不响地溜掉了。这三天里有四五个人,都叫瑞头这么支走啦,可是那天瑞头回家吃晌午饭,刚迈门坎,听背后脚步响,他回头一看,我的妈,南厂的那个孙书记,穿着一身油渍麻花的工人服跟来啦,你说,他怎么就没接到老王的通知呢?一直地撞进来啦。瑞头一瞧使手势打暗号都来不及啦,就跳进门坎转身用手一推他,说:

　　'叔叔,你走错门啦!'

　　哐啷一声,把门关上啦。你说,够多危险。还有市委冯书记那个近视眼,穿着花丝葛棉袍,戴着礼帽,扭达扭达地一直向家门口走。瑞头正同孩子们在胡同踢球,瑞头怎么做手势、摇头、使眼色,他两只眼也不管用,急的瑞头故意把球踢到他身上。他还是没有看见瑞头,嘟嘟哝哝地说:

　　'这孩子们,怎么往身上乱踢呀!'

　　瑞头一看他要走进鬼门关啦,抓起一把雪,朝他脸上扬去,他停下来掏出手绢擦脸,弯腰把满嘴的冰雪往地上吐。孩子们哈哈地笑。瑞头又抓了一把雪扬在他的脖梗儿里,他不知道是哪个孩子扔的,还怒气冲冲地叫道:

'哪个孩子,这么手闲?'

孩子们瞧他那胖胖的样子,满头满脸的冰雪和泥土,在一边哈哈哈哈笑。瑞头上去说:

'叔叔,你蹲下,我把你脖子里的雪掏出来!'

胖子蹲下身来,瑞头又偷偷抓了一把雪块,有的孩子们也要往前凑。瑞头摆摆手,大伙都退到一边,瞧瑞头这一手。瑞头把一只手伸到他脖领里往外掏着雪,低声说:

'快跑,家里出事儿啦!妈妈叫警察局绑去啦!'

他说完便把那一团雪塞进胖子的脖梗儿里。胖子猛地跳起来,一边跑着一边掏着脖子里的冰雪,叫道:

'你们这群坏小子们,等着吧!'

瑞头还到狱里看过我一次。他装得可真不错。哭喊着,向我说:

'妈妈快回去吧,家里没人做饭,我饿了两天啦,要了两块饽饽,给你吃吧!'他掏出两块干巴饼子塞给我。其实每顿饭,本院的老太太都把他叫过去吃。我也大声叫着:

'不知哪个缺德的黑了心,坑害我们……'

我向他使了个眼色,告诉他看守长就在隔壁。我知道那老家伙准偷听我们娘俩的话。瑞头呜呜地哭着说:

'我们犯了什么法?他们这么欺侮人,快过年啦,肉也没买,爆竹也没买,……'

老看守长走过来,撅着胡子,站在门口喘气:

'真他妈倒霉,眼看过年,送这么个案子来,老娘们小孩子哭天抹泪。真丧气。我这一年也别想顺当啦!'

我瞧他老是拿眼偷看我。他看出我是怀着身子的人。大瑞走了以后,我靠墙装着哼哼起来。他惊慌地瞪着眼,问道:

'你这老娘们怎么啦?'

'没,没什么,'我用手捂着肚子说,'有点疼!'

207

'我的天!'他使劲拍了一下大腿,跺着脚叫道,'这不要我的命吗?在这快过年的时候,简直跟我过不去!'他觉着犯不上在一个女犯面前失身分,便安慰我说,'你安心,别着急,过年以前,我想法叫你回家!'

　　今天上午,警察局长到看守所来啦。就听看守长在隔壁屋子里,同警察局长吵吵:

　　'不行,怀着身子的人,大年下闹了小产,谁的责任?我担不起……共产党,叫你这么一说,天下的人长个脑袋都成了共产党啦。笑话,共产党还想生个真龙天子?在她家守了三天啦,等来一个没有?孩子来看他妈,一句破绽话也没有哇。不行,大年下哭哭啼啼,我嫌丧气……闹了小产我担不起!'

　　警察局长的声音低,听不清,嗡嗡了一阵,又听看守所长叫道:

　　'既然拉长线儿钓大鱼钓她的丈夫,晚放不如早放……'

　　就这么把我放回来啦。"

　　女人给我讲完她这三天的遭遇,说道:

　　"回去,还是住下?你敢住我就敢留你!"

　　我想,如果敌人已经注意上我,现在走也走不了。我说:

　　"你不怕,我更不怕,住下啦。"

　　她忙着给我做饭。大瑞出外打听消息回来了。他什么消息也没有打听着。

　　吃过饭,我和大瑞睡在另一间屋子里。我大脱大睡,就好像我真是探亲来似的,发了一顿脾气,心平气和地睡了。可我一宿也没有合眼。

　　天刚一亮,我就起来了。我一边穿衣服,看那孩子,乱蓬蓬的头发,闭着两眼,像他母亲一样伸出长长的睫毛。微微张着的小嘴,露出缺了门牙的豁口,甜蜜地睡着。我想着他在这三天里,救了我们很多的同志,不知为什么,我很想在他脏黑的小脸上亲一下。

连早饭都没吃,我骑车子走了。到半路上才想起,连酸梨都没掏出来。

回到家里,黎风林正在等我哪。才知道一个小学教员因为写信不小心,被敌人检查出来,被捕。可是他只供出在二十四号黎家开过会,别的什么也没说。黎风林每次回家,必先到小学校探问一下。这次去,刚进门,就见别的教员脸色不对。有的暗暗向他摆手。他抽身出来,打听明白以后,一气跑到乡下来。我们的会就移到乡下来开了。

鹰巢岭

过了滦河向北走,地势渐渐地高起来,在一些迂曲的、时而被大岩石隔住、时而被洼地切断的小径上步行三个小时,便望见那绵延在高远苍空中的万里长城了。一个高出群山的峻峭峰顶,把长城的一座碉堡直托进云层里。鹰群展着巨大的翅膀,擦着它侧面的陡崖峭壁盘旋,影子在那布满深深裂痕的古老岩石上面移动。那就是鹰巢岭。抗日战争时期日本鬼子实行过"三光"政策的"无人地带"。现在,我在这条通向鹰巢岭的山径上走着,闭起眼睛,脑子里便立刻浮现出被敌人烧毁的山村;黑色的房柱,横陈在断墙碎瓦之间,散发出焦臭气味的灰烬,在风中飞扬着。……

那时候,我在冀东军区司令部当交通员。一天,给塞外的游击队去送一封紧急文件,是关于敌人即将开始"扫荡"的情报和给游击队的反"扫荡"作战命令。我走进这"无人地带"的时候,被一队巡逻的鬼子兵发现了。那阵子,敌人实行集家并村,把长城内外百十里地以内的老百姓赶到"人圈"去住,决心使我们南北断绝,无法在这里生存。同时,不断地巡逻搜山。我被敌人紧紧地追击着,钻入密密的灌木林,想躲过敌人。可是,我的左腿中了一粒枪弹。开始,我还能把身子倚在枪上困难地行走;渐渐地,这条受伤的腿,就像坠了千斤的石头,再也拖不动了。而枪声却越来越近,越来越密。我钻进林中的蓬蒿里,把四颗手榴弹全部掏出来摆在跟前,准备甩给敌人三个,最后一颗留在万不得已时和敌人拼掉。这么决定以后,我就屏住呼吸,从高高的蒿草里两眼盯住敌人。敌人一面朝这边奔跑着,一边乱打着枪,已经清清楚楚瞧见鬼子的黄军装和钢盔以及那些东张西望的眼睛。一个鬼子兵伸手朝我这边指了指,于是敌人离开山径,拉成散兵线走过来。我想,这回算是"革命成功"了,糟糕的是我的任务没有完成。想起口袋里的文件,为了不让它落到敌人手里,我决定把它烧毁。可是划了两根火柴,都因为用的劲儿太大,把火柴的红头划掉了,而敌人却越来越近,左边的三个敌人用刺刀拨着乱草,直向我走来。他们"唔哩哇啦"不知喊叫些什么。可以想象得出,我已经到了一种什么样危险的境地。直到今天我都清楚地记得,我决定先甩给敌人一颗手榴弹,让他们停一停,容我个时间把文件烧掉。我抄起一颗手榴弹,正要把引火线拉断,就在这时候,突然北山响了一枪,子弹带着惊人的啸声,从敌人的头上飞掠过去,接着又是一枪、两枪……

我转过脸去,子弹是从右边长城的一座碉堡里飞射出来的。敌人由于突然发现了目标而狂吼乱叫,一边向那碉堡还击,一边向上爬去。密集的枪声中夹着猛烈的爆炸声,被激怒的敌人向那碉堡打掷弹筒了。硝烟从岩石上升起,透过那微带蓝色的气体,我看见那方形的古堡,巍然不动地在苍空下耸立着。

敌人爬到半山腰上,碉堡里的枪声沉寂了,但接着左边离敌人一里路远的一座碉堡里响了两枪。于是敌人折转身,跟着枪声追过去。

越追越远,已经追过那座碉堡看不见了,枪声也变得稀疏,渐渐地完全沉寂下来。

我把手榴弹重新掖在腰间,背起步枪,用刺刀砍了一根粗硬的树棵子,挂着它,一瘸一拐地沿着山径咬牙挣扎着往前走,寻找鹰巢岭的交通站。因为太阳已经偏西,要是天黑了,一个人躺在这荒山野岭,豺狼虎豹就会把我当作它们的晚餐。

我在山径上挣扎着走,忽然右边林中一阵刷啦刷啦草响,我刚把枪端在手里,那人已经跳了出来。我见他背着一支步枪,肩上斜披着颜色模糊的绿布子弹袋,穿一件说长袍不像长袍,说短衣不像短衣的二大袄子。破布条搓成的一条绳子系在腰间。在他那瘦瘦的脑袋上面,安放了一顶破烂不堪的无边毡帽盔,一条有各种颜色补丁的灰裤子,又大又肥,在他的两条长腿上摇来晃去。我看他有些面熟,似乎在山外的一个交通站里碰见过。他也一直上下地打量着我,他猛然惊叫一声:

"司令部的吧?……对了,咱们见过面……叫敌人咬了一口?"

"叫蚊子叮了一口!"我用同样俏皮的语调回答他的话。"刚才你用的调虎离山计吗?"我问。

"喝!"他只惊叹了一声,同时挤挤眼睛笑了笑,表示满意我的回答。然后把枪拿在手里,背朝向我,蹲下身,说,"来!"

我拿眼扫了一下他细瘦的个子,说只消搀扶一把就可以了。

"来——吧!"他说着后退一步,一只手往后一揽,把我背起就走。

他背我走进一个峡谷,沿着谷底走了约莫一刻钟,开始在无路的草丛里向山上攀登。

在一块悬空伸出一半的大岩石底下停歇下来,把我放在铺得厚厚的干草上,直起腰,转动着脑袋,环顾一下四周的群山,然后,他把两只手掌卷成圆筒,放在嘴上,朝对面驮载着长城的鹰巢岭,放出一种鸟儿的叫声:

"嘎咕——嘎咕——嘎咕"

每叫一下,山谷就跟着响起空洞的回声,仿佛有同样的一只鸟儿,在山谷的什么地方隐藏着,用低沉浑厚的声音回答他的呼唤。

"来了!"他说。他的语气不仅是高兴而且得意。他仰脸望着对面鹰巢岭山峰,像瞄准似的眯起一只眼睛。

我循着他目光的焦点望去,只见那座耸入云天的方形古堡里闪出一个红色的点子,比鸟儿大不了多少,一忽儿被岩石和丛林遮挡起来,转眼间又在那弯弯曲曲的山径上出现了。点子已经变大,像是从高远蓝空中飞下来的一只红翅膀的鹰,几片仿佛被她踩掉下来的云,在她脚下的岩石上浮动着。她一忽儿隐没在岩石和丛林背后,一忽儿又在岩石上出现。渐渐地可以看得清那是一个穿紫红上衣的妇女,同样地背着一支步枪,敏捷地从一块岩石跳到另一块岩石上。她齐颈的短发,时而被山风吹向左边,时而吹向右边。有时又像鸟儿的羽毛似的向后飞扬起来。她紫红的上衣也不断地被风掀动着。

"她怎么穿了这么件惹眼的红袄?"我问身边的小伙子。

"就是这个劲儿嘛!"他两眼直望着来人回答说。听他的语气像埋怨,瞧他的神情却像是欣赏和赞美。"我给她起了个外号,叫她'胭脂红',像吧?"他转脸向我微笑说。"我们结婚二年了,就没见她换过别的颜色!"

"哦?——她是你的……"不知为什么,我惊叫了一声,而且把下面的话咽了回去。

"怎么?"他又转回头来,朝我嘻开嘴巴笑了笑。

来人快到跟前的时候,他又低声向我说:"她就是我们这交通站的站长!"

显然他在向我夸耀他的妻子。

来人到近前了,身材比她的丈夫略矮一些,却比她的丈夫壮实得多。

小伙子向她报告我的腿上挂了彩,并说出他自己的意见,马上把我送走。

这女同志两眼瞧着我负伤的左腿,没有回答。

我把我的身分简短地向她介绍了几句,同时小伙子告诉她,在山外交通站里见过我,证明我确是司令部的交通员。她一只手撑在腰间,一声不响地上下把我瞧了几遍,然后急速地到我跟前,蹲下身,把我的左脚放在她弯起的膝盖上,卷起裤腿,审视伤口,像个内行人似的,用手指轻轻地按摸着伤口的周围。

"子弹穿过去了!"她低声说,像是回答她自己,"为什么不把伤口绑住?"她用责备的口气说,没有抬头。

小伙子朝我挤挤眼睛伸了一下舌头,露出抱歉的笑容。

这女同志把我的腿放在地上,摘下步枪,背朝我转过身去,解开她的紫红袄,把一件白布内衣脱下来。这一切动作都是十分迅速的。她转过身来的时候,纽扣已经重新扭好。我说她脱下的白布内衣,只不过保留它原有的名称,其实已经破烂成碎布片子了。可是却洗得十分干净。她哧——哧——地扯成几块,然后跪下一只腿给我包扎伤口。

"到东山找五个人来,绑副担架!"她一边包扎着伤口,命令小伙子。"到红石崖窝棚找我们!"她补充说。

"瞧见没有?"小伙子用手指点着她的后脖梗儿向我说,"这位上级在我身上就没有一点儿民主,老是这么一道道的命令!"

他的妻子没有抬头,也没有说什么。但我瞧见她抿嘴微笑了一下。小伙子已经甩开大步,踏着乱草中的山径,朝东山走去。

她一声不响地给我裹着伤,有时抽出一只手,把散乱下来的丝一样的黑发拢上去,有时仰一下脸,头发那么往上一甩。大概由于风吹日晒,皮肤显得有些粗糙,很像一面没有琢磨过的赭红色的岩石。嘴唇似乎也被山风吹得干裂了,但她整个脸部鹅蛋形的轮廓、弧形的黑眉、乌黑沉静发亮的眼睛,以及从那里面伸出来的长长的睫毛,仍旧显出她女性独有的美。看来顶多不过二十四五岁,但那沉稳、严肃的举止和风尘仆仆的痕迹,却使她显得老了七八岁。土布的紫红袄,胸前和肩头有几块同样颜色的补丁。深蓝色的裤子,模模糊糊看出来,那是用绿军裤染成的,穿在她身上显得紧了些。光脚穿着布鞋。

她给我包扎好伤口,站起身来,舒了一口气,向四外的山峰扫了一眼,用手背抹掉鼻子尖上的几颗汗珠,又把散乱的头发用手梳拢了一下,说:

"到窝棚去!"

我用枪挂着地站立起来,她已经半蹲半立地把背朝向我。我叫她搀扶着慢慢走,她的姿势没有变,没有回头看我,甚至连一句话都没有说。似乎她既然这么决定了就再也不能反驳。我驯服地趴伏在她的背上,她身子往上一挺,把我背了起来。

她在没有山径的乱石上走,从这块岩石跳到另一块岩石,像牡鹿一般轻快而又敏捷。我感到这个女人惊人的力量。渐渐地,她背上出了汗水,我请她停下来喘喘气,她没有理睬我,仍旧继续朝前走,开始攀登陡峭的山崖。

我朝下瞥了一眼就急忙收回目光,不敢再看了,我仿佛被一只大手突然托上了高空,脚下的山谷变得狭小而且深不见底。松林中的两只鹰,用翅膀拍打一下松枝,擦着我们身边飞掠过去,迎着山风长鸣。我闭起眼睛,感到一阵晕眩,听那被她踩下去的石块,半响还在谷中响着空洞的回声。而这女同志,像只红翅膀的大鸟,驮着我,贴着这陡崖峭壁,勇敢地高飞。

登上峭壁以后,我用恳切请求的语调,请她停下来歇一会儿,可是我们已经到了她所称呼的"窝棚"。

这是一个被密林遮掩的山洞,伐倒了洞口的树脑袋,就用这几根树桩做天然的房柱,用苇席和松枝做墙壁和棚顶。门窗也是用带叶的树枝编织成的。远望这里仍旧是密林。

她推开门,把我背进棚里,放在床铺上。床,是用一尺多厚的干草铺成的,上面蒙了一条绿色的日本军毯,叠放着两条露出黑色棉絮的月白色土布被子,一个长圆形的大枕头。地上有一个用青石板搭起来的桌子,上面有一盏煤油手提灯、墨水瓶和纸笔,还有几本书,石桌旁边堆着一捆干树枝。朝里瞧,石洞里堆放着锅、碗、

215

瓢、盆。靠洞口的石壁,戳着锄、镐、铁锹、木锨。洞子不深,一眼就看不到洞的尽头。那些岩石都被火熏黑了。

她拿过枕头,让我躺下来。

"放心,敌人从来没到过这里。"她一面往我身上盖着被子,一面安慰说。就连这句话的语气也是自信的、肯定的。"要是有红伤药就把你安顿在这儿了……给你做点什么吃的!"她坐在我的身边说。两眼直望着我。她沉稳的目光和温柔的语调,很像太平年月里接待一个远方来的客人。而棚外,秋风在林中呼啸着,近处的树叶发出沙沙的响声,啄木鸟在什么地方叮咚地敲着坚硬的树干,隐隐约约传来几声野狐的嗥叫。

"吃点什么?"她又问了一句。

"喝!"我叫道。惊讶地望着她,"好像米面还挺齐全?"

她微微一笑,没有回答,到洞里取出一个瓢,出门去了。我探身把那石桌上的书拿过来,是《论持久战》《新民主主义论》和一本《论晋察冀边区的妇女工作》,都是冀东区党委油印的小册子。由于伤口一阵一阵疼痛,我把它们放回原处,闭起眼睛。

她回来了,端着半瓢白面,衣襟兜着几个玉米面的饼子。瞧她身上沾满岩石的粉末,显然,这些食物是藏在另一个山洞里的。

她在洞子里点起火来,又听她稀里哗啦往锅里添水。我朝洞口挪动一下身子,仔细地瞧瞧洞里,贴石壁右边有一个不大的锅台,烟筒向洞里伸过去。烟,一半消失在顶端宽宽的石缝里,一半在石洞和外间的窝棚里慢慢飘散。靠锅台,有一个半人高的水缸。靠左边的石壁摆着菜板、大葱、油盐瓶子……

她蹲着身,专心致志地往炉里添着柴。我瞧着她被火光映红的脸,忽然问了一句:

"大嫂,为什么你的绰号叫'胭脂红'?"

她瞥了我一眼,出声地笑了起来。这笑声解除了我的拘束。

"你不说我也知道,"我故作聪明地眨着眼说,"因为你喜欢穿红袄是不是?"

"你知道为什么喜欢穿红袄?"她朝我扬起眉毛说,变得活泼起来。"敌人怕我们鹰巢岭受共产党的影响,怕这鹰巢岭红起来,他越怕我就越红。"她骄傲地说。

短暂的沉默以后,我问她石板上的书是谁的。她回答以后,我又问她上过几年学。

"我们这穷山沟哪来的学堂哟!"她说,"小时候跟外祖父学着认几个字罢了。"

锅里的水嗞嗞响起来了。她开始舀水和面。我因为伤口一阵一阵地疼痛,沉默下来。我不愿意这么无声地让疼痛折磨我,有一句没一句地问她"无人区"的工作和生活。她似乎很了解我的心情,讲些她们同敌人斗争的一些有趣的故事。我夸奖她是个了不起的女人。她脸上并没有那种通常被称赞者的忸怩或是谦逊的神色。相反,她显得扬眉吐气,而且口气还带着教训人的意味:

"凡是男人能做到的,我们女人都能做到。可是我们女人能做到的,男人一辈子也做不到,知道吗?"

我一时回答不出,她用胜利者的姿态朝我微笑着。

她给我做了两碗面汤,她自己吃着烤热的玉米面饼子,喝白开水。我请她吃面汤,她说保存的一点白面,是留着给伤员病号吃的。

"这,比我从前偷猪食吃强上百倍啦!"她说。把啃了两口的玉米饼子伸到我面前,点着头。

我两眼上下地审视着她,她没有回避我惊讶的目光,盯着我,微微笑了笑,在她那赭红的脸颊和流汗的前额上面,好像出现了一下几乎觉察不出的红晕。但在那美丽的眼睛里,又似乎蕴藏着一种痛苦的回忆。

"真的,我偷吃过猪食。"她用一种平常的语调说,"八路军共产党没有来到之前,我们连猪还不如呢!"

谈话停顿了,她大口地吞咽着玉米饼子,向碗里吹着气,喝一口白开水,我默默地喝着汤。

她吃过两块饼子以后,仰脸把手心里的饼子渣儿倒进嘴里,一口气喝了半碗水,瞧了我一眼,然后,缓慢地沉思地说:

"我爹爹死在唐山矿井里,我的妈妈疯了,一天她跳鹰巢岭的悬崖摔死了。那时候,我十三岁,给一家大粮户放猪,东家奶奶每天到圈里察看一下她的猪,她看猪没长个儿就罚我一天不吃饭。饿的我偷猪食吃,有一回叫她碰见了,她叫她的孙子拿鞭子抽我。她给我相面,说我是'丧家货',一辈子都是穿白孝衫的命,把我赶了出来。我还跳过山涧呢!要不是那个小羊倌把我拉住,我真的跳下去了……我瞧瞧他们来了没有!"

她说着向棚外走去,突然在门边停下来,转脸望着我,庄重地说:

"县委黎书记头一遭到我们这山区,我就参加了……我倒要叫他们瞧瞧,我是穿白孝衫子的命,还是穿红布衫的命!"

她带着挑战者的表情,扬了一下眉毛,又低头拍打了一下衣襟,出门去了。

一阵脚步声,闪进两个农民,一个身体高大脸色黑红的小伙子,背着一个装得满满的麻袋。一个两腮塌陷留着黑胡子的中年人,背着一筐柴草。他们一面把东西放在地上,拿眼扫视着窝棚,问我:

"嘿?站长呢?"

"来啦,来啦!"女主人连声答应着匆匆进来。"这都是往哪边转送的?"她眼盯着麻袋和草筐问。

"往三十一号!"脸色黑红的小伙子回答着,解开麻袋,倒出十几捆报纸。

中年人从草筐里掏出几叠信,交给女站长说:

"三十一号、二十八号、二十九号,三个站的哪!开个收条吧!"

女主人坐在石桌旁边给两个交通员开收条的时候，小伙子低声问她：

"炕上躺的是谁？"

两个人听了女主人的回答以后，到我身边，上下打量着我，问我伤重不重。我说，穿了个透眼儿，没什么。

这时候又来了几个其他交通站的人，小小的窝棚顿时热闹起来，互相交换着信件，开收据，传告一些自己站上的新闻，一片说笑声，空气显得活泼愉快了。

女站长把人们一个个打发走以后，舒了一口气，坐在床边，自言自语说：

"还不见他们的影子，得天黑了。"

我挪到窗子跟前，向外望去，太阳已经落山。雾气中，群山和丛林更显得苍苍莽莽。万里长城也似乎格外高远了，像是斜束着天空的一条长带。一座碉堡的后面，晚霞像火焰似的燃烧着。鹰巢岭锋利粗糙的山峰，在霞光中倚着天空严肃地沉思。那背着麻袋、草筐的交通员，在山径上走着，眨眼间便被丛林遮挡住看不见了。风在岩石上用它粗哑的喉咙，唱着浑厚有力的歌曲。

我转回头来，望着站在地上沉思的女主人说：

"冬天要来了，你们更要艰苦了！"

她没有回答，沉默了一会儿，忽然用一种坚定老练的口气说：

"只要是斗争有个目标，苦有时候倒给人一种活着的劲头呢！"

她从窗口望着鹰巢岭，一只手撑在腰间。我猜想她这种英武的习惯动作是从哪个部队指挥员身上学来的。她用另一只手指着鹰巢岭说：

"别看我们鹰巢岭是座穷山，那里面都是铁矿呢，黎书记说熬着吧，胜利以后我们就要开山取宝！到处种上果树。"

她转脸，仍旧用那种胜利者的姿态朝我微笑着。在黄昏朦胧的光线里，我见她美丽的眼睛闪动着钢一样的目光。

她到棚外瞭望了一趟,回来的时候,天已经大黑,她点起油灯。我告诉她,我的任务没有完成,是否能找个十分可靠的人,把文件送到塞外游击队手里去?她斜身坐在床边,沉吟说:

"要是早说就好了,我只调来了五个人!"

这时候,听棚外有"鸟儿"的叫声,她说了句"一会儿再商量"就急忙迎了出去。我望着窗外,在苍茫的夜色中,听她用同样的声音回答那边的"鸟叫"。

一会儿,一阵脚步响,忽拉忽拉进来几个人;算她的丈夫在内一共六个男子。这座小小的窝棚,又立刻充满了愉快的说笑声。抽烟人喷出雾一样带着苦味的烟气。女主人从灶膛的炭火里扒出几块热烫烫的玉米饼子,每人发一个,以备路上吃。给了她丈夫两块,还有我吃剩下的半碗面汤。

"喝,有薄有厚啊!"一个声音叫道。

"别急,站长会照顾我们的。"另一个声音嘲讽地回答。

女主人用一半解释一半命令的语调叫道:

"别吵,他还没吃饭。"

立刻又是七嘴八舌地嚷嚷着,她的丈夫已经在东山同他们一起吃了晚饭。

她两眼直望着她的丈夫,伸过手去说:

"拿来!"

小伙子装出无可奈何的样子,拉扯着脸,撅着大嘴,乖乖地退还她一个饼子。

"把面汤送回锅里去,别浪费!"她命令道,"送回去!"

小伙子瞧着手里的半碗面汤,眨着眼。一个有短胡子的大汉走过去,一手抢过汤碗说:

"你怎么老在上级面前讲价钱,没一点儿服从性儿呢!"

他说着就要吃,但他瞧一眼站长严肃的目光,就吐了一下舌头,把那半碗汤送回锅里去了。其他的人们响起了幸灾乐祸的笑声。

女站长简短地向他们交代了任务：把我送到"无人区"外的村子里，朝后方医院转送，并要他们路过南山沟时，找一下老赵，叫老赵到站上来替她两天。

"到山外不多喝酒，碰到敌人不多浪费子弹！"她在灯光下扫视着每个人的脸，命令说，"记住了？"她问。

"记住啦！"几个人差不多同时回答，有两个人还故意碰响一下脚跟，打个敬礼。

然后，她到我跟前，伸手说：

"拿来！我替你跑一趟！"

我惊疑地瞧着她的脸，没有回答，也没有掏出文件。她没有再说话，然而她的神情却使人感觉到她既然这么决定了，就再不能有别的改变。我把用油布包裹着的文件掏出来，交给她。她开始披挂行装。我呢，不住声地唠唠叨叨说明那文件的重要。她仿佛没有听到似的，连瞧我一眼都没有。一个膀大腰圆的小伙子到我跟前，用手暗暗推一下我的胳臂，伏下身，在我耳边小声说：

"别啰唆啦，要不是重要文件，她会亲自出马？"

担架放在半山腰的山径旁边。他们背我摸黑走下陡崖峭壁。这段路上，女主人也同我们在一起。

群山的高峰指向夜空，它们变得模糊的轮廓，显得无限的高大，静静地，仿佛在倾听着什么。碎石在几个人的脚下哗啦哗啦响，有时发出蓝色的火星。野狐在林中叫着，发出各式各样的腔调。从远处传来低沉的炮声。

我被抬上担架，拐过一个山角以后，女主人同我们分手了。她向东北方向走去。我头朝南躺着，夜色中看见她的身影在山径上走。可是看不清她背着的步枪，就是她那紫红色的上衣，也只能在脑子里想象出来。她先是浮现在丛莽之间，很快就同那巨大山峰的轮廓混合在一起了。那山峰上面闪耀着星光的天空，高远而又庄严。

过了四个月,我见到那支游击队,知道她第三天就把文件送到了。我再没有机会到这山区来,也再没有见到过她。打听过她的消息,有的不知道"胭脂红"这么个人。有的说,在一次敌人搜山的战斗里,她负伤被捕,跳崖牺牲了。

转眼间,已经十八年了。眼下我在唐山市一个商业部门工作,劳动锻炼下放到鹰巢岭这个山区。我在一条浓荫夹道的山径上走,观望四处,不知道哪一座山是我从前遇险的地方。只见那劈面耸立的山峦,像写意的画家大笔泼墨画出的浓浓的山景。苍苍莽莽的群峰,把万里长城托进天空。停在那方形古堡上的云,像聚集在那儿的白羊群。鹰,展着巨大的翅膀盘旋,时而腾空在群峰之上,时而在峭壁与峭壁之间穿飞……

近处的高坡低洼葱绿苍翠间,杂着一片深红一片浅黄,那是苹果树、梨树、桃树、柿子树……这正是霜叶红于二月花的美丽季节。不知道从什么时候起,他们栽种了这么多果树。树叶透缝的地方,闪动着妇女们蓝的红的衣角,闪动着男人们的草帽和白汗衫。他们一边摘着果子,一边说说笑笑。驮运果子的牲口,在碎石小路上滴滴答答奔跑着。一个男中音用他粗哑的喉咙唱着:

"人民公社好,人民公社好。"

一只五彩羽毛的山鸡,横过山径飞到丛林深处,仿佛同那男中音合唱似的,女腔女调地咕咕咕咕地叫着。

另一队人,正在山坡修筑梯田。晚熟的秋庄稼,在风中抖动。山顶的高粱穗儿,在蓝空中显得越发火红。仰望那些收割的人群,仿佛不是从地上而是从天上下来的。不知从何处开山引过来的河水,先是在远处的山豁口,一条白练似的直泻下来,接着隐没在山石丛林之中,又在近处的山顶出现了。这一条从半天空中飘下来的不见首尾的银河,环绕着群山,到处是哗哗的流水声。我脚边的一道水渠,像水银那样明亮。活泼的水流,在石头中间跳荡,红的黄的落叶,在白色的浪花中快乐地翻斤斗。

我爬过一座山岭以后,听到一阵崩山的爆炸声,望去,只见鹰巢岭腾起团团乳白色的烟雾。那碉堡,仿佛闪进云层里似的隐没了。夕阳把那升得更高的烟,染成了紫红色的云霞。

不知为什么,我见了穿紫色衣裳的妇女,总觉得这人就是"胭脂红"。有四五个妇女,正在一面山坡上引水浇菜。碧绿的菜地中间,有一个穿紫红上衣的人。一种奇怪的念头使我离开山径奔过去。到跟前瞧瞧,是个十八九岁的姑娘。另外几个最大的也不过二十五六岁。穿紫红上衣的姑娘,她疑问的目光同我这失望的目光碰在一块儿,都哑巴似的张着嘴。另外几个妇女走过来,好奇地上下打量我。我抱歉地笑了笑,我说我以为她是我认识的一个熟人。她们问我这个人的名字。我又抱歉地笑了笑,我说不知道她的名字,只知道她的绰号叫"胭脂红",我还形容了一下"胭脂红"的相貌。她们互相瞧了瞧,然后摇摇头说不知道。有两个妇女用肯定的语气说,鹰巢岭公社没这么个人。我继续朝前走去的时候,听背后那个穿紫红上衣的姑娘说:

"连人家的名字都不知道,还说是熟人呢!"

我虽然没有回头,却听出来她是撇着嘴说的。接着是那几个妇女嘻嘻哈哈的嘲笑声。

我走进山谷的时候,只见眼前的山坡上,从五颜六色的丛林中探露出白的粉墙和瓦灰的屋顶,这就是鹰巢岭公社所在地了。

从那爆炸岩石的山峰通向村庄的山径上,满是往来不断的人群和牲口,都驮载和背担着箩筐,使人想起繁华热闹的集市。在那爆炸声停歇下来的空隙,便听见人声、牲口的叫声,以及村庄那边砸石头的叮当声,像一个巨大的蜂巢似的轰响着。

到了村边,才看清他们驮载背担的都是发黑的铁矿石。

我在轰响的人声里大声叫喊着打听社部的门口,左弯右转地躲闪着人马向街里走。我感到我是随着这人的河流前进,一忽儿把我拥到这边,一忽儿又把我拥到那边。我像个头一遭儿走进大城市的农民,用惊喜的目光观赏这个曾经被敌人烧成灰烬、而现在变得如此漂亮的山村:一面面写着街头诗、画着彩色壁画的白粉墙,高高的瓦顶,爬满扁豆和牵牛花的短木栅栏。食堂商店都是新式门脸,大块的玻璃橱窗里,摆设着花红彩绿的货品。这一切都被黄绿的杨柳和紫红的果树陪衬着,那一棵两棵的柿子树,在落日的余辉中红得格外娇艳。同我在村外见到的山景连起来,我仿佛走进了一个童话世界,这儿的人们用黄金、蓝宝石、绿柱玉,修造了一座无边富丽堂皇的大厅,而这山村,只是大厅的一个角落。我不断地停下来,伸脖子想朝门里瞧个仔细,可是,也不断地从我背后送来责备的喊喝声:

"闪开,闪开!"

"那位同志,靠边走好不好?"

"别挡道,嘿!"

"驮子过来啦,小心碰了!"

直到我走进公社的大院,才松了一口气。一个细眼尖下颏头发蓬松的小伙子正在锁办公室的门。他说梁红岐书记和罗子玉主任都在炼铁厂。我问他的职务,他匆忙地稀里哗啦往口袋装着钥匙,上下打量着我,说:

"有什么事你就说吧,能办的我就给你办,不能办的你就去找书记和主任。"

我把介绍信交给他,他看了看交还我,领我到食堂去吃饭。他告诉我吃过饭可以自己到村东南炼铁厂去找他们。要么就到食堂后院东屋里先住下。他又向食堂的一位同志交代了几句话,就匆匆而去了。

吃过饭,我把包裹交给食堂的同志,便出门奔炼铁厂。此时天已大黑,满街来往运送矿石的人,在星光和灯光下浮现着身影。我回头瞧西北山上,灯火从山顶到山脚,像一串脱了线的宝石,时隐时现地闪着亮光。那最高的灯火,同天空的星群混在一起。

刚出村,就已经看得见东南山洼一片火光,映红了半面天空,那附近的岩石树木也映成一片绚烂的彩色。运矿石的人流,正向那边接连不断地涌去。

到了炼铁厂,只见无数的人群在火光和烟雾里奔忙着。一座座高炉喷射着红的蓝的火焰。出炉的铁水,像一条条闪着红光的小河。那些吹风机,有的是风箱,有的是自行车改制的,有的是手摇风车,也有两架电动风车。铁锤敲碎矿石的叮当声,往炉里倒矿石的哗啦声,人们的呼唤声,混合成一种震撼群山的巨响。我大着嗓子喊叫,打听公社梁红岐书记在哪里,有的说没有看见,有的说刚才还在这儿。

我砸了一会儿矿石,同一个小伙子用抬筐往炉里送焦炭。小伙子用手指着一座高炉前面说:

"那不是梁书记吗?"

闪动的火光中,见一座高炉前面有两个人,一个身体高大的男子,一个中等身材的妇女。我一边掏摸着口袋里的介绍信,忙忙迭迭奔跑过去,由于地上的石块和铁块,我得连蹦带跳地跑。

高个儿男子的脸上,长满漆黑的连鬓胡子,戴一顶矿工用的破柳斗帽。那妇女身穿紫红上衣,头扎着一块蓝布头巾,浓密的头发,从蓝头巾下面伸展出来,鼻子脸沾满黑煤烟和铁屑,被汗水冲出一条条的黑道子,神气活现地戴着一副蓝光墨镜。脖子上围着一条黑一块白一块的羊肚手巾,一手拿着搅炉火的铁棍,一手扠腰,带着专家的气派,从炉眼里审视炉中的铁水。

"梁书记!"我连呼哧带喘地在庞杂的轰响声中叫道。同时把信送到高个儿男子面前。"哈哈,找了你半天啦!"我说。

高个儿男子扫了我一眼,却没有伸手接信,他朝我使了个眼色,我忙回头瞧那女炼铁手,她向我微笑了一下,把信接过去了。

"对不起,"我说,"我还以为……"

这时候,那个领我到食堂去的小伙子,跑来打断我的话。

"县委来的电话!"他把我挤到一边,向那正在看信的梁书记叫道,"要第一书记去接!"

梁书记一边往口袋里装信,一边问我有地方住了没有。我告诉她暂时住在食堂后院东屋了。她说了句"明天早上我去看你"就跟着小伙子匆忙地走了。

我瞧她在人群中左弯右转,迈着急速的脚步,时而停下来,向附近的工作人员不知说了些什么,时而回答跑到她跟前的人们的问话。我似乎在这巨大的轰响里,听到她快乐的喊叫和一种男性的笑声。转眼间,我瞧她走出火光圈子外面,隐没在夜色中不见了。

我脑子里极力回想刚才见到的印象,她的笑貌、声音和姿态,似乎有点像"胭脂红",但一时又找不出相同的地方。我问身边的高个儿男子,他摇头说,他们鹰巢岭倒是有个叫"胭脂红"的妇女,可是早就死了。我的心陡然颤抖了一下,沉默了。我又问他可是抗日战争时当过交通站长的,他又摇摇头说不知道。我没有再往下追问,因为在这样紧张得沸腾起来的工地上,震耳的轰响声中,寻问那些陈年旧事,似乎不太合适。

十点钟换班的时候,我随着下班的人群向村里走去。路过社部门口的时候,我见玻璃窗亮着灯光,心想,何不进去找一下梁书记,谈谈怎样安排我的工作。

到公社办公室门前,隔着玻璃见屋里围着一张长方形的大桌子坐满了人。梁书记脸朝这边,坐在主席的位置上,似乎正在开会。我犹疑了一下,轻轻地推门进去,悄悄地坐在他们背后的一只空椅子上。听口气,各大队领导在向梁书记做生产和秋后工作的进度汇报。

梁书记的蓝布头巾和架在鼻梁上的蓝光墨镜都摘掉了,由于低头往笔记本上写着什么,溜到前面的短发,遮挡了她半个脸,但仍旧看出她已经是个四十多岁的妇女。她不断地抬头扫视一下人们的脸,用手把头发拢上去。她很少说话,只是偶然间用肯定自信的语气插进一两句便又沉默了。

灯光下,透过吸烟人喷出的烟气,我注视着她紫红的上衣,我想,大概鹰巢岭的妇女受了那个烈士"胭脂红"的影响,都喜欢穿紫红色的衣裳。也许就因为这个原故,我总觉得在这个书记身上,保留着十八年前那个女站长的影子;她肯定自信的语气啦,她把一只手撑在腰间的动作啦,就连她那嘴角上毫不妥协的笑容都像"胭脂红"。我想,也许她从前同那个女站长在一起工作过,无形中受了女站长的传染?

她的声音打断了我的沉思。

"西山大队!"她叫道,"你们栽植果树的任务能不能五天之内完成?"她两眼直望着一个五十多岁宽额头的老头问。她向前探着身子,嘴角现出几乎觉察不出的微笑,但目光却是严厉的,似乎已经知道那老头将要怎样的回答她。

"一万八千棵果树……五天……"老头自言自语地沉吟着,用一只大巴掌从他发亮的宽脑门儿摸到后脑勺,又在后脑勺上轻轻地拍打着,"不是我没有信心,五天,有点悬哪!"

"好,"梁红岐书记接上去说,"那么,把你们的植树任务给穆桂英队。"

"什么?什么?"老头子急急地说。同时眨巴着眼,环顾周围的人,"您可真行,拿一群女娃娃将我老头子的军!……好吧!五天完成一万八千棵!"老头子说着用大巴掌拍了一下桌子,"真的啦!"他叫道,由于勇敢地接受了任务而现出得意的神情。

"你们看,"梁书记扬了扬眉毛隐藏住笑容说,"穆桂英队还能起这个作用呢!你们男子汉大丈夫可要小心,别让妇女们甩在屁股后面噢!"她用拖长的语调说。

全场一阵乱哄哄的嬉笑声。

"研究一下水电站的工程！"女书记用命令的口气大声说，同时拿眼扫视了一下全场。

他们研究水电站工程的时候，我打量这个三间一明的大办公室，女书记背后的粉白墙上，挂着一幅彩色的毛主席巨像。其他三面墙挂着各种颜色的锦旗和标语。一纸标语写着："不靠天不靠神，我们人民就是活神仙！"另一纸写着："穷山变富山，塞上边关赛江南！"还有一幅水彩画，画着一匹红色的马，在群山的峰顶上飞奔。窗台上摆满了花盆，有冬青草、菊花、月季、鲜红的洋绣球。靠南窗的墙角堆着乌黑的铁块。我的目光又移到那幅画上，马画的不太像，脖子和腿都显得过长，但却有一种奔腾跳跃的气势。

会，似乎要结束了，有的人已经站起来，准备走了。

"要是没有困难，什么都给我们摆在跟前，工作还有什么劲头？"梁书记的声音。她站在桌子前面，甩动一下她散乱下来的头发。

她的骄傲的语气，她把一手撑在腰间的习惯动作，又不由我想起十八年前那个女站长。

散会了，人们一面谈笑着，忽拉忽拉向门外涌去。我刚刚立起，梁书记快步走过来，握紧我的手，笑道：

"你这商业局的同志，应该叫你尝尝我们公社的大苹果！明天吧！"

松开手以后，我指着那幅奔马说：

"你们公社还有画家？"

"不错吗？这么说我还可以成个画家啦！"她夸耀说，像个小姑娘似的咧开嘴巴笑着。"等一等，"她说着到墙角拿起脸盆匆匆出门去了。

一会儿端来一盆冒着热气的水。用命令的语气说：

"洗洗脸！"

我请她先洗，她挥了一下手，就到办公桌跟前去打电话。我洗着脸,听她在向县委汇报刚才开会的情况。她不时地像孩子般地快乐地笑起来。

她放下耳机,走过来,就着我用过的剩水,稀里哗啦洗起脸来。我站在她的背后,默默地吸着烟,瞧着她紫红色的上衣,打量着她丰满的身材,心里想,如果"胭脂红"活着,一定是这个公社的书记了,"胭脂红"比她年轻,同她有相同的性格,但却没有她这么活泼。我回忆着"胭脂红",于是我向她打听"胭脂红"是怎样牺牲的?又简短地述说了一下十八年前我到过鹰巢岭的情形。她没有回答,只是不住地转过脸来瞧我。

她洗过脸,扯一下我的袄袖,我跟她到桌边凳子上坐下来。她探过头,在灯光下审视着我的脸,问:

"谁说她牺牲了?"

"从前就有人说过呀!"我惊疑地叫道,"今天晚上还有一个同志说她死了呢。"

她出声地笑了。

"那是另一个妇女,小名真的叫'胭脂红'的,"她说,"不过,你打听的那个人嘛,也没有多少人知道,那是抗战时她丈夫给她起的绰号,叫了几天就换了别的名字。"

听她的语气,似乎很了解那个"胭脂红",我向她追问那个女人的下落。

"找她干什么?"她问。

"看一看。"我回答。

她神秘地微笑了一下,我啊了一声,瞪大眼睛,直盯着她。她洗过脸以后,现出了赭红岩石一般的肤色,却比她年轻时光润得多。但是胖了,已经看不出从前鹅蛋形的轮廓,眼角和嘴边出现了皱纹,头发里似乎也夹杂着几缕灰白的丝,我猛然跳起来,两手攥住她的手,紧紧地,抖了又抖。

"我以为你真的牺牲了。"我说了这话,不知为什么,觉得鼻子有点发酸。

她却快活地笑道：

"等建设共产主义的鹰巢岭的时候再让别人接我的班儿吧！"

我自然又提起了过去的事。她舒了一口气，沉思地说：

"我不愿意提起过去那些过五关斩六将的事。过去的斗争是为了今天，今天的任务比过去重多了。你瞧，从前我带领的队伍不到几十个人，今天我们公社男男女女就有六万三千八百名。"

我谈到走进鹰巢岭公社见到的变化，我称赞了她这些年的成绩。我说：

"你的理想实现了。"

她用手拢了一下头发，望着窗外，沉思地说：

"这只不过是刚刚开始！"

我无话可说了。我觉得在这样一个坚强果敢的女同志头脑里，还有一种我没有了解的东西。

"哟！十二点多了，休息！"她说着迅速地站起来，"早上到鹰巢岭采矿工地去！"

她的爽快、肯定、命令式的语调，仍旧是十八年前那个年轻的"胭脂红"。

我们正要向门外走去，哐啷一声门响，走进一个人来。高高的个子，四十岁左右，淡黑的脸庞，嘴巴刮得光光的，满脸汗水，穿一身蓝华达呢制服，上衣敞着怀，胸脯的口袋快被笔记本子撑破了，裤子又大又肥，同样颜色的干部帽子神气活现地扣在后脑勺上，他先是在屋里扫了一眼，然后问梁书记：

"会开完了吗？"他使劲拍一下大腿，叫道，"怎么没有人到工地上通知我一声？"

"你们副书记替你汇报了，"梁书记回答，"还认识吗？抗战时左腿挂彩的，司令部交通员。"她向来人介绍。

来人翻了翻眼珠儿，然后惊叫一声，攥住我的手连声说：

"对了对了,我把你背到半山坡上的,"然后端详着我的脸,咂响着嘴叫道,"喂呀,也不是那个小伙儿啦!"

原来这就是她的丈夫,现在是鹰巢岭的大队书记。看样子要拉我找个地方仔细地谈一谈。可是他的妻子忽然叫道:

"你来得正好,快到唐山去买一架发电机,明天,不,今天早晨出发!"

"瞧见没有?"丈夫拿眼斜了一下妻子向我说,"这位上级在我身上就是没有一点民主性儿,还是这么一道道的命令!和从前一样!"

我见他的妻子抿嘴微笑了一下。我想起十八年前她命令他到东山去找担架的情形,也不由得笑了起来。

我回到食堂后院东屋的时候,同屋的老炊事员,正起床穿衣服,准备做饭了。我从这老炊事员口里知道他们夫妻有一儿一女,儿子在北京上大学,女儿在唐山一个中学念书。

希望那两个青年毕业以后,像他们的父母这样把终身献给祖国伟大的事业。我这么想。

睡过一觉,吃了早饭,我到公社办公室找她。人们说她刚走,上采矿工地去了。

我跟着运矿石的人群,攀登着鹰巢岭。人,像一条长龙,从村庄东南山洼的炼铁厂,穿过丛林、山谷,一直伸延到那高高的山峰。那锋利峻峭的鹰巢岭,耸立在被水洗过一般洁净碧蓝的天空中。云乘着山风,从那长城方形古堡的顶上飞掠过去。在那山峰的岩石上,有一个穿紫红色上衣的女人,正在从一块岩石跳上另一块岩石,飞快地向峰顶攀登。有人指给我,那就是梁书记。她像一面红旗,飘上鹰巢岭。猛然间,山峰左边发出连续的爆炸声,腾起的烟雾,像是浓云带着轰响的雷鸣,从鹰巢岭滚卷而来。群山都仿佛被她和她所带领的人群征服了似的喘息着……

老营长轶闻

各人有各人的本色,每个人都是他自己。

抗日战争时,我们军分区警卫营长武英俊,每次往火线上调动部队,他都像个逞强的小孩子那样,向着弹雨纷飞的战场,挺直着腰板儿,站在高岗上,拿望远镜观察敌人。从他身边跑过去的战士,要是有人猫着腰,他便大声挖苦说:"那位老大爷,嘿,我说那位老大爷!"

臊得那年轻战士满脸通红,拔起腰板儿,跑上去了。

武英俊长得并不英俊,黝黑的脸,窄细的眼睛。但是身材却也彪壮。说话的时候,就好像听话的都耳朵背,他扯直响亮的嗓门儿,喧声震天,就是老天爷打雷你都听不见。可是,等到需要他大喊一声的时候,他倒不说话了。比方,他见战士们在敌人密集的火网下抬不起头来的时候,他一声不响地往手心里唾口唾沫,搓搓手儿,挽起袖子,一声不响地抄起机关枪就往上冲。战士们立刻像滚滚波涛一般冲上去,超越了他,并且互相超越。武英俊浑身的弹伤,用战士们夸张的话说:"像筛子一般密密麻麻。"而且越说越没边儿没沿儿:"哈!连敌人都怕伤了我们营长的胃口。有三回了,子弹都是从肚子上那个伤口穿过去的,巧不巧?不管子弹左穿右穿,没有伤筋动骨,没有伤过胃。就好像那子弹是从我们营长的肚肠中间转弯抹角儿过去的。"

战士们并不是平白无故夸耀他们营长的胃口,部队会餐的时候,一大海碗炖肘子,武英俊像吃凉粉一般,嘀里突鲁,眨眼间就没了。他吧嗒着嘴巴说:"挺烂糊,端上来吧!"好像这是炊事员请营长尝尝似的,并非正式上菜。等到端上满桌鱼肉的时候,武营长却只是慢慢品尝,有声有色地评论。其实,他是先让同志们吃够了,剩下的不管多少,谈笑之间,风卷残云一般,地了场光。

怨不得战士们神气活现地说:

"我们武营长准是二武松的后代,顿饭斗米斗面啊!扛小活儿的时候,一顿就吃七八个菜团子,外带一锅汤,一二百斤的口袋,一个胳肢窝一个,挟起来就走。参加八路军,打仗拼刺刀,他一口气拼倒五六个鬼子,气不长出,面不改色。要不就有那么大肚量?简直就像个渤海湾,什么火轮船,鱼鳖虾蟹,他都能吞进去!"

有时激烈的战斗以后,司令员来到营部,把司务长叫来,吩咐:"给你们武营长买两只鸡补养补养!"按理说,营长应该马上谢绝,或是说些感谢首长关心的话儿。可是,武英俊向司令员凑过脸去,觑着眼,一副天真烂漫的样子,咧开嘴巴笑着问:

"这么多的干部就两只鸡呀?还不够我一个人塞牙缝哪。司令员既然关心下级,就不能只关心我一个人哪!"

司令员忙叫住司务长,大声说:

"再炖两个肘子!"

然后,司令员朝武英俊探过身去,笑眯着眼睛说:

"我看敌人打不垮我,倒是非叫你把我这司令员吃垮了才称心!"

武英俊只是咧着嘴巴笑。

司务长买来鸡和肉。武英俊一面通知各连连长到营部会餐,一面像妇女那样,系上围裙,亲自下厨房帮厨。高声说笑,敲得锅盆叮当响。吃饭的时候,要是连长们再夸奖几句营长的手艺,他便

营长不像营长,变成一个受宠的小学生,又是骄傲,又是得意,把筷子点着碗边儿,兴兴头头地张罗着:

"伸筷子呀!嘿,下家伙。尝尝我做的肘子。没有红糖,我敢说,比用红糖做的还好吃多着哪!"

军分区扩大成军区的时候,武英俊已经是军区独立团长。一年冬季反扫荡,部队分散开来打游击。武团长带着一个营,在大山里同敌人藏猫猫一般,忽而转到敌人屁股后头,打他个屁滚尿流;忽而转到敌人前面,埋伏起来,打得敌人马仰人翻。可是,部队时常吃不上饭。风雪天在大山上,咬一口雪团,吞一把炒米。打了一个多月仗,眼看旧历年到了。武英俊把队伍带到一个靠近平原的山区大村子里,买猪买羊,给战士们过年。不用说,武团长照例把排以上干部连同房东、村干部、军烈属一并请到团部会餐。照例系上围裙,挽起袖子,亲自造厨。这个大娘送来一篮子鸡蛋,那个房东大爷送来一个大猪蹄膀。人来人往,正在热闹,侦察员跑来报告:山外来了三百多鬼子。听这话,客人们呼呼啦啦往外走,准备战斗。武团长拦住大伙儿说:"我去瞧瞧,今天高低要叫大伙儿会餐过年。"于是,团长围裙也不解,军装外头披了件青布棉袍,匆匆来到村外山头上,用望远镜瞧了瞧,命令身边的营长,立即派几十个人,赶着牲口,不要隐蔽,沿着山岭往西北走一趟,再从北山沟转回来,吃肉过年。武团长回到团部,甩掉长袍,神气活现地嚷着:

"敌人怕耽误咱们过年,往西北走啦!"

不大一会儿,得到消息,敌人往西北方向去了。大伙儿瞧着武团长胸前系着围裙,挥动着勺子,一会儿叫着"姜丝儿"一会儿叫着"大火"。有人在旁边连吹带夸:

"今年过年,咱们沾武团长的光啦!鬼子知道武团长兵精饭饱,不敢进村,乖乖地往西北走了,你不信这个?"

全国解放时,武英俊已经是军长了。以后转入地方工作。现在是一个大型联合企业的党委书记。但我们还是叫他老营长。老营长的肚量还是那么大,吃起饭来叫人目瞪口呆。并且早已胖了起来。黝黑的脸上泛着红光,眼睛显得愈加窄细了。生活节俭,爱人要给他做件皮大衣,夫妻争执了两年,结果还是那身旧军大衣。可就是喜欢请客。逢年过节,必把可以请到的老战友,老房东,老警卫员,请到家里。他照例系上围裙,亲自下厨做几样拿手菜。他依样先让客人们吃够,不管剩多少,谈笑间,他仍是风卷残云一般,地了场光。

可是……可是,谁想到我们的老营长武英俊,突然地,每顿只吃两个空心窝头,两小片咸菜,一碗凉水了。别说我们老营长是顿饭斗米斗面的肚量,就是一个身体健康的人,两个窝头也难以填饱肚子。而我们老营长简直就像在巨大的深谷里扔进两个小石头子儿。于是,他身上的衣服松宽起来,旷里旷当的。

这就是他被隔离软禁了。他最初被关进隔离室的时候,好像铁笼里的狮子一般咆哮:

"什么经济主义?我不就是抓了抓生产吗?关心一下群众的生活吗?老百姓不吃饱肚子怎么建设社会主义?毛主席吃苦在前,享乐在后,关心群众生活的思想,你们哪里去了?你们不管群众死活,自己上顿下顿鸡鸭鱼肉,山珍海味大吃八喝,你们算什么主义?群众不生产,你们吃个……"

看守他的几个人,准确地说,负责开导他思想的人,听他说了这些话,骄傲地点着自己的鼻子向他说:"我们大吃八喝是为了革命的需要!"但是老营长的嗓门儿像打雷一般,什么也听不见。思想开导者们只好转身离开他,互相望了一下,为武英俊这种不可救药的危险念头儿叹了一口气。于是,思想开导者们的负责人,来到他的面前。我们的老营长,一刹那间,眼睛大大地睁着,像一个吃惊的孩子迷失在黑暗里。站在他面前的,原是他领导下的一个处长,因为贪污腐化,被妇女们控告为"花花太岁",开除了党籍,降到一个科室里监督劳动。现在,一个筋斗折上了大型联合企业书记宝座,代替了武英俊的职务。老营长两眼直瞧着这个头发油光闪亮的花花太岁,直似在他的心头上打了一枪。他浑身一抖。

"是谁从地狱里放出你这恶鬼?"武英俊用愤怒得发抖的声音吼道,"你给我滚出去!"

接着便数落起花花太岁的种种罪恶和种种卑鄙、无耻、下贱的勾当。但是,思想开导者、被开除党籍的罪犯而又成为书记的花花太岁,听了武英俊数落他的罪行,并不生气,相反,额角反倒开朗起来。他眯缝着眼睛,这意味着他是在微笑,坐在那里,两脚跷得比鼻子还高。

"武英俊,你摆出我过去的事儿,那是我的光荣,说明我是真正受你们走资派打击、压制、迫害的革命左派!现在不是谈我的过去,是谈你眼前的出路问题!"花花太岁的声调,是平静、圆润和自信的。凡是彻底感到自己有了万吨炸弹都炸不倒的靠山,感到自己权势在握的人,都是这样子。"你知道吗?你把孔老二放在一边不批,竟然大搞什么劳动竞赛,气得首长差点犯了病!"花花太岁说这话的时候,那么怕人地把脸一沉,"我劝你把后台交代出来,什么人支持你这么干的?"思想开导者还幸灾乐祸地笑了一声。

我们的老营长奔过去,像抓小鸡儿那样,抓住花花太岁的脖领子,大叫道:"滚你的蛋吧!"揉出了房门。

从这一天起,便每顿饭只给老营长两个空心窝头吃了。而思想开导者们,在隔壁房间里,鸡鸭鱼肉,山珍海味,大吃八喝。还向我们老营长招手儿说:只要低头认罪,交代出后台,再给首长写封效忠信,马上入席。

我们老营长连看都不看他们一眼。他等待着更大的灾难。可是,出他意料,忽然一天,在老营长的桌子上摆满热气腾腾的鸡鸭鱼肉。并且思想开导者们当面宣布,他们宽恕了老营长的错误。只要把支持他的后台,写个书面揭发材料,一切烟消云散。

武英俊听了哈哈大笑。在笑声中,抽冷子掀翻了桌子。思想开导者们像鲤鱼般跳,可是躲不及了,连汤带汁地从这些思想开导者们的鼻子上、脸上、胸脯子上、衣襟上,稀里哗啦往下掉。整整一大盆汤全洒在花花太岁的头上,就像是从汤盆里捞出来的太岁。

花花太岁以及其他的思想开导者们,一致认为,只有皮鞭和棍棒才能开导武英俊顽固的思想了。他们知道,武英俊的嗓门儿要是呼叫起来,别说整个楼房,连墙外都听得见。于是,他们在一个雷鸣电闪,狂风暴雨的黑夜里,秘密地给武英俊一点小小的颜色看。

窗外的狂风暴雨,像痛苦中天神的哭声。在一阵雷声响过之后,有人听到武英俊的吼声:

"凡是践踏党的尊严的人,践踏民族和人民尊严的人,必将被人民所埋葬!"

从这天起,花花太岁决定每顿饭只给我们老营长一个空心窝头,一小片咸菜,一碗凉水了。

一天,老炊事员送饭来的时候,见老营长已经折磨得不像人样,胡子几乎遮蔽了整个黑瘦的脸,正在用手揉搓筋骨。老炊事员忍不住哭起来。

"老伙计,别哭,"武英俊微笑说,"泪水只能在我们心中流成一条悲怆的河,鲜血却能洗亮我们的眼睛。"

除了那一个空心窝头,老炊事员偷偷在他口袋里塞了两个馒头。老营长悄声问他:"国庆节快到了,群众的会餐准备得怎么样?"

老炊事员两眼直望着他,都到这份儿上了,自己啃着唯一的一个空心窝头,却在那里有趣儿地寻问群众的会餐。老炊事员告诉他,准备过节的活鱼、猪羊肉、鸡鸭、鲜藕等物都买来了。花花太岁宣布要艰苦朴素,过一个革命化的节日。拿出三分之一的猪羊肉给大食堂,其他活鱼、鸡鸭、鲜藕都由花花太岁处理。老营长明白"处理"的含意,就是转弯抹角地处理到他们这些思想开导者们的

嘴里去。武英俊把手一扬,说:

"高低要让群众把它全部吃掉!抗日战争时候那么艰苦,过节战士们还要会餐哪!"

武英俊写了个纸条,叫老炊事员带给管理员。他写了什么?无从查考。只知道群众破例提前两天会餐过了节。群众见满桌热气腾腾的鱼肉,都兴奋地叫着:"准是老营长回来了!"争着拥到厨房去看老营长做菜。可是不见老营长。人们心里纳闷儿,没有老营长,绝对不会有这样丰盛的会餐。花花太岁一伙人什么也没捞到,气得直哼哼,作为一个事件进行调查,究竟谁出的主意?可是都说不知道。

但是花花太岁想到了武英俊。从此不但严禁炊事人员接近老营长,花花太岁一跺脚,连那一个空心窝头也取消了,每顿饭只给一碗凉水。

照思想开导者们的话说,武英俊也太固执。这就充分有力地证明他是一个正在走的走资派。就连他在抗日战争中,到头儿,也就是个资产阶级民主派罢咧。思想开导者们对武英俊的出身历史做了调查研究:他从小给地主放牛,还在一个小铁匠作坊里当过两年学徒。他接触了地主资本家,那么,地主资本家不可能不对他进行腐蚀。所以,尽管他出身贫雇农,而世界观却是资产阶级的,一直没得到改造,发展成为一个修正主义分子,用抓生产代替革命,以关心群众生活为名,妄图把群众拖进资本主义泥坑。于是,进一步得出结论:武英俊早就是社会主义革命最危险、最可怕的敌人了。对阶级敌人就要狠,不能手软,于是把他转移到秘密囚室。并且,每顿饭只给一碗凉水了。花花太岁拉着长声儿说:

"这是赏给你的一碗高汤!"

我们固执的老营长,开始还能瞪着眼睛发脾气,渐渐地,连说话的气力都没有了。一天,花花太岁喝得红头涨脸,打着饱嗝儿,剔着牙,趔趔趄趄走来,把手摸摸老营长的心口窝儿和鼻子——是不是已经停止了呼吸。可是,花花太岁忽然变得目瞪口呆,好像被人抓住后脖梗儿的贼,那伸在武英俊鼻子上的手,止不住地哆嗦起来。他分明看见武英俊两眼闪射出一股叫人灵魂战栗的光芒,逼得花花太岁直往后退。那直刺着花花太岁卑鄙无耻和罪恶灵魂的目光里,充满了识破一切的嘲笑、轻蔑和愤怒。花花太岁一对灰灰的眼珠子,失神地瞪着老营长,一步一步倒退着身子,跌出门外去。从此再也不敢来了。

就在这节骨眼儿上,突然地,老炊事员在一片锣鼓声、鞭炮声中,左手端着菜,右手提着酒,神采飞扬,大步流星地向老营长囚室走来。还没进屋,就一叠连声地喊叫着:

"老营长,老营长,咱们胜利啦! 快起来喝酒吧!"

可是一进屋,见老营长躺在床上,只有一丝微弱的气息了。而这时,同志们和卫生员都一起涌了进来,忙把老营长送进医院。医生检查过以后,摇摇头,难过地叹口气。

我们的老营长,就像他一生中创造了许多奇迹那样,又创造了一个奇迹,经过医生抢救,他竟然留在人间,而且身体很快就复原了。只是略略消瘦了些,鬓发像着霜的野草一般发白了。在他重新走上工作岗位之前,能到的老战友们都来了。不过,这回是老战友们请客,为他参加四个现代化建设,跟随华主席举行新的长征饯行。这时候,武英俊照例系上围裙,在厨房眉飞色舞地颠动着炒勺,敲得锅盆叮当响,一会儿叫着"葱花儿"! 一会儿叫着"大火"! 席间,他的笑声还是那么响亮。也是因为这天报纸上发表了毛主席《论十大关系》的文章。大家为毛主席这篇文章而碰杯,干杯! 当有人谈到毛主席历来号召要提高生产,改善人民生活的时候,正撞在老营长的心坎儿上。他侧起耳朵听着,眯起眼睛笑着,忽然把手一扬,用他洪亮的嗓门儿,高声说道:

"真正的革命者,是为人民创造幸福的人!"

讲一段列宁的故事

莫非列宁长了翅膀？

　　1917年俄国二月革命的时候，虽然推翻了沙皇，但革命并没有成功。皇帝完蛋以后，成立了一个临时政府。可是，这个政府里掌握大权的是什么人呢？有大地主，工厂的厂主，有拥有一百多万卢布的大富翁。这些大肚皮，住在皇帝的宫殿里，像皇帝一样骑在老百姓的脖子上，并且仍旧把老百姓赶到前线上替他们去打仗。讲到此处，有人要问：打的是什么样的仗呀？原来那时正是第一次世界大战，帝国主义因为分赃不均，就像一群狗一样互相咬起来，打得头破血流。俄国的沙皇也是当中的一条狗。沙皇被推倒了，俄国的资本家们还是不肯从这强盗群里抽出身来，仍旧把兵士赶到火线为他们去受苦送命。所以皇帝虽然没有了，没有土地的还是没有土地，受苦的人们还是照样受苦，没有饭吃，没有衣裳穿，没有工作，前线上几百万兵士们整天整夜蹲在又潮湿又冰冷的战壕里，用舌头尖舔着手心里的面包渣。简单点说，那时候，俄罗斯是完全落在资本家的手心里了。

　　列宁说："俄罗斯的人民需要的不是战争，是和平，是面包，是土地……"

资本家们知道列宁正在暗地里领导俄国的工人和农民起来反对他们,于是决定马上杀死列宁;派出很多很多的侦探、宪兵、特务,到处捉拿列宁。

这时候,列宁正和他的夫人克鲁普斯卡娅,住在彼得堡第十圣诞街,门牌十七号,五层楼上的一个老共产党员家里。还有列宁的姐姐安娜,妹妹玛利娅,也来服侍和保护列宁。

一天清早,圣诞街上轰轰隆隆地开来一辆大汽车,汽车上装满了白党官兵。啊!明晃晃的刺刀、水壶叮当乱响。突然,到第十七号楼房门口站住了!杀气腾腾的军官从车上跳下来,呼啦啦,把列宁住的这座楼房围了个风雨不透。军官把圆脑袋那么勾了一下,一摆手,就有几个兵士跟着他顺楼梯咚咚咚咚一直奔到列宁的房门口,军官歪着脑袋,把耳朵贴住门缝,听里面有脚步声和嗡嗡嗡嗡说话的声音,就狠命打门,拍得巴巴山响。一只手里拿着枪,手指扣着枪机,呼呼哧哧吹着气,向兵士叫着:

"给我打开!给我打开!"

于是,几个兵士离开房门几步,并排站着,使足了力气,要用肩膀一下子把门撞倒。就在这个时候,门吱扭一声敞开了。军官一看,正是列宁的夫人克鲁普斯卡娅,叫道:

"列宁在什么地方?"

"列宁不在这里!"克鲁普斯卡娅回答说。

"胡说!"

白党官兵们推开克鲁普斯卡娅,闯进屋子里,他们要冷不防一下子把列宁捉住。可是屋子里真的没有列宁。他们开始各处搜查寻找,柜里,桌子的抽屉里,连床底下都钻到了。克鲁普斯卡娅在一边看着说道:

"桌子抽屉里也能藏人吗?"

"住嘴!"

军官又凶狠狠地走到屋子外面,见走廊下放着一个大柳条箱子,就抽出马刀咕哧一下扎了一个大窟窿。

这个走廊有一个通到厨房里的门,厨房里有一个名字叫作袅沙的年轻女工,她在凳子上坐着,气愤愤地拿眼横着军官叫道:

"来吧!到炉子里来找吧!"

军官找不到列宁,又是丧气又是恼火,气冲冲地吹着胡子喝道:

"不准你开腔!"

也没有到厨房里去找,又回到房间里,一屁股坐在椅子上,又顺手打开书桌的抽屉,见里面装着满满的文件,军官心里想:

"逮不住列宁,得了这么些秘密文件也是一件大功劳啊!"

于是一下子都掏出来,一看,都是些信件,就一封一封的打开看:

一封信是战士们从前线战壕里寄给列宁的,上面写道:"我们的朋友列宁同志,请你记着:我们兵士大家万众一心,决意都追随着你……"

又打开一封信,是从很远很远地方乡村里寄来的,信上写道:

"只有列宁能救俄国,我们追随着你,并遵照你的方向走!……"

所有的信,都是这样的内容,一点秘密也没有。军官非常丧气,把信摔在桌子上,气坏了,像蛤蟆一样,鼓着肚子跳起来,叫着:

"都拴起来!都拴起来!"

克鲁普斯卡娅、玛利娅、安娜,连年轻的女工袅沙都被逮捕了。军官命令把她们押解到一间又脏又小又破的屋子里。过了一分钟,军官突然闯进来,嗖地一声,从腰里抽出长长的马刀,在头上举着,问道:

"列宁在什么地方?"

审问了很长时间,可是一点消息也没有问出来,只得把她们放了。

白党官兵们一个个抱着脑袋,想道:列宁到哪里去了呢？莫非他长了翅膀？飞走了？莫非他会变？使我们的眼睛看不见他？

真够危险的

事情真是危险,在白党官兵来搜查的前半个钟头,列宁正在这间屋子里,伏在书桌上写革命的计划。忽然听见有人轻轻敲门,列宁的姐姐安娜开了门,见是斯维尔德洛夫同志。他像平常一样,安静地走进屋子里,大家的眼睛都望着他的脸,马上从他的脸上看出来:发生什么事情了！安娜把凳子挪过来说:

"坐下吧！"

斯维尔德洛夫没有坐,向他们说道:

"列宁要马上隐藏起来！"

"怎么？"

"有人要逮捕他！"

临时政府逮捕列宁的命令虽然还没有下来,可是斯维尔德洛夫同志已经知道这个消息了。

一分钟也没有迟延,斯维尔德洛夫把自己身上的雨衣脱下来,给列宁穿上。这样,街上的人就不容易认出来了。

斯维尔德洛夫把列宁偷偷地送到城里一个工人家里。可是,临时政府追得也真够紧,就在当天夜里,下了一道命令:"天一亮,全彼得堡城各房屋守门的人,都要在房门口站着,不许离开一步。除了守门人亲自认识的老住户以外,不得放走任何人！"敌人知道列宁仍在彼得堡城里,他们指望着用这个办法把列宁捉住。

列宁住在工人家里,清早起来,隔着窗户,看见门口站着两个穿白褂子的人,列宁的眼睛是多么明亮,他能把什么都看透的,不用说他马上就明白了。但是,他非常镇静,不慌不忙地穿好衣服,顺手拿了一把伞,走到院子里。一只手把伞当作手杖拄着,一只手插在裤子口袋里,悠悠闲闲向着两个守门的人走过去。

守门人瞪起眼睛看着列宁,他们马上看出来了:"这是一个生人,不能放他到外面去!"可是他们又想道:"列宁能这样吗?知道自己正在被捉拿的时候能够这样吗?眼睛哪里也不看,脚步走得多么斯文,看出他心里一点怕人的事情也没有。只要是知道自己正在被捉拿的人,一定是东张西望啊!慌慌张张啊!神色不安啊!……"又见这个人一直向着他们两个人走来,手里的一把伞摇摇摆摆,早晨的太阳光射过来,他两只眼睛还那么很高兴地眯缝着,看出来,他的心情是多么好啊!

两个守门人上下打量了列宁一番,然后,又互相使了一个眼色,就闪在一边,让列宁走出门外去了。

大街上,一辆一辆装着白党官兵的大汽车,正在来往地飞跑着。他们还在到处捉捕列宁。列宁还是那个样子,一只手拿着伞,摇摇摆摆,一只手放在裤袋里,不慌不忙,在大街上走着。

在离彼得堡不远的地方有一个小火车站,离车站不远有一个小湖,每当春暖花开的时候,湖水就涨起来,一直把周围的草地淹没。俄国话把涨水叫作拉兹里夫,因此,这个湖就取名拉兹里夫湖。这湖真是好看:远远望去,黑沉沉平静的湖水,像一面大镜子,在阳光底下一闪一闪地放光。水鸟在湖面上舞起翅膀,飘飘悠悠,唧唧地叫着,早晚粉红色的阳光照在它们身上,就好像从天空里落下来的云霞。紧靠湖岸是一片碧绿的草原,连着草原,是密密的大森林。

就在这拉兹里夫湖的岸上,住着一个割草人,当别人问到他姓名的时候,他说他叫依万诺夫。

割草人的住宅是他自己盖起来的,他在树林里砍了很多树枝,插在土里,上边盖着青树条子,周围蒙了干草,是一所很好的茅棚。这个人很喜欢小孩子,孩子们呢,同样的也都喜欢他,都管他叫"依万诺夫叔叔",常常来围着叫他讲故事。孩子们见他生活很困难,也常从湖里钓来很大很大的青鱼送给他吃。

一天下午,一群孩子又去钓鱼,一个个手拿钓鱼竿,口袋里装着盛满鱼食的小盒子,说说笑笑奔湖岸走来。忽然,大家看见一个小伙伴从湖岸向着依万诺夫叔叔的茅棚连颠带跑,大家扬着手喊道:

"米恰!米恰!哪儿去呀?"

米恰站住脚,举起两只手来,大家定睛一看,啊!一条大鱼,金色的鳞在太阳底下一闪一闪地直反光。米恰一边高兴地叫着:"送给依万诺夫叔叔去!"

"好哇!好哇!"

孩子们都欢喜地叫起来了,有的吱吱地吹起口哨。他们喊着:

"走!我们也去!"就一直奔这小茅棚来了。

依万诺夫叔叔正在密密层层的树棵子里坐着,周围的柳条子都把他掩盖起来了。看样子好像是刚割完草,身旁放着一把斧头,一把镰刀,还有一条锯,面前有一个大树桩。这割草人是个识字而且又很用功的人,他把这树桩当作桌子,把纸放在上面写字。旁边熊熊地烧着一堆火,火堆上热着一壶茶。他听见树条子哗啦哗啦响,抬起头来,一眼就看见头前的米恰了。米恰正手扒开树棵子,露出个小脑袋来,滴溜溜转着两只蓝蓝的眼睛,说道:

"不妨碍你吗?"

依万诺夫叔叔笑了:"来玩吧!我的亲爱的小客人们。"

后面的听了,马上围上来,就要大喊大叫地闹。米恰嗤了一声,大家就把话缩回去,有的还伸了一下舌头,又忙用手捂住嘴哧哧地笑。

依万诺夫拍着孩子们的肩膀:"坐下吧!坐下吧!"

米恰劈头问道:"你的小铁锅呢?"

"在茅棚上挂着。干什么呀?"

"把这条鱼给你做汤吃不好吗?"米恰说着,就要到茅棚去拿锅。依万诺夫说道:

"等一等,今天我还有一块面包和一点儿茶。明天午饭没有一点东西吃,把它留到明天做午饭吧!"说着接过孩子的礼物,起身挂在一棵树上。孩子们叫着:

"依万诺夫叔叔,再讲个故事吧!"

依万诺夫一边笑着坐下来,竖起一个手指说道:"今天只讲一个!"于是孩子们都围着他坐下,在树棵子里的草地上,听他讲故事。水鸟在他们头顶上扇着白色的翅膀,轻轻地叫,老鹰翅膀一动不动地在天空里慢慢地打旋转,那花翅膀的大蝴蝶在孩子们的头上站一会又飞走了。

讲完了一个故事,米恰说道:

"好叔叔,给我们讲讲列宁吧!"别人也都接过来说:

"好哇!真想知道列宁的故事呢!"

"依万诺夫叔叔,你见过列宁吗?"

依万诺夫挑着眉毛说:"怎么没见过呢?"

"他是什么样子啊?"

"他的胡子是黑色的还是红色的呀?"

"很高吗?有这么高吗?"

"他现在什么地方?他正在干什么呢?"

米恰抢过来说道:"还用问吗?不在彼得堡就在莫斯科。嗳?依万诺夫叔叔,听说列宁正在做着打倒资本家的事情呢!"

割草人高兴起来了:"你怎么知道的?"

米恰得意地说:"怎么不知道?妈妈常说:这日子可怎么过呀!锅盖都快揭不开啦!爸爸就说:别忙,列宁会想法让咱们得着土地和面包的!"米恰又学着爸爸的口气:"看吧!地主就要从他的老窠里滚蛋了。"

大家听了米恰的一番叙说,更加高兴:"依万诺夫叔叔,快给我们讲讲列宁的故事吧!"

割草人就眯缝着眼睛想起来,大家仰着脖子眼巴巴地望着他。忽然,远处母亲们唤着孩子们的名字叫道:"吃饭啦!"

大家只得走了,约定下回再听列宁的故事,割草人只得笑着答应。

他为什么在列宁的住处走来走去?

孩子们走了以后,依万诺夫把晒干的草收起来,回到茅棚里。

太阳已经落下山去,天空露出明亮的小星,一闪一闪地眨着眼,月亮像一朵白棉花,在湖上半空里高高挂着。空气很新鲜,风轻轻地从湖面上吹过来,散着花香、草香和被白天太阳晒出潮气来的泥土香味。

在朦朦胧胧的水汽里,湖上有一只小船向着茅棚飞一般地划来。船桨哗啦哗啦打着湖水,月色里翻着白白的浪花。

船靠了岸,一个人跳到岸上,四外看了看,见茅棚里有一闪一闪的灯光,就一直奔这茅棚走来。进到里面,见茅棚下堆着很多干草,有一架梯子直通到上面,这人顺梯子上去。上面放着一张桌子,两把椅子,割草人正伏在桌上在灯光底下写字。来的人从怀里掏出一个纸包,交给割草人,说道:

"列宁同志,这是中央委员会给您的信件。"又掏出一卷报纸来,"这是《工人之路》!"又掏出一卷来,"这是敌人的报纸……"

列宁把中央委员会的信件都仔细看过了,又看了《工人之路》,又仔细看了敌人的报纸。只见敌人在他们的报纸上写着:

"列宁坐飞机飞到外国去了!"

"列宁坐潜水艇藏到海底下去了!"

列宁读了这种消息,就笑着说:"真是糊涂虫!"

列宁马上给中央委员会写信,指示他们怎样开始武装起义:要首先占领电报局和电话局,要派自己的军队占领涅瓦河上的各座桥梁,要把有革命水兵的军舰开到彼得堡跟前来……

自从列宁装作一个割草人,用依万诺夫的名字,隐藏到这森林地带拉兹里夫湖的岸上以来,中央委员会经常不断有人来传送信件。

当天夜里,来人又带着列宁的回信赶回彼得堡去了。

列宁就这样住在拉兹里夫湖岸上。

有一天,刚下了一阵雨,太阳又出来了,湖上有一只船直向这边划来。这个人是斯大林同志派来向列宁请示工作的奥尔忠尼启则同志,他下了船,一直穿过密密的树林,走到空旷的草地上,就向列宁住的草棚走来。正走着,忽然从草垛后面走出一个人来,奥尔忠尼启则同志皱着眉头想道:"这是个生人哪!从哪儿来的呢?他为什么在列宁的住处走来走去?"

因为中央委员会已经知道,临时政府又派了大批侦探在邻近工人区到处搜寻列宁,这里恰巧正靠近工人区。奥尔忠尼启则同志正在心下狐疑,这个人却偏又拦住向他问好,奥尔忠尼启则打算装着没听见赶快走过去,可是这个不相识的人忽然拍着他的肩膀说道:

"你不认识我了吗?"

奥尔忠尼启则同志这时候才认出来,原来这个人就是列宁。

列宁这时候真是很难认出来,胡须都剃掉了,戴着一顶便帽,一直盖到前额上,穿一件旧大衣,袖子都破了。

第二天早晨,奥尔忠尼启则带着列宁给斯大林的回答和指示回彼得堡去了。

过了两天,又来了一个同志,他说中央委员会怕敌人在这里发现列宁,决定把列宁送到芬兰去。可是,列宁怎么到芬兰去呢?侦探、宪兵像狼一样,到处搜寻列宁的踪迹,边境上来往行人的护照检查得非常严格,怎么通得过这道封锁线呢?

护送列宁的同志名叫拉海雅。拉海雅左思右想,最后决定坐火车把列宁送到芬兰去。但是,需要步行十二公里,走到一个名叫拉瓦硕沃的车站去坐车到乌捷尔纳雅车站,就一直通到芬兰了。

列宁和拉海雅出发了。

他们在遮天蔽日的大森林里走着,一轮红日,已经奄奄落下山去,森林里升起了迷茫大雾,看不见星星,也看不见月亮。只是风在树林里呜呜地叫。这样摸摸索索地走着走着找不见道路了,就在这树缝里乱钻起来。忽然,一阵风刮过来,带着烟气的呛味。越走烟气越大,而且浑身就像有火炭烤着一样热起来。

真是糟糕,列宁走入起火的森林地带里了。

这一带正是产煤的矿区,森林里的泥煤常常燃烧起来把森林烧着。

列宁和拉海雅被烟气呛的连咳嗽带喘,透不过气来,眼睛往外冒泪水,简直快要睁不开了。看这么大的烟,随时都有着起火的危险,一着火,列宁和拉海雅就要烧死在这森林里。拉海雅多么着急呀!暗暗骂自己:

"拉海雅呀!你真是个活废物,你这该死的,把列宁同志领到什么地方来了?"

别慌!往烟少的地方摸!

拉海雅正在着急,听列宁说道:

"别慌!往烟少的地方摸!"

于是列宁和拉海雅一边用鼻子闻着,朝烟少的地方走。不知道摸了多长时候,忽然,听前面有哗哗的响声。列宁歪过脑袋,把耳朵对着前面,听了听说:

"好像流水的声音!"

二人再往前摸了一段,果然看见一条白白的小河,在树林里弯弯曲曲地躺着。这时候,烟气也小了,列宁和拉海雅脱了鞋袜,卷起裤腿,跳到小河里。因为刚挨了烟火烤,突然到这冰凉的河水里,浑身觉着格外得爽快。上到对岸,走了几步,忽然听见有火车的汽笛啊儿啊儿地叫。

啊! 真想不到,到了车站跟前了。

拉瓦硕沃车站的月台上,点着一盏半死不活昏昏暗暗的孤灯,灯光底下一晃一晃,有很多黑乎乎的人影。仔细一看,都是带着枪的白党官兵。列宁蹲在道路旁边的一条壕沟里,拉海雅到月台上去侦察情况。

拉海雅马上被巡逻兵发现了,枪口都转过来,对着他叫道:

"把证书拿出来!"

拉海雅刚要伸手掏证书,另一个巡逻兵抓住他的脖领叫道:

"深更半夜从密林里出来,可能是个共产党,走吧!"

说着就推推搡搡把拉海雅拉到站房里去,马上月台上守卫的官兵们都传开了:

"知道啦没有?"

"什么?"

"真是笨蛋,逮住一个共产党难道你还不知道?"

"在哪里呀?"

"拉到站房里去啦!"

"看看去!"

"走!"

兵士们都呼啦呼啦跑到站房里去看热闹,立刻,月台上空空洞洞一个人也没有了。恰巧就在这个时候列车开到,列宁连忙跳进最后一截车厢里。

白党官兵在站房里仔细检查了拉海雅的证书,并没有查问出什么破绽来,只得把拉海雅放了,拉海雅在车上找见了列宁。

当天夜里,列宁和拉海雅住在乌捷尔纳雅车站一个芬兰人的家里。第二天半夜,他们又从这里上火车。

一点十分钟的时候,火车开来了。他们早已同这趟列车的司机商量好,把火车停在离车站稍微远一点、电灯光线照不到的地方。火夫偷偷从车头上跳下来,然后列宁同志就上去代管他烧火的职务。

司机是从来没有见过列宁的,就是见过面,现在也难认出来了。列宁原来是有胡须的,现在嘴巴却是光光得像个少年人;列宁原来是个秃顶,可是现在长长的假发一直盖到前额上,假发上还戴了一顶黑便帽。司机见这新上来的火夫,连问一声也没有,他知道:这就是列宁同志。

现在火车头上有三个人,一个是司机雅拉瓦,一个是司机副手,还有一个就是列宁。拉海雅坐在别的车厢里。

这个火车头烧的是木柴,列宁看见司机副手先把木柴放到火炉跟前一个专盛木柴的筐子里,一会木柴就烤干了,然后就挑几根木柴扔到火上,用铁铲把木柴弄平,火就烘烘地烧起来了。

列宁在铁墙上找了一个钉子,把大衣脱了,挂在上面,卷起袖子,就开始烧起火来。列宁先把湿木柴放进筐子里,然后,又把干木柴扔到火炉里,再用铁铲搅一搅烧着的木柴,司机副手在一边看着,心里说:

"奇怪,看来就好像是一个烧火的老手,多内行啊!"

司机副手不知道这是列宁,他就很得意地想道:"有了这么一个好帮手,现在可以好好休息了。"于是,很神气地坐在一旁,嘴里含着烟斗,一边吐着烟,一边看着这个新火夫。

就这样,他们到了别罗斯特洛夫车站。这里正是两国交界的地方。再往前走就是芬兰了。

这个别罗斯特洛夫车站有很多临时政府的军警和侦探在这里把守。火车刚站住,他们就跳上来,开始检查每一个车厢。他们一个个睁大两眼,仔细地检查护照,仔细地查看每个旅客的面貌,一点也不放松地盘问,一问就问个底儿掉。

最后,这群侦探和军警就奔火车头来了。

糟啦!已经听见皮靴踏着地的咚咚咚咚的响声了。怎么办?再过一分钟这些狗腿子们就要把列宁抓住了。

司机雅拉瓦心里多么着急呀!他有保护列宁安全的责任,眼看狗腿子们要跳上车头了。就在这个时候,雅拉瓦急中生智,说时慢那时快,他叫了一声:"哎呀!车头该上水啦!"就把车头从列车上摘下来,像箭一般开向水楼跟前去了。狗腿子们望着车头心里想:等上完了水再检查吧!

可是水上得多么慢啊!已经打了第二次开车铃,还不见车头回来,列车长急得在月台上跑来跑去,得儿得儿地吹着哨子,而火车头还是不见来到。第三次开车铃都当当当当地响过了,火车头还在水楼跟前停着上水呢。真像一头老牛慢慢腾腾地喝水,简直没有完了。

列车长吹着哨子,向着司机雅拉瓦跑来。到车头跟前,跺着脚,使劲地拍着大腿,叫道:

"我的爷爷!这是怎么啦!快一点吧!"

司机雅拉瓦这才把车头像飞一般地开到列车前面,急急忙忙挂上钩。列车长得儿得儿吹哨发出开车的命令。

就在这个时候,站台上立着一个白党军官,右手把着腰刀,翻着两只贼眼,看了看车头上坐着的司机,忽然,这家伙想起什么来了,问他手下的士兵:

"火车头检查过了没有?"

"报告大人,大概……或者,也许……"

"混蛋!干脆点说!"

"大概是没有检查过!"

"快到车头上去检查!"

于是一群兵士端着刺刀呼啦呼啦向火车头跑来。可是,火车头向他们吐了一大口白气,大吼一声,就飞一般地向着芬兰开去了。

都围到列宁和斯大林的周围来了

列宁住在一个名叫赫尔森福斯的芬兰城里。列宁就在这赫尔森福斯城暗暗地用书信指示中央委员会领导俄国的无产阶级革命。

无产阶级革命,在俄罗斯就好像春天埋在土地里的种子,下过一场透雨,又出了太阳,暗暗地在每一个地方飞快地生长着:在北方,在南方,在高加索,在西伯利亚,在伏尔加河流域,在顿河区,在乌克兰,在莫斯科,在彼得堡……都已经按着列宁的计划把起义的工作准备好了。中央委员会建立了起义司令部,名叫革命军事委员会。工人都武装起来了,组织了工人赤卫队。连通知起义日期的密电码,中央委员会都传告下去,只要革命的火把一点,全俄罗斯就会立时熊熊地燃烧起来。

列宁为了直接领导起义,在芬兰住了不到两个月,又化装回彼得堡来了。到彼得堡以后,马上就参加一个中央委员会的会议。

开会的时候正是晚上,俄罗斯秋天的冷风刮起来,呜呜地在街上扫。会场是在彼得堡一条很僻静的街道上的一座楼房里。

列宁来了,先立在门口,把头上的假发拿下来,藏进衣袋里。然后走进屋子里,只见灯光底下晃着很多人影;有的抽烟,有的轻声细语谈话,有的低头看书报。列宁怕惊动大家,悄悄拣了一个方凳坐下,从怀里掏出一卷文件,那么稍微歪着一点头,眯缝着眼睛看起来。很快的,看完以后就开始报告了。

列宁讲话又清楚又明白,真是针针见血,而且,全俄罗斯的大小事情他竟完全知道得清清楚楚。连资本家心眼儿里怀着的诡计,都叫他连根带底地说出来了。

房间里真够肃静的,一点声音也没有。如果你是在屋子外面听,就好像屋里只有列宁一个人。人们都是连大气也不出,眼巴巴地望着列宁。一个个的竖着耳朵,一个字也不让它漏过去。列宁还恐怕别人听不清自己的话,有时就把声音提得很高。讲着讲着还那么把大拇指插在胸脯前面的背心里,有时还那么在房间里来回走着讲。

　　屋子里的人们都是十二分拥护列宁的主张。只有两个人反对列宁。一个名叫加米涅夫,一个名叫季诺维也夫,这是两个心里暗暗向着资本家的坏蛋。两个人竟打断了列宁的话,嘟嘟哝哝说道:

　　"起义,工农专政,我不反对。可是敌人有那么大的大炮,那么大的坦克,还有那么多的兵,还有突击队,可是我们呢?"说着把两手张开,耸着肩膀。然后又连连地摇着脑袋说道:"哎呀!……还是等一等再说吧!"列宁听了这两个人的话,皱着眉头,声音更严厉起来了。用手摸着脑袋,冷笑了两声,说道:

　　"……等一等,等一等,这是什么意思?等着资产阶级来绞杀革命吗?啊?……这个提议完全是叛变!就是一个傻瓜也不会这样想的!"

　　大家都一心一意听着列宁的话。

　　窗外,花园里花草和树木的枝叶被夜里的风吹着,沙沙地响。大街上哒哒哒哒一阵马蹄声奔跑过去,大概敌人知道列宁回来了,又在各处加紧搜寻。

　　列宁刚讲完了话,季诺维也夫又立起来,还是那么把两手张开,耸着肩膀,说道:

　　"起义哪里来的保障啊?"

　　听了季诺维也夫的话,人们很厌弃地把手那么一甩,身子扭到一边。还有的狠命地长出了一口气。在他周围的人们都坐到桌子另一头去了。很快的,周围就现出了一片空场。只有他一个人,孤孤单单立在那里很不自然地眨巴着眼皮。所有的人都围到列宁和

斯大林的周围来了。只有加米涅夫,活像个突然放在太阳底下的猫头鹰,缩着脖子,咕咕地叫着说:

"是呀!是呀!季诺维也夫说得对呀!我们何必这么着急呢?也不是说现在不干将来便永远不能干了……"

坐在列宁背后的斯大林站起来,说道:

"究竟要等到什么时候呢?难道一直等到敌人先开始军事行动攻击我们吗?依着加米涅夫和季诺维也夫的办法,就是要反革命有机会很快地组织起来,而我们就会无尽无休地退却,使整个的革命失败。请问,这是什么意思?"

斯大林的话,好像皮鞭和棍子一样地打着这两个坏家伙。加米涅夫缩在那里,动了半天嘴唇,可是,一句话也说不出来了,急得他鼻子尖直往外冒汗。手指使劲捻着下巴上的胡子。季诺维也夫在屋角上背着手,低着头,走来走去,活像囚在笼子里的一只狼。

列宁坚决准备起义的提议,中央委员会批准了。

开完会的时候,天已经快亮了。参加会议的人们,像来的时候一样,悄悄的,一个一个走出会场。列宁是在最后走的,外面的风更大了。呼呼地刮着,竟把他头上的帽子和假发吹到地上。他急忙拾起来,又戴到头上。然后,把两手插在外套的口袋里,很快地迎着风走去。一个专门保护列宁的瓦西里同志,在后面紧紧跟着。

列宁和瓦西里正在街上走。有两个临时政府的官员并肩从对面走来。他们一边走着一边谈话,一个说:

"这个列宁究竟在什么地方呢?躲在陆地上还是躲到海里去了?"

"在这里,就在彼得堡城里。我可以担保!"另一个回答说。

"怎么找到他呢?"那一个一边掏出一支香烟,说。

"怎么找到?他再有本领也逃不了我的眼睛啊!保险,我们一定能把他逮住!"另一个吹牛说。

恰巧这时候列宁和瓦西里迎面走到跟前。那一个拿着烟的官

255

员,忽然把列宁拦住,向列宁点点头,说道:"借个火!"

列宁说:"我没有火!"

瓦西里一看事情不好,怕两个人认出列宁来,急忙接过来说道:"我有!"

说着从口袋里掏出火柴,给这个官员点着烟,列宁就趁这个时候从他们身边擦过去了。

密　探

加米涅夫和季诺维也夫两个胆小鬼,自从那天开完了会,他们就叛变革命,竟把起义的事情告诉了临时政府,临时政府听了这个消息,好像头顶上打个响雷。又是害怕又是着慌,急急忙忙,一方面拍电报往彼得堡调兵,一方面把城里军官学校的学生组织起来,计划用他们解除工人的武装。同时又急忙散布谣言说:

"如果把政府推翻了就没有面包吃啦! 都要饿死呀!"

政府的官员们又急忙开会,决定快快寻找列宁,把列宁杀死。还有斯大林,还有斯维尔德洛夫,还有乌里次。临时政府要把这些起义司令部的领袖都一齐暗杀了才安心。

当中有一个名叫鲁特柯夫斯基的政府官员,主张快快下手。这家伙穿着一身又整齐又干净的黑礼服,戴着一副夹鼻眼镜,下巴上留着一撮看来似乎很文雅的小胡子。在他的办公室里来回走着,你真难看出他是个心里藏着一把刀的凶手。他要很快找一个密探去刺杀列宁。

密探很快地来了,是个身材矮小的家伙。衣服很破,帽子也很旧了,贼眉鼠眼,鬼头鬼脑。恭恭敬敬走到鲁特柯夫斯基面前,把手伸出去,望着鲁特柯夫斯基的眼睛说道:

"祝你健康!"

可是鲁特柯夫斯基很不愿意和他握手,半晌也没有伸出手来。

密探也真没脸,却还是那么伸着手等他来握。鲁特柯夫斯基见他总不缩回手去,才勉勉强强伸出手来。可是握过手之后,就急忙地掏出手巾来使劲地擦。这密探似乎还没有觉察到,今天和部长大人握手了,美得他耸了耸肩膀,显出得意的样子。鲁特柯夫斯基说:

"请坐!"

"谢谢!"

密探很得意地挺着脖子坐下去。鲁特柯夫斯基这才把手擦完,问他:

"贵姓?"

"姓……唔,请你就随便叫我菲利蒙诺夫吧!"

"公民菲利蒙诺夫,你知道我为什么请你来吗?"

"知道了,大人!请你告诉我关于那个人的详细情形,对于这件事是很有帮助的!"

"那么好吧!我来说一下!"鲁特柯夫斯基说:

"他的外表是平常的,这样的人很多,中等身材,……不,要比中等身材矮一些……头发有些发红!……"

鲁特柯夫斯基在交代了任务之后,又对密探说道:"那么,好吧!关于条件,有人会跟你讲的,你去行动吧!"密探站起来,又把手伸出去。但是鲁特柯夫斯基却连动也没动,只说了一句:"再见!"

密探走出房间很不高兴,自己一个人嘟哝着:"嫌脏,看不起人,哼!"但他还是寻找列宁去了。

决不能再等待了

这时候,列宁正住在彼得堡桑索民亦夫街九十二号的四层楼上。中央委员会委派保护列宁的人还是瓦西里。

257

这天,瓦西里从街上回来,拿来一大卷《新生活报》,这是个资产阶级的报纸。每一期列宁都要仔细地看过,因为从这里面也可以了解一些敌人的情况。列宁接过报纸就细心地看起来,看着看着忽然看到一篇文章,列宁气坏了,用拳头在桌子上使劲敲了一下,说道:

"多卑鄙!……无耻!……无耻透了!……你看看!"瓦西里见列宁生了这么大气,正摸不着头脑,又见列宁气得手颤抖着把报纸递给他,他看了列宁一眼就很快走过去接过报纸,一个字一个字地读着。原来上面正登载着加米涅夫报告列宁准备起义的文章。

列宁怒气冲冲地在房子里来回走着,说道:

"瓦西里同志,你可以欣赏一下,看这些伪君子,这些政治娼妓!怎么把我们出卖,出卖了党,告发了中央计划!这些强盗!……"又走到瓦西里跟前说:"瓦西里同志,一分钟也不要错过,赶快跑到斯大林和斯维尔德洛夫那里去,告诉他们,我要立刻见他们,立刻!马上,马上!"

瓦西里口里答应着,穿好衣服,就急急忙忙去了。

列宁送走瓦西里以后,马上坐下来,起草提前起义的提议。他写道:

"同志们!二十四日晚上我写这几行字时,局势已危急万分,已经是十二分的明显了。我竭力说服同志们,现在,一切正如千钧一发,当前的问题,决不能由会议或代表大会来解决,而只能由人民由群众斗争来解决,决不能再等待了。无论如何,必须在今天晚上或今天夜间解除士官生等等的武装(如果他们抵抗就战胜他们)。把政府官员逮捕起来,不能等待了,等待就会失掉一切!把政权从资产阶级手里夺出来,交给真正代表人民利益、军队利益和饥民利益者!"

列宁把这提议写完,交给克鲁普斯卡娅说:"不能等瓦西里了,你把它送到中央委员会去!"克鲁普斯卡娅望着列宁的眼说:"这怎么行呢？家里只剩你一个人！……"列宁把手一挥说："别说了，再说就是白浪费时间！"克鲁普斯卡娅见列宁急成这个样子，又知道这信是重要大事情，二句话没说，接过信来就到中央委员会去了。

那个临时政府派出来名叫菲利蒙诺夫的密探，带着一个助手来到了列宁住的大门口，向他的助手说："你呆在这里别动！"于是这个助手就把两手插在大衣的口袋里，站在门口望风。

菲利蒙诺夫进了大门，走上楼梯，可是他不知道列宁究竟住在哪层，他只好一层一层地张望。

列宁正坐在房间里写字，突然听到咚咚咚咚敲门的声音，就站起来，穿过过道，走到门跟前，伸手开门。忽然，觉着敲门的声音不对，他又缩回去，轻轻地回到房间里。门越敲越响越敲越紧了。

这时候屋里只有列宁一个人。

列宁坐在沙发的靠手上，敲门的声音还是咚咚地响。他又站起来，在房间里来回走。一会，他又走到书桌跟前把桌子上的书整理一下，把纸张都叠起来。然后，又在房间里来回走。走了一会，又到桌子跟前把叠好的纸张放在怀里，把衣服拉好，站了一会，坐下来。门还是咚咚咚咚地响，他又站起来，来回地走。

就在这时候，克鲁普斯卡娅回来了，她爬上楼梯，忽然听见咚咚敲门的声音。抬头往上一看，只见一个不穿外套只穿背心的男子正敲列宁的房门。克鲁普斯卡娅连忙奔上去问他："你是谁呀？"密探菲利蒙诺夫回答说："太太，你家里有人，你明白不？我敲门门不开，可是门里头有脚步声，有人在走来走去。"克鲁普斯卡娅生气地说："你闹什么？你要什么？"密探说："太太，有人在里面走！"克鲁普斯卡娅大叫道："我问你要什么！"密探支支吾吾地嘟哝着："我要借一个打气炉子，我——我跟你借一借打气炉子。"克鲁普斯卡娅干脆地回答他："我没有打气炉子，请你走！走！"

密探一边用耳朵听着屋里的响动，嘴里说："太太，奇怪，奇怪，我不是跟你借过吗？"克鲁普斯卡娅真气了，立楞着眼叫道："我没有打气炉子,请你走!"密探菲利蒙诺夫只得往下走,可是走得很慢,一边走着,一边嘟哝着:"奇怪!大家住在一起,又是邻居,连个来往都没有!"

克鲁普斯卡娅拿出钥匙,开了门,走进去,立刻又把门关上。可是就在她开门的时候,密探把什么都看在眼睛里了。在胸口画了一个十字,仔细看了门牌号数,就飞跑着下楼,一直奔出大门口。连呼哧带喘地对那望风的助手说道:"到这里来,四号房,看着,别让出去一个人!"嘱咐完了,就飞跑着去报告临时政府。

临时政府听了密探的报告,马上命令官兵们快在院子里集合,立刻院子里刀枪叮当乱响,咚咚咚咚奔跑的脚步声,互相呼唤着名字。政府的官员基里林全副武装,立在院子里直着脖子高声喊叫:

"快呀!快呀!汽车夫在这里吗?"

这时候也正有人向汽车夫喊:"葛里戈里·提摩菲亦夫!开吧!"基里林着急地拍着手,喊道:"快些!快些!快些!"一大群武装兵士在院里排队报数。因为慌促,有的把帽子戴歪了,有的把衣服的扣子扣错了,有的一手拿着皮带一手拿着枪敞着怀,手脚没处放。基里林叫了一声"快上车"!一窝蜂似的扑通扑通跳上大载重汽车。基里林向密探菲利蒙诺夫叫着:"你去坐在车夫旁边,给他指路!"说着自己也跳上车,叫了声"开"!汽车就像风一样飞驰出去了。

密探吩咐司机葛里戈里说:"开到维堡尔格区去!"葛里戈里问他:"干什么?"密探说:"干什么?去抓列宁!"葛里戈里有些不信,摇摇头说:"你吹牛?"密探得意扬扬地说:"是我亲自探来的,这回算攥在手心里啦,管保跑不了!一直开!"汽车飞快地向前冲,屁股后一股灰尘,好像一个大尾巴扫帚星。

列宁万岁！

克鲁普斯卡娅听得有人敲门，她走到门前问道：
"谁呀？"
"是我，克鲁普斯卡娅！"
一听是瓦西里同志的声音，忙开门，让瓦西里进来，又把门关上。说："你来得正好，他预备出去，可是外面的人要杀死他呀！"这时候，列宁已经戴好帽子，穿好大衣，走到瓦西里跟前说："瓦西里同志，外面的情形怎么样？来讲讲看！"瓦西里说："政府已经下令炸毁桥梁！"列宁说道："你看！我已经料到他们觉察了，叛徒！这些无耻的东西！瓦西里同志，我们到斯莫尔尼大学去吧！"

起义司令部就设在斯莫尔尼大学里。

瓦西里见列宁要马上到起义司令部去，为难地说："危险！符拉基米尔·伊里奇，危险！"克鲁普斯卡娅也在一边插嘴说："中央委员会要派护兵来接他，给他预备了进斯莫尔尼大学的通行证。现在护兵没有来，通行证也没有来，怎么可以去？"列宁不管她在旁边唠唠叨叨，却紧接着问瓦西里说："工厂和兵营发动了没有？"瓦西里说："情绪很高，都憋足了劲啦！"列宁接过来说："啊，你看，我应该立刻到那里去。瓦西里同志，我们走吧！我们走吧！瓦西里同志！"可是瓦西里坚决地拦住他说："不，我不走，并且我也不让你走，一定要等候护兵来！"

列宁真急了，在地上来回的走着说："你发疯了！今天起义，你怎么啦？不知道吗？我们挑定了日子今天起义，马上就要起义，而我却坐在这里吗？"瓦西里耐心地说："符拉基米尔·伊里奇，对于你的生命我要向中央负责，我们一定要等候护兵。等半个钟头，符拉基米尔·伊里奇，半个钟头！"列宁看看两个人的脸，转过身去，无可奈何地说道："那么好吧！"克鲁普斯卡娅微笑了，瓦西里也像放下一副重重的担子,松了一口气,把大衣脱下来。可是列宁仍旧穿着大衣,只是把帽子摘掉,坐在椅子上,像个受了委屈的小孩,说了一句:"那么,好,我就等一会!"

瓦西里说:"半个钟头!"列宁说:"十五分钟!"

要来逮捕列宁的汽车越开越快,只听风声呜呜地响,车上的人都紧紧捂着帽子。司机葛里戈里一边开着车,一边悄悄摸出一把虎口箝子。开着开着,密探看着怎么方向不对了,连忙问道:"你这是开到哪里去?"葛里戈里说:"难道你还不知道?那边路封锁了,要绕个圈子。"可是这密探一下子就把葛里戈里的计谋看破,又是急又是火,肚子都要气炸了。骂道:"混蛋!你胡说八道!"一边骂着从窗口探出头看外面的道路。趁他往外探望的机会,葛里戈里一手揪住他的后脖领,一手拿起他预备好的虎口箝子,就像砸核桃一样,在他后脑勺上连敲了几下,密探昏过去了,斜歪着倒在葛里戈里的肩膀上。车开得更加快了,就好像要离开地皮飞起来。

基里林在车上非常得意,心想:这回可把列宁捉住了!欢喜得简直要叫。忽然发觉怎么走了这半天还不到,离维堡尔格区并不远啊!他又探身看看道路,不对劲啦,怎样开到这么个荒僻的地方来了?这不是要开出彼得堡了吗?他使劲敲司机间的门。可是葛里戈里就好像没听见一样,只顾开足马力向前冲去。

基里林掏出手枪,吼叫着:"停下来!停下来!"可是车还是不停,没办法,就叭叭放了两枪。汽车开到一条河岸上,前面再没有去路才停下来。葛里戈里跳出司机间,跑到车前,用铁耙在车胎上用力戳了几个窟窿,又趁基里林从车上跳下来的时候,转身去扎第二个车胎。见基里林跑来,他便趁势猛的纵身扑过去,用铁耙去戳基里林。两个人就抱成一团了,基里林像杀猪般吱吱乱叫,车上的兵士一看不好,跳下车,一窝蜂地上前把葛里戈里捉住,连踢带打。葛里戈里高喊着:

"列宁万岁!"

基里林听见这个喊声,简直把肺都气炸了。举起手枪对准葛里戈里"叭!"一枪,葛里戈里就歪一歪身子倒下去了。

密探斜愣着倒在司机间里。就像喝了酒一样,倒挂着头。基里林跑过去,把他扶起来,连连的问他:"地址!列宁的地址!说呀!地址!"密探嘴里冒着白沫,喘不过气来。费了很大力气才勉强说道:"桑桑……索……民亦夫街九……九十……二号楼……上四……号!"基里林听了,命令手下的兵士们:"快走!快走!"也顾不得密探的死活,忽拉忽拉跑步向桑索民亦夫街跑去。

这时候,恰巧有一队白党青年军的骑兵在街上走过,基里林跑去叫着:"喂!站住!站住!"骑兵站住以后,基里林跑上去,不由分说,跨上一匹马便发号施令:"跟我去!"后面的骑兵见他是个政府官员,没说一句话,便跟着向桑索民亦夫街飞跑去了。

列宁坐在屋子里,心中盘算着起义的事,越想越着急,恨不得马上插双翅飞到军事委员会去才好。再也忍不住了,向瓦西里说:"瓦西里同志,我一分钟也不能等了!"瓦西里也觉着不能再等了。说:"好吧!可是符拉基米尔·伊里奇,要改改装才行啊!"列宁马上化起装来,从桌子上拿起假发戴在头上,脸上斜缠着一大块白手巾,就好像是有了牙痛病。戴上了满是油泥的软帽,帽边低低地盖在眼眉上。列宁问道:"不太过分吗?"克鲁普斯卡娅一边给列宁向帽子里塞着掉在外面的一绺假发,说:"一点也不过分!"瓦西里上下打量着列宁说:"很好!很好!"列宁把手插在大衣口袋里,催瓦西里说:"快走吧!"

这时候那个望风的密探还在门口站着,心里想:"汽车怎么还不来呢?"

瓦西里先走出门,后面紧跟着列宁。克鲁普斯卡娅随后把门关上。

那个望风的密探正在门口东张西望,瓦西里冷不防奔上去,一下子把他打倒地上。回头喊列宁:"快走!"两人走到街上,跳进一辆电车的机车里,这时候,凑巧当当响了两下铃,电车就开走了。

列宁想要打听打听起义的消息究竟传到什么样的情形,问旁边的女售票员说:"这车往哪儿开呀?""到公园去!"列宁找了一个座位坐下,又问售票员说:"为什么这么早就到公园去?"女售票员上下打量着列宁,问道:"你是什么人啊?"列宁说:"我是工人!"女售票员一听说是工人生气了:"哼,也是工人呢!还问我为什么到公园去。你是刚从月亮里掉下来的还是怎么的?你不知道,我们今天要打倒资本家们吗?你真是!"瓦西里见这样嚷嚷吵吵的,担心被人注意看出是列宁来,在一边说道:"啊!算了算了!别嚷嚷了!"列宁和瓦西里下电车就顺着斯巴列尔诺街,奔斯莫尔尼大学走去。

走着走着忽然前面哒哒哒哒的马蹄声,一队骑兵来了。头前的一个正是带兵来抓捕列宁的基里林。只见马像疯了一样迎面跑来。瓦西里向列宁说:"这边来!"他想把列宁藏在街角里,可是已经来不及了。白党官兵已经看见他们了,都把马勒住。基里林在马上喊着:"站住!"

小 彼 得

基里林勒马拦住列宁和瓦西里,叫道:"哪里去?拿通行证来!"瓦西里悄悄告诉列宁说:"你先走!列宁同志,我对付他们去!"他就像喝了很多酒的醉汉,摇摇晃晃,东倒西歪,向骑兵前走去。一只手放在口袋里摸着手枪,一只手指着骑兵破口大骂。基里林见是一个醉汉,在马上骂了一声:"丧气!"因为他要很快地去逮捕列宁,就一边向后面的骑兵招了一下手,一边用脚使劲踢了两下马肚子,抖了一下缰绳,这马就仰起脖子,扒开四条腿,又是箭一般的朝前去了。后面的骑兵也像赛马一样跑上前去。瓦西里见他们走远了,急忙赶上列宁,两人一直奔斯莫尔尼大学而来。

斯莫尔尼在沙皇的时候,是个皇亲贵族女儿们的大学。是成千的农奴和精巧的石匠们建筑起来的,是一座又高又大又漂亮的三层楼房;前面竖立着几抱粗的圆柱子,连走廊和过道上的地都像镜子一样发亮,像冰一样光滑。如今,这里设了革命军事委员会,变成了起义的总司令部,从早到晚都是咚咚咚咚的脚步声,叮叮当当刀枪的响声。各房间里都挤满了人,乒乓!开门和关门的声音。赤卫队员们跑来跑去传达紧急命令,门口站着带枪的岗哨,前面广场上挤着成群结队的工人,有赤卫队员,也有战士。背着鞍子结紧肚带的大马仰着脖子嘶叫着。还有成排的汽车,还有成队的摩托车……

赤卫队员冷了就在地上烧起一堆一堆的火来,木柴哗哗剥剥地响着,一阵风刮过来,火星飞舞着,活像一团一团的爆花。

大炮隆隆地开来了,机关枪、步枪、子弹、手榴弹,成车地运来了。晚上,电灯亮亮堂堂,照得楼里楼外如同白昼一般。

列宁同瓦西里到了斯莫尔尼,从人群里挤进来,列宁在过道上拣了一个椅子坐下。向瓦西里说:"我呆在这里,请你快把斯大林同志找来!"瓦西里嘱咐了列宁几句话就进去了。

瓦西里走了以后,一个带枪的农民坐在列宁旁边,问道:"喂,同志,你见过列宁吗?"列宁回答说:"没有,没有见过,有什么事?"带枪的农民说:"听说他在这里!"列宁点点头:"很有可能!"这农民把枪抱在怀里,说:"很想看看他!"列宁只得说:"好吧!"这个带枪的农民话匣子一开就收不住了,他又说道:"我在乡下呀!老是和那些大肚皮抬杠。他们说:列宁是红头发大麻子。可是我想:一定不是的。我想啊,他一定是一个大脑袋,大个子,这个……很有主见的大男子汉!你说呢?"列宁想了想回答说:"嗳……一定是什么样子,我也没法告诉你!"这农民有点不高兴了,耸了一下肩膀:"嗳,闹了半天你也没有见过呀?"列宁说:"没有!"农民还要问什么,可是就在这时候,斯大林和瓦西里走到列宁跟前,斯大林紧紧地握着列宁的手,一同走开了。农民见了瓦西里,叫道:"瓦西里·米海洛维赤!"瓦西里回头一看:"啊!小彼得!从乡下来吗?""是呀!来,坐下,坐下!"说着就拉瓦西里,硬要他坐,瓦西里为难地说:"小彼得,我没有工夫,实在没有工夫!"小彼得有点像哀求似的说:"嗳!聊几句呀!"瓦西里说:"待会再见吧!"小彼得还是死命地拉住不放,问他:"喂!我说你见过列宁没有?"瓦西里说:"他就在这里!"小彼得高兴起来了:"在什么地方?"瓦西里指着列宁的背影说:"刚才你不是同他坐了好一会吗?"说着抖开小彼得的手一溜烟跑了。

小彼得张着手,睁着大眼,一边向前张望,嘴里叫着:"在哪儿呀?在哪儿呀?"

列宁到了起义司令部,马上召集赤卫队员、各区各工厂和各部队的代表来开会。每个人都给了详细的指示,要他们尽快在各个重要地方布置大的兵力,规定了起义的各种联络办法,怎样进攻……

起义的事情就像一张很大很大的网,这网已经撒下去了,绳子紧紧握在列宁和斯大林的手里。

很快的,就有一队摩托车从斯莫尔尼出发了。他们把起义的通报,像插了翅膀一样,飞送到各地,飞送到莫斯科各区和彼得堡城外去了。

城外奥布哈夫区的工人们,沿着大街小巷向着奥布哈夫工厂奔跑,工厂门前停着几辆汽车,工人们在账房外厅里挤着,争着抢着报名登记。然后分成队伍,领了步枪、手榴弹、手枪,就跳上汽车飞奔城里去了。很多很多的工厂也像这里一样,工人们取了子弹,背着步枪,披着机关枪子弹袋,一队一队地从工厂大门出发了。五金工厂的工人们把他们修理好的两门大炮拖出来,架在涅瓦河岸上。

这时候,白党军队也出发了。他们想要把各个桥梁占领,把起义部队一段段地断开。可是,每一座桥都是在他们开到的时候,恰巧起义部队按着列宁的计划刚刚占领。

临时政府就在冬宫里,冬宫就是皇宫,就在涅瓦河岸上。如今已经变作临时政府的堡垒,前面广场上排着木头做的障碍物,障碍物的后面有机关枪、大炮,和拿着步枪的白党兵士。

临时政府的主席名叫克伦斯基,这家伙真是慌了手脚,一边写着信,向一个军官吼着:"我说你——你把电报拍去了没有?"但是,克伦斯基向外拍的电报太多了。这个军官不知主席大人问的是哪一份,只是盯着克伦斯基的眼睛,想要开口问,可是一见他那凶恶的样子,只得又把话咽回去。克伦斯基简直要跳起来了,叫着:

"快说呀!你的舌头呢?啊?啊?给总司令参谋长拍的电报?你!你这混蛋!"

军官这才回答说:"拍出去了!"

"那么,我让他在二十四号把部队从前线开来,怎么还没有到?再拍一个,催他快把军队开来!"

军官答应了一个"是"就转身跌跌撞撞地出去。

克伦斯基坐在椅子上就好像坐在针毡上;坐一会立起来,来回走几步,又坐下来,又立起来。又开始向各处打电报,叫各处的部队快快派兵到彼得堡来。但是,他又知道部队里有很多共产党派去的政治工作人员,他怕这些部队也参加起义,转过来打他,于是又急急忙忙发出了三条命令。

最后一个堡垒也攻占了

克伦斯基下了三条命令:

第一条 各部队在未奉到本区司令部命令之前,一律留在所驻营房内。禁止任何自由行动。凡违令携枪出营者,概交军事法庭,按武装叛乱论罪。

第二条　遇有个别部队或一部分兵士未奉到本司令部命令擅自作武装行动或自由出街时,着令全体军官概不离营。凡未奉长官命令,自由行动之军官,概交军事法庭,按武装叛乱论罪。

第三条　绝对禁止各部队执行任何机关发出之任何命令。

克伦斯基命令军区司令部把这命令发出去以后,坐在椅子上,吐了一口气,用手指使劲地捂着脑袋,好像怕脑袋会突然裂开,自己暗暗祷告说:"但愿还来得及呀! 慈悲的上帝呀!"

可是,什么也来不及了。革命军队已经占领了电报局、电话局和各个交通要道桥梁。革命的军队一步一步逼近冬宫了,临时政府和军区司令部被包围了。革命军队像一只大手,把敌人紧紧攥在手心里了。

克伦斯基一看事情不妙,就借着美国的汽车逃走了。临走的时候,向政府的官员们说:"我决定,亲身去迎接……开来的部队!"

到十月二十五日(公历十一月七日)下午五点钟,赤卫队员已经打到冬宫墙根底下了。在冬宫前面有一个很大的广场,紧接广场就是临时政府的总参谋部和海军司令部的大楼房,在广场当中高高耸立着一座亚力山大圆柱纪念碑。这时候军区司令部已经缴械投降,只剩下冬宫了。革命军事委员会决定给临时政府下最后通牒,限他们六点二十分钟缴械投降,不然就开炮轰击! 可是他们一心等着克伦斯基亲自调兵来,就拒绝了投降。

列宁马上写了一道命令:

"快快占领冬宫!"

命令一发出去,武装的工人们一队一队地唱着歌,出发攻击冬宫了。涅瓦河巡洋舰的大炮对准冬宫开炮了。机关枪、步枪,像狂风暴雨般响起来。

临时政府的部长和总长们在孔雀石的大厅里隔着窗户能看见涅瓦河巡洋舰上大炮射出的火光,又听炮弹掉在附近房檐上轰隆一声,砖石瓦块,哗啦啦掉在地上,吓得连滚带爬地搬到里面房间

去。有些官员们,在大元帅厅走来走去,听着外面传来的消息。忽然有人大叫一声:

"小心呀!"

人们听了又吓得四下乱窜,叽里咕噜,连滚带爬,唧唧哇哇地乱叫。

各军舰上的探照灯,穿过黑夜的雾气,把冬宫照得明盔亮甲。劈劈啪啪的步枪,嗒嗒嗒嗒的机关枪,轰隆隆震天的大炮,各种响声都混合在一块了。

冲锋的信号发出来了,革命的队伍像潮水一样冲破了宫门,涌进宫殿里去了。大炮不响了,枪也不响了,只听"乌拉!乌拉"的喊声。赤卫队员,水兵,步兵,炮兵,在皇宫里欢呼起来。

冬宫占领了,资产阶级临时政府的最后一个堡垒也陷落了。列宁说:

"同志们!布尔什维克常说的,必然到来的工农革命已经实现了!"

附录　歌词

听妈妈讲那过去的事情

月亮在白莲花般的云朵里穿行,
晚风吹来一阵阵快乐的歌声,
我们坐在高高的谷堆旁边,
听妈妈讲那过去的事情。

那时候,妈妈没有土地,
全部生活都在两只手上。
汗水流在地主火热的田野里,
妈妈却吃着野菜和谷糠。

冬天的风雪,狼一样嚎叫,
妈妈却穿着破烂的单衣裳。
她去给地主缝一件狐皮长袍,
又冷又饿跌倒在雪地上。
经过了多少苦难的岁月,
妈妈才盼到今天的好光景。

夏天旅行之歌

一、森林欢迎我们

白云飘啊,飘啊,
飘啊,飘过去了,
他向森林报告:
　"孩子们就要来到,
　鲜红的少先队旗,
　正向这边飞快地跑!"

百灵鸟飞呀,飞呀,
飞呀,飞过去了,
她向森林报告:
　"孩子们就要来到,
　鲜红的少先队旗,
　正向这边飞快地跑!"

森林欢迎我们,

森林欢迎我们,
他在地上铺满了野花和绿草。
伸出树枝向我们热烈地招手,
他叫山鸡抖开美丽的羽毛。

森林欢迎我们,
森林欢迎我们,
他请我们吃那酸甜的野枣。
他叫斑鸠给歌唱的黄莺伴奏,
他让小河给我们游泳洗澡。

森林欢迎我们,
森林欢迎我们,
他说这里的一切全都属于我们,
我们是大地的小主人,
这里的一切全都属于我们。

二、营火烧起来了

营火烧起来了,
营火烧起来了,
营火,营火,烧起来,
烧起来,烧起来了!

我们的歌声飞扬,
我们的笑声飞扬,
飞扬,飞扬,飞过山岭,

飞过草原,飞得很远,很远,很远。

美丽的月亮出来了,
穿着白云的衣裳,
看见了我们她就笑眯了眼。
啊,青蛙从河底慢慢地浮上水面,
偷看我们精彩的表演。

我们的营火,
把黑夜照得通红,
惊醒了树上的白鹤野燕。
啊,他们在空中盘旋,向我们呼唤,
同我们度过欢乐的夜晚。
从远处的山谷,
走出快乐的晚风,
她把营火吹得更旺,更旺。
啊,她轻轻拉起我们美丽的衣裳,
同我们一起跳舞又唱歌。

三、我们的田野

我们的田野,
美丽的田野,
碧绿的河水流过无边的稻田。
无边的稻田,好像起伏的海面。

平静的湖中,开满了荷花,
金色的鲤鱼长得多么肥大。

湖边的芦苇中,藏着成群的野鸭。

风吹着森林,雷一样地轰响,
伐木的工人请出一棵棵大树,
去建造楼房,去建造矿山和工厂。

森林的背后,有浅蓝色的群山,
在那些山里有野鹿和山羊,
人们在勘探它们埋藏着多少宝藏。

高高的天空,雄鹰在飞翔,
好像在守卫辽阔美丽的土地,
一会儿在草原,一会儿又向着森林飞去。

四、准备着

我们走到田野里,
我们走到小河边,
采摘花朵,采摘树叶,
研究植物的生长;
捕捉小鱼,捕捉青蛙,
要做动物的解剖试验。
　　我们是社会主义的劳动者,
　　准备着建设祖国。

我们跑到山坡上,
研究各种岩石,
我们要做勘探队员,

寻找祖国的宝藏；
我们要做开矿工人，
开着康拜因去采煤。
　　我们是社会主义的劳动者，
　　准备着建设祖国。

我们把这艘小军舰，
放到河里水面上，
乘着微风飘向前方，
激起一阵波浪；
我们就是未来的水兵，
将去巡视祖国的海洋。
　　我们是社会主义的保卫者，
　　准备着保卫祖国。

我们手里的滑翔机，
飞上蓝蓝的天空，
等到我们长大成人，
就去驾驶飞机，
像那雄鹰高高地飞翔，
守卫美丽辽阔的土地。
　　我们是社会主义的保卫者，
　　准备着保卫祖国。

五、美丽的祖国

祖国的大地呀，要把你变得更美丽，
我们要给你披上森林的绿衣裳，

叫那猛烈的风沙,
永远吹不到你的身上。

我们要驯服那凶龙一样的河流,
要让它在我们手里低下头;
让它乖乖地听话,
沿着我们指定的道路走。

我们要开采那无尽的铁矿煤矿,
让拖拉机一辆跟着一辆开出工厂,
要把无数的铁道,
铺到远远的边疆。

我们把电线拉过田野,拉过村庄,
让电灯挂到每一家的天花板上,
当黄昏到来,
村里仍旧像那白天一样。
　　啊,祖国!
　　我们要把一切都献给你,
　　我们美丽的祖国啊,
　　我们亲爱的故乡!

快乐的童年

鲜花般的衣裳，
飘舞在林荫道上，
一阵歌声一阵笑声，
在天空里回旋。
人们仰着笑脸，
向我们招手呼唤。
　　啊！
　　快乐的童年，
　　美丽的童年！

我们踏着露水，
跑在开花的草原，
去到大海里，
拥抱白色的浪花，
同天鹅跳舞，
同鱼儿游玩。
　　啊！
　　快乐的童年，

美丽的童年!

我们跨过深沟,
我们跳过山涧,
和羚羊赛跑,
和野鹿赛跑,
身体这样强健。
喝一口泉水,
跑进花丛里面。
　啊!
　　快乐的童年,
　　美丽的童年!